KB188033

Little witch at the edge of the forest.

[저자] 야나기 YANAGI [일러스트] 히하라 요우

숲 변두리의 꼬마 마녀

3

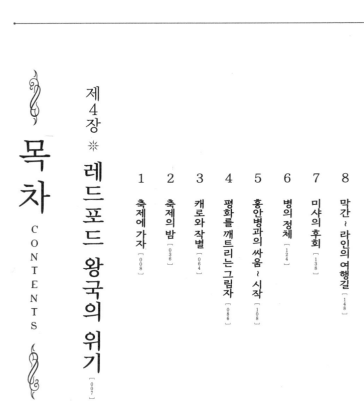

[일러스트] 히하라 요우

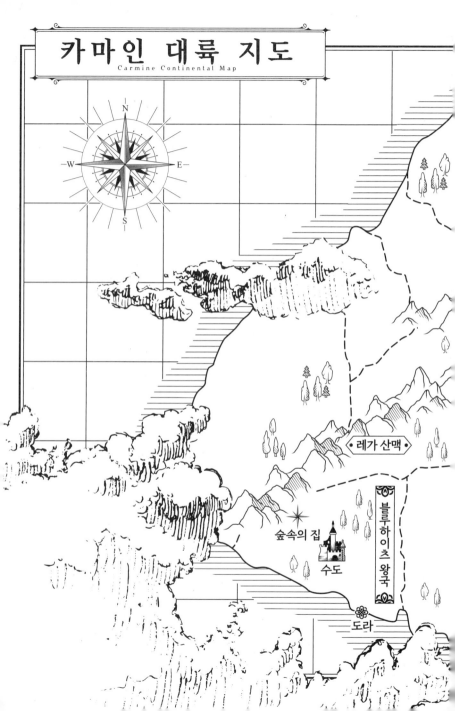

CHARACTER

숲의 백성

미란다
숲의 백성.
미샤 어머니의
친구.

라인
미샤의
외삼촌.
방랑 중.

미샤
약사.
숲속 깊은 곳에서
'숲의 백성'인
어머니의 손에 자랐다.
세상 물정을 잘 모른다.

렌
미샤가
여행 도중에
주운 새끼 늑대.

블루하이츠 왕국

지올드
왕국의 실력파 기사.
이명은 '검은 번개'

라이언
국왕.

카롤루스
태자.
죽은 선왕의 자식.

라라이아
왕의 여동생.
병약하다.

레드포드 왕국

카이트
미샤의 아버지를
모시는 기사.

Little witch
at the edge of the
forest.

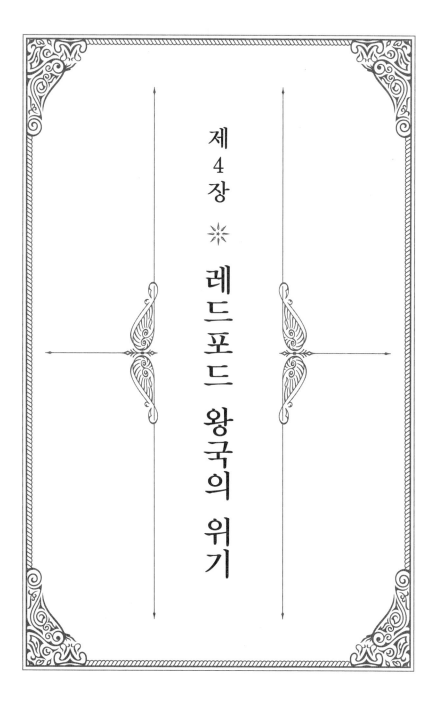

제 4 장

레드포드 왕국의 위기

1 축제에 가자

오랜 습관으로 항상 눈을 뜨던 시간에 일어난 미샤는 침대 위에 앉아 멍하니 허공을 바라보고 있었다.

어젯밤 무도회를 중간에 퇴장했다고 하나 침대에 누운 건 심야에 가까웠다. 그래서 평소보다 압도적으로 수면 시간이 부족한 바람에 머리가 돌아가지 않는 모양이었다.

잠시 침대에서 멍하니 시간을 보낸 뒤, 미샤는 간신히 느릿느릿 몸을 일으켰다.

'⋯⋯⋯그러고 보면 오늘은 시녀분들도 별로 없고, 아침이 늦게 시작한다고 티아 씨가 그랬던가⋯⋯.'

축제 기간에는 다들 흥겹게 즐기는 것이 통례이므로 왕성에서 일하는 사람도 반씩 교대로 쉰다는 티아의 설명을 들었다.

축제는 전야제와 후야제의 이틀로 나눠서 치르니까 이렇게 하면 다들 축제를 즐길 수 있다고 한다.

물론 왕성 무도회는 첫날만 열리기 때문에 후야제라고 해도 둘째 날은 성에서 큰 행사가 열리지 않는다.

대신 호수 옆에 제단을 설치하고 대성당에서 미사를 올리므로 라이언과 라라이아는 왕족으로서 그쪽에 참석한다고 했다.

대성당의 미사에는 한정된 사람만 초대받으니 다른 귀족은 신분을 숨기고 거리로 놀러 가거나, 각자 저택에 모여서 파티를 열고 후야제를 즐기는 게 일반적이다. 미샤도 약초원의 식구나 의사 동료 등 친해진 사람들에게 초대받았다.

하지만 첫날 무도회 일로 머리가 가득했던 미샤는 그 모든 권유를 거절했기 때문에 오늘 일정은 텅 비어 있었다.

'………우선 세수하자.'

다소 무거운 몸을 움직여 이동한 미샤는 아직 이른 아침의 차가운 물이 피부에 닿자 간신히 머리가 맑아졌다. 그 후 몸단장을 마치고 오두막으로 돌아왔다.

이른 아침의 정원은 공기가 아직 조금 쌀쌀했고, 어젯밤의 소란이 거짓말처럼 조용했다.

오가는 시녀나 허드레꾼들의 모습도 평소보다 적어서 어제 티아가 한 말이 사실이라는 걸 알려주고 있었다.

참고로 티아와 이자벨라는 둘 다 둘째 날에 휴가를 받았다. 미샤를 모셔야 해서 번갈아 쉰다는 안도 나왔지만, 본래 미샤가 이 나라에 오기 전부터 잡은 휴가였고 미샤가 어젯밤 무도회에 나가는 준비를 다른 시녀에게 양보하고 싶지 않다는 열렬한 주장으로 인해 같은 날 쉬게 되었다.

아침이슬에 젖은 꽃을 눈으로 즐기며 미샤는 머릿속으로 아침 메뉴를 짰다.

'계란이 아직 있으니까 드라이 토마토와 같이 볶고………, 수프는 채소만 넣어서 담백하게 만드는 게 좋을까? 아, 소시지 빨리 먹어야 할 것 같은데.'

콧노래를 흥얼거리며 걷자 공복을 호소하듯 배에서 작게 꼬르륵 소리가 났다.

"안녕, 렌."

문을 열자 신이 난 듯 꼬리를 파닥파닥 흔들며 앉아있는 렌이 맞아주었다.

아직 아기라고는 해도 늑대인 렌을 무서워하는 사람들도 있어서 미샤는 기본적으로 왕성 내에서는 렌을 데리고 다니지 않기로 했다.

라이언은 데리고 다녀도 된다고 허락했으나 늑대가 왕성 안을 활보하는 풍경은 아무래도 비상식적이리라는 건 물정에 둔한 미샤라도 알 수 있다.

하지만 다른 곳에 보내는 건 말할 것도 없이 싫었던 미샤는 같이 있기 위해 이 오두막으로 옮겨왔다.

안에 들여보내지 못한다면 자신이 나오면 그만이라는 가벼운 발상이었다.

우연히 산책하던 도중에 이 오두막을 발견했을 때 미샤는 마침 잘됐다며 폴짝거렸다.

물론 '많은 사람에게 둘러싸여서 생활하는 게 조금 힘들다'는 대외적인 이유도 완전한 거짓말은 아니었지만.

"금방 아침밥 먹을 거야. 오늘은 특별히 렌에게도 소시지 나눠 줄게."

아직 새끼 특유의 부드러움이 남아있는 털을 쓰다듬어주자 렌은 기분 좋다는 듯 눈을 가늘게 접었다.

머리를 비비적거리며 귀 뒤쪽을 긁어달라고 하는 렌의 몸짓에 웃으며 미샤는 렌이 요구하는 곳을 한동안 쓰다듬어주었다.

"자, 착하지? 얌전히 기다려. 배고프다."

어젯밤은 가볍게 먹을 수 있는 메뉴만 먹고 끝냈기 때문에 끼니마다 제대로 된 식사를 챙겨 먹는 미샤의 배가 납작해졌다.

조금이라도 빨리 먹으려고 수프의 건더기는 불에 빨리 익도록 평소보다 작게 썰었고, 프라이팬은 계란프라이 옆에서 소시지도 동시에 구웠다.

"평소보다 하나 더 많이 먹어야지."

입술을 종알거리면서도 미샤의 몸은 멈추는 걸 잊어버린 것처럼 연신 움직였다.

그렇게 완성된 아침을 먹기 시작했을 때, 부엌 창문을 똑똑 두드리는 소리가 들렸다.

"안녕. 맛있어 보이는 걸 먹고 있네~."

"지올드 씨."

창틀에 몸을 기대고 졸린 듯 하품하는 지올드의 모습에 미샤의 눈이 휘둥그레졌다.

"이런 이른 아침에 어쩐 일이야?"

미샤가 허둥지둥 달려가자 웃는 얼굴이 돌아왔다.

"그냥 일 끝나고 돌아오는 길이야. 어제는 야간경비를 맡았거든."

"어쩐지 안 보이더라. 어젯밤에 일했었구나?"

놀란 미샤의 눈이 커졌다.

그 반응에 지올드는 다소 겸연쩍은 듯 어깨를 으쓱했다.

"그래. 일단 역할 상 작위는 받았지만, 귀족님들의 모임은 영 불편해서 말이지. 매년 첫날은 경비로 빼달라고 해. 대신 다음 날은 쉬니까 평민이나 작위가 낮은 녀석들은 꽤 기뻐하지."

미샤가 서서 대화하지 말고 들어오라고 초대하자 지올드는 미샤가 내어준 차를 마시며 술술 설명했다.

"……지올드 씨답긴 하네."

"어젯밤엔 그랜드 홀 구석에 숨어서 보고 있었어. 미샤가 춤을 꽤 잘 춰서 놀랐지. 드레스도 예뻤고."

기가 막힌 표정이던 미샤는 지올드가 아무렇지도 않다는 듯 던진 칭찬에 어쩐지 부끄러워져서 얼굴을 붉혔다.

"그건 파트너들이 잘 리드해주셨기 때문이야. 아니었으면 초보인 내가 그렇게 추진 못했어."

"그건 그래. 춤이 엉망인 나였다면 도저히 그렇게 잘 추게 해줄 수 없었을걸."

겸손해하는 미샤의 말에 지올드는 킬킬 웃었다.

놀리는 듯한 웃음에 미샤의 얼굴이 불만이라는 듯 부루퉁해졌다. 일단 춤 연습을 열심히 했으니, 겸손한 말을 했어도 그 부분은 인정받고 싶다.

'뭐, 급조였다는 자각은 있지만……….'

"그런 표정 짓지 마. 미안해. 그게 아니라, 난 성 밖 축제에 놀러 가지 않겠냐고 물어보러 온 거야."

통통하게 부푼 뺨을 손가락으로 찌르며 지올드가 쓰게 웃었다. 그 순간 미샤가 갸우뚱 고개를 기울였다.

"……성 밖에?"

"그래. 거리에서는 오늘도 종일 축제 분위기거든. 평소보다 노점이 두 배 이상 나와 있고, 여기저기를 꽃이며 랜턴으로 꾸며놔서 떠들썩하고 예뻐. 안 보고 싶어?"

지올드의 말에 미샤의 눈이 휘둥그레지더니 곧바로 환한 미소로 바뀌었다.

첫날은 무도회에 가야 한다고 해서 포기했는데, 축제는 아직 끝나지 않았고 오늘 미샤의 일정도 비어 있다. 걱정했던 체력도 하룻밤 자고 일어나자 회복되어서 다른 사람들의 약속을 거절한 걸 조금 후회하던 참이었다.

미샤에게 지올드의 제안을 거절할 이유는 없었다.

"가고 싶어. 축제 구경하고 싶어!"

번쩍 손을 들고 선언하자 지올드는 미샤와 마찬가지로 환한 미소를 지었다.

"오케이. 축제를 즐기는 법을 전수해주마."

아침을 든든히 먹고 약속 장소인 성문으로 서두르자 이미 지올드가 기다리고 있었다.

조금 전에는 일하고 돌아오는 길이었기에 근위대 복장이었지만, 지금은 익숙한 모습인 하얀 셔츠와 조끼와 검은 바지로 바뀌어 있었다.

"죄송합니다, 기다렸지?"

샤워하고 온다고 해서 자기가 더 일찍 도착할 줄 알았던 미샤는 허둥지둥 지올드에게 달려갔다.

문기둥에 기대듯 서 있던 지올드는 후다닥 달려오는 미샤를 보고 훌쩍 몸을 일으켰다.

"아니, 괜찮아. 방금 왔어."

씩 웃은 뒤 지올드는 느긋하게 걷기 시작했다.

천천히 움직이는 다리는 보폭 자체는 커도 미샤가 걷는 속도에 완전히 맞춰주고 있었다.

옆을 걸으며 그런 세심한 배려를 알아차린 미샤는 어쩐지 기뻐져서 생긋 웃었다.

"왠지 이렇게 걸으니까 여행하던 때 같아."

"그러게. ……………부탁이니까 골칫거리 주워 오면 안 된다?"

성 아랫마을로 향하며 문득 중얼거린 미샤의 감상에 지올드가 장난스럽게 웃었다.

미샤의 뇌리에 여행 도중에 있었던 이런저런 일들이 스쳐 지나갔다.

"………골칫거리를 주운 적 없거든! 다들 좋은 만남이었어."

가슴을 펴고 반박하면서도 절대 지올드 쪽을 보려고 하지 않는 미샤의 옆얼굴을 보며 지올드는 큭큭 웃었다.

"그래, 그런 걸로 해 둘게."

기분 좋은 듯 웃는 지올드 옆에서 미샤도 어깨를 움츠리며 발을 계속 움직였다.

왕성에서 축제 회장인 호수 부근까지는 미샤의 다리로 30분 정도 걸어가야 한다.

하지만 산에서 자란 미샤에게 그 정도의 거리를 걷는 건 힘든 일이 아니고, 축제를 위해 꾸며놓은 거리는 어딘가 기분이 들뜨는 화려함으로 가득해서 그냥 걷기만 해도 즐거웠다.

발치에는 렌이 그런 두 사람을 신기하다는 듯 올려다보았다.

평소에는 두고 가는 렌도 오늘은 상대가 지올드인 데다 놀러 가는 것뿐이라며 같이 데리고 나왔다.

사람이 많은 곳에 가는 거니까, 평소 나올 때처럼 풀어둘 수는 없다. 다들 동물을 좋아하는 것도 아니고, 작은 렌은 인파 속에 묻혀서 보이지 않는 바람에 밟힐 위험도 있었다.

따라서 주변에 '해치지 않아요 어필' 및 미아 방지를 위해 목에 줄을 달아놓았는데, 원래 걸을 때면 미샤 옆에서 떨어지지 않는 렌에게는 별다른 스트레스도 없는 모양이었다.

그보다 미샤 옆에 있을 수 있다는 게 몇 배는 더 좋은 건지 걸을 때마다 풍성한 꼬리가 살랑살랑 흔들렸다.

그렇게 나이 차가 나는 남녀와 동물이라는 기묘한 조합이 회장 부근에 도착한 것은 마침 아침식사 시간대가 끝나서 조금 차분해진 노점가 한복판을 예쁘게 꾸민 축제 수레들이 지나가던 차였다.

선명한 파란색으로 칠한 수레는 색색의 꽃과 리본으로 꾸며져 있었다. 각각 장식도 섬세했고 행렬을 이루며 나아가는 수레 무리는 구경하기만 해도 즐거웠다.

"우와! 저건 과일로 꾸며놨고 저건 인형을 싣고 있어! 너무 예뻐!"

옆에 있는 지올드의 소매를 꾹꾹 잡아당기며 흥분한 듯 수레를 손가락질하는 미샤는 제 나이에 맞게 어려 보였다.

그 반응에 웃으며 고개를 끄덕이면서도 지올드는 자연스럽게 주변의 인파로부터 미샤를 감싸며 통행을 방해하지 않도록 유도했다.

그렇게 길 가장자리의 구경용 공간에 도착한 뒤 어느새 산 건지 과일 주스를 미샤에게 건네주었다.

"고마워!"

흥분해서 소란을 피우는 통에 목이 마르던 미샤가 얌전히 과일 주스를 받으며 인사하자 지올드가 씩 웃었다.

"천만에. 아쉽게도 탄산은 들어있지 않으니까 안심하고 마셔."

고향의 거리에서 우연히 만난 지올드가 나눠주기에 마신 탄산 주

스에 성대히 사레들렸던 과거를 놀리는 말에 미샤의 입술이 부루퉁
해졌다.

"이제 마실 수 있게 되었거든! 심술쟁이!"

"그래. 어린이용은 처음부터 잘 마셨지. 미안해."

조금도 미안해하지 않는 얼굴로 사과한 지올드는 화제를 돌리듯
마침 눈앞을 지나간 수레를 가리켰다.

"저건 둘째 날의 명물이야. 매년 공들여 꾸민 10대의 수레가 이
렇게 아침하고 밤, 정해진 시각에 행진하지. 시간 맞춰서 잘됐네."

"그랬구나~. 각자 의상도 달라서 재미있어."

미샤는 잇달아 눈앞을 통과하는 수레에 순식간에 시선을 빼앗
겼다.

넋을 놓고 보는 미샤를 지올드가 만족스럽다는 얼굴로 바라보
았다.

호기심이 왕성하고 감정 표현이 솔직한 미샤의 반응은 보기만 해
도 흐뭇하다.

저 표정을 보고 싶어서 여행이 지연되고 트리스에게 혼났지만,
지올드는 조금도 반성하지 않았다.

참고로 이번에 데리고 나온 것도 무단으로 한 행위에다 따로 호위
는 붙이지 않았다.

익숙한 거리에다, 자기가 있다면 예측하지 못한 사태에도 대비할
수 있다고 마음대로 판단한 결과였다.

일단 편지를 두고 왔으니까 지금쯤 보고가 들어간 트리스가 핏줄
을 세우며 화내고 있을 것이다.

'그나저나 금방 넘어가는 거 아니야? 여전히 단순하구나, 미샤.'

조금 전 놀림당한 것도 완전히 잊어버린 듯 주스를 마시는 미샤를 보고 지올드는 웃음을 삼키며 자기를 위해 산 에일을 마셨다.

"밤이 되면 수레에 매단 랜턴에 불이 들어와서 예쁘지만, 아무래도 야간은 좀."

지올드가 머리를 가볍게 토닥이자 미샤는 그쪽으로 고개를 돌리고는 생긋 웃었다.

"지금도 예쁜걸. 데려와 줘서 고마워."

모든 수레를 지켜본 뒤 이번에는 노점들을 구경하고 다녔다.

길을 가득 채운 노점은 평소와 다르게 사격이나 고리 던지기 같은 놀이를 제공하는 가게도 많이 있었다.

호기심이 동한 종목에 도전해서 경품을 받기도 했고, 장난감 활로 하는 사격이 잘 맞지 않아서 어른스럽지 못하게 발끈하더니 거듭 도전하는 지올드를 보고 웃기도 했다.

미샤는 실패해서 놀림당하는 것도 즐겁다는 걸 처음으로 알았다.

또 평민 출신이라고 했던 지올드는 거리에 아는 사람도 많아서 여기저기서 말을 걸어왔다.

개중에는 노점의 주인도 있었는데, 미샤에게 음료나 먹거리를 사 주기도 하고 술잔을 나누는 등 아주 떠들썩했다.

가장 놀란 건 그 안에서 샤이딘의 모습을 발견한 것이었다.

전에 만났을 때 선언했던 것처럼 숙박도 할 수 있는 일거리를 찾아낸 상태였다.

여관의 일꾼인데, 그곳의 주인이 축제 기간 한정으로 낸 노점을 경호할 겸 따라왔다며 미샤에게 꼬치구이를 주면서 웃었다.

주변 사람들과도 완전히 친해진 건지, 다양한 사람에게 말을 걸고는 웃으며 꼬치구이를 파는 수완이 대단했다. 상대방도 '돈 받는 거였냐!'라고 태클을 걸면서도 즐거워했다.

딱 봐도 성 아랫마을 축제라는 느낌이 드는 밝은 분위기에 미샤도 함께 많이 마시고 먹고 웃고, 그 분위기를 충분히 즐겼다.

같이 데려온 렌도 사람들에게 호평이라 고기 조각을 주기도 하고, 목에 예쁜 리본을 묶어주기도 하는 등 실컷 예뻐했다.

평소 미샤가 데려가지 못할 때 갇혀있는 건 불쌍하다며 문지기나 마구간지기가 있는 곳에 맡기기도 하고 뒤뜰에서 놀게 했던 렌은 인간에게 익숙했기에 자기에게 다가오는 손도 싫어하지 않고 얌전히 받았다.

게다가 성의 경비견들과 함께 받은 훈련을 실습하듯 렌은 미샤의 발치에 딱 붙어서 주위를 둘러보았다. 그 모습을 알아차린 지올드가 '훌륭한 보디가드인데?'라며 칭찬했다.

그렇게 시간을 보내는 가운데 미샤는 문득 시야 구석에 익숙한 그림자가 스쳐 지나가는 걸 보았다.

작은 남자아이 2인조.

"유우! 테토!"

인파 속에서 발견한 작은 친구들의 모습에 미샤는 무심코 말을 걸었다.

사람들 사이에서 치이지 않고 교묘하게 빠져나가던 작은 그림자가 뚝 멈췄다.

"누나!"

"축제 보러 왔구나!"

기쁘다는 듯 웃으며 달려온 두 사람을 안아준 미샤가 생긋 웃었다.

"데려와달라고 했어. 너희도 축제에 놀러 온 거야? 어? 아나는?"

부드러운 금발과 흑발을 헝클어트리다 작은 그림자가 하나 부족하다는 걸 깨달은 미샤는 고개를 갸웃거렸다.

항상 두 사람 뒤를 쫓아오던 어린 소녀.

"저쪽에서 기다려. 이쪽은 인기 있는 노점이 많아서 사람이 많으니까."

"수레를 봤는데, 아나는 작으니까 사람들에게 떠밀리기 쉽잖아. 지쳤나 봐."

두 사람은 서로를 바라보며 어깨를 으쓱했다.

그 손에 각자 음료가 든 컵과 달콤한 구움 과자 봉투를 발견한 미샤는 싱긋 웃었다.

"그래서 간식과 음료를 사다주는 거구나."

"오, 착한 오빠들이네."

세 사람의 대화를 지켜보던 지올드의 표정도 풀어졌다.

"나도 같이 가도 돼? 아나 보고 싶어."

미샤는 서 있는 두 사람의 등을 밀며 걷기 시작했다.

어린 아나를 너무 혼자 기다리게 하는 것도 불쌍했기 때문이다. 뒤를 힐끔 살피자 지올드도 가볍게 고개를 끄덕였다.

"당연하지! 요즘엔 못 만났으니까 아나도 좋아할 거야."

신이 나서 끄덕이는 두 사람의 다리에 렌이 자기도 있다는 듯 몸을 비볐다.

"앗! 렌! 넘어지겠어~."

유우가 휘청거리자 들고 있던 컵에서 주스를 흘렸다. 달콤한 물

방울을 얼굴에 맞아버린 렌은 놀라서 눈이 휘둥그레졌다가 맛있다는 듯 핥아먹었다.

"어어! 렌도 참! 어쩔 수 없다니까."

"잘됐네. 하늘에서 내린 축복이야."

신이 나서 흔들리는 꼬리를 보니 화내지도 못하고 어른스럽게 어깨를 으쓱하고는 한숨을 쉬는 아이들을 보고 웃은 지올드가 지나가는 길에 있던 노점에서 예쁘게 자른 과일 모둠을 샀다.

"자, 이거라면 안 흘리겠지. 컵 들어줄 테니까 교대하자."

"어…… 받아도 돼?"

외국의 신기한 과일이 가득 담긴 접시를 본 유우의 시선이 망설이듯 흔들렸다.

단맛이 진하고 맛있다는 소문이 자자한 과일들이지만, 배편으로 운송하기 때문에 다른 과일에 비해 비싼 편이다.

축제를 위해 고이고이 모은 용돈을 쏟아붓는다면 작은 접시 정도는 살 수 있지만, 그렇게 하면 다른 걸 아무것도 못 사게 되므로 동경이 가득한 눈빛으로 구경만 하고 지나갔었다.

그런데 지올드가 건네는 접시는 가장 큰 접시라서, 어린 나이지만 돈을 버는 게 얼마나 힘든지 아는 유우는 미샤와 같이 있는 사람이라고 해도 모르는 사람에게 선뜻 받을만한 건 아니라고 생각했다.

"어린애가 사양하는 거 아니야. 다 같이 먹는 게 더 맛있잖아?"

소년들의 당황한 감정을 지올드가 시원하게 웃으며 흘려넘겼다.

"나도 어릴 때 마찬가지로 축제 때 주위에서 사 주고 그랬어. 너희도 정 걸리면 어른이 된 뒤에 똑같이 해줘."

"······응! 고마워, 아저씨!"

그 말에 기쁘다는 듯 웃으며 인사하는 유우와 테토의 머리를 지올
드가 조금 과격하게 쓰다듬었다.

그런데도 한 손에 든 두 잔의 컵에서는 주스가 한 방울도 흐르
지 않았다. 미샤는 재주도 좋다고 감탄하며 자기까지 기뻐져서 웃
었다.

"자, 빨리 가자! 분명 아나가 목이 빠지게 기다리고 있을 거야."

그렇게 화기애애하게 아나가 있는 곳으로 향하자, 인파에서 조금
떨어진 곳에 있는 나무 그늘 속 벤치에 앉은 아나가 지루한 듯 다리
를 덜렁덜렁 흔들면서 얌전히 기다리고 있었다.

"아나! 기다렸지?"

그 모습이 작게 시야에 들어오자마자 유우와 테토가 다시 달려
갔다.

"뭐야! 늦었잖아, 오빠!"

동글동글한 뺨을 한층 동그랗게 부풀리며 항의하려고 했던 아나
는 오빠 뒤에서 미샤를 발견하고 눈이 휘둥그레졌다.

"미샤 언니! 와, 대단해! 축제 날에 만나다니!!"

아나는 벤치에서 폴짝 뛰어오르더니 미샤를 향해 달려왔다.

힘차게 뛰어드는 작은 몸을 받아내며 미샤도 즐겁게 웃었다.

"그러게! 약속도 안 했는데 이렇게 사람이 많은 곳에서 만나다니
대단하네!"

그대로 안아 든 뒤 전에 지올드가 했던 것처럼 빙글빙글 돌자 아
나가 환호성을 질렀다.

즐겁게 웃는 목소리에 덩달아 흥분한 렌이 그 주위를 폴짝폴짝 뛰

어다녔다.

"마실 것도 과자도 과일도 있어! 같이 먹자."

미샤의 말에 유우와 테토가 각자 손에 든 전리품을 들어 올려 보여주었다.

"우와! 아나 목말랐었는데!"

벤치에 앉아 모두 함께 각자 먹을 것을 먹었다.

사람이 적은 나무 그늘은 적절히 바람도 불어와 생각했던 것보다 시원하니 쾌적했다.

"와아. 이 과일 맛있어."

"그건 복숭아의 친척이야. 마루지라고 하던가? 과즙이 많고 달아서 어린아이에게 인기가 좋지."

얼굴 여기저기에 과즙을 묻히며 맛있게 먹는 아나를 보고 지올드가 웃으며 손수건으로 닦아주었다.

"왜 한입 크기로 잘랐는데 그렇게 묻히는 거야?"

"아나의 입에는 큰 것 같으니까 어쩔 수 없지."

황당해하는 유우의 말에 미샤는 과일을 한층 작게 자른 뒤 먹기 편하도록 여러 개를 꼬치에 꿰어서 아나에게 건넸다.

"고마워~~."

오빠의 얼굴은 보지 못한 척 무시한 아나는 즉석 과일 꼬치를 순순히 받아 입으로 가져갔다.

하지만 먹기 직전에 작게 콜록 하고 기침이 나와 손이 멈췄다.

"괜찮아? 뭔가 목에 걸렸어?"

콜록콜록 기침을 반복하는 아나를 보고 미샤는 걱정하는 얼굴로 작은 등을 문질렀다.

"으으응, 괜찮아. 어쩐지 목이 좀 이상했어."

금방 기침이 멈춘 아나는 아무것도 아니라는 듯 생긋 웃었다.

하지만 그 뺨이 평소보다 조금 붉은 느낌이라 미샤는 그 작은 이마에 살며시 손을 가져갔다.

"음~ 약간 뜨거운 느낌도 드는데. 아나, 입 앙~ 해봐."

순순히 입을 벌린 아나의 목 상태를 관찰한 미샤는 고개를 갸웃거렸다.

"딱히 부은 것 같지도 않은데, 더워서 그런가? 괜찮긴 할 테지만 오늘은 이만 집으로 돌아갈래?"

"우~ 아나는 건강한걸?"

불만인 듯 입술을 삐죽이는 아나의 반응에 미샤는 웃으면서도 머리를 가만히 쓰다듬었다.

"사람이 많으니까 모르는 사이에 지친 걸 거야. 지금 낮잠 자지 않으면 밤에 졸릴걸? 엄마랑 오빠랑 제단에 랜턴을 가져가야 하잖아?"

축제가 시작하기 약 열흘 전부터 여기저기에 걸려있던 랜턴은 주민들이 직접 만든 것으로, 아름답게 색을 칠하거나 종이로 장식을 붙이는 등 개성과 정성이 담겨있다. 수레와 마찬가지로 이 축제의 명물 중 하나이기도 한데, 그걸 보며 걷는 게 목적인 관광객도 있을 정도다.

당연히 아이들도 각자 자기 랜턴을 만들어서 집 앞에 걸어놓았다.

그리고 후야제 밤에는 호숫가에 세운 제단에 바치러 간다.

제단에 모인 랜턴은 정해진 시간이 되면 풍작을 기원하며 사제가 불을 붙인다.

호수면을 붉게 비추는 불꽃은 아름다우면서도 장관이기에 여름이 온 것을 축하하는 축제의 클라이맥스라고도 할 수 있다.

평소엔 침대에 누워야 하는 늦은 시각까지 어린아이가 일어나 있는 걸 허락해주는 특별한 날이라고 아이들이 신이 나서 이야기해준 걸 미샤는 기억하고 있었다.

"그건 싫어."

작년엔 졸음에 패배해서 제단까지 도착하지 못하고 아쉽게 기권한 아나는 울상이 되어 고개를 저었다.

"그렇지? 한번 집에 돌아가서 밤에 대비하자."

"뭐, 낮의 축제는 충분히 즐겼으니까 괜찮지 않아?"

게임이나 먹거리 등 가고 싶었던 노점은 대충 돌아보고 만족했던 유우와 테토도 고개를 끄덕였다.

어차피 슬슬 저금했던 용돈도 바닥나는 바람에 이젠 빈둥빈둥 노점을 돌아다니며 눈으로만 구경하는 것 말고는 할 일도 없었으니 딱 좋았다.

"그럼 이거 들고 돌아가. 오늘 내에만 먹으면 안 상할 거야."

아이들의 상의가 끝난 타이밍에 지올드가 아직 반 정도 남은 과일 접시를 내밀었다.

"받아도 돼?"

울상이었던 아나가 펄쩍 뛰어오르며 기뻐했다.

확 바뀐 표정을 본 지올드가 무의식인 듯 푸흡 웃음을 터트렸다.

"그래. 아나가 말을 잘 들어서 주는 선물이야."

작은 머리를 쓰다듬어주자 유우와 테토도 기쁘다는 듯 웃었다.

"고마워, 아저씨."

"가족이랑 나눠 먹어도 돼?"

"그래. 마음대로 해."

바로 가족을 신경 쓰는 아이들의 마음 씀씀이에 흐뭇해하며 미샤와 지올드는 씩씩하게 돌아가는 세 사람을 배웅했다.

작은 아나를 가운데에 두고 접시를 고이고이 안은 등이 모퉁이를 돌아 사라졌다.

그 모습을 바라보던 미샤의 눈동자에 희미한 그림자가 스치는 걸 발견하고 만 지올드는 눈썹을 찌푸렸다.

여기 없는 가족에게 맛있는 걸 나눠주고 싶다며 웃었던 아이들.

그 모습에 미샤는 무슨 생각을 했을까.

짧은 망설임 후 지올드는 눈치채지 못한 척하며 밝은 목소리를 냈다.

"자 그럼. 애들은 돌아갔는데, 이제 뭐 할까? 미샤는 밤에 돌아다니지 못하니까 그만큼 낮에 즐겨야지!"

지올드의 말에 마치 꿈에서 깬 것처럼 흠칫 정신을 차린 얼굴이 된 미샤는 다음 순간 생긋 웃었다.

"호수 옆에 세웠다는 제단을 보고 싶어. 오늘 밤에 오지 못하는 사람들이 먼저 랜턴을 두고 가니까 이미 많이 모여있대. 꽃도 장식해서 밝을 때 봐도 예쁘다고, 아까 샤이딘 씨가 가르쳐줬어."

"좋네. 겸사겸사 우리도 랜턴을 사서 가져가자. 거기에 두면 담당자가 밤에 불을 붙이고 마지막엔 태워줄 테니까."

걷기 시작한 미샤의 눈동자에는 이미 조금 전 어른거렸던 그림자는 파편조차 보이지 않았다. 그 사실에 안도하면서 지올드도 미샤

옆을 걸어갔다.

그렇게 결국 두 사람은 시간도 넉넉하다며 완성된 랜턴을 사는 대신 뼈대만 있는 걸 사서 그 자리에서 그림을 그리거나 꾸밀 수 있다는 노점을 발견해 도전하기로 했다.

색종이, 그림 도구, 반짝반짝 빛나는 작은 돌조각. 이미 다양한 형태로 잘라놓은 색종이도 있고 자유롭게 사용해도 된다고 했다. 꾸미기에 따라서는 세상에 둘도 없는 아름다운 랜턴도 개성적인 랜턴도 마음대로 만들 수 있다.

"오, 꼬마 아가씨. 잘하네? 그 꽃장식은 어떻게 만드는 거야?"

노점의 여성이 얇은 종이를 솜씨 좋게 돌돌 말아서 꽃 모양으로 만드는 미샤의 재주에 감탄했다.

빈말이 아니라 진심이 담긴 칭찬에 미샤가 쑥스럽다는 듯 웃었지만, 실제로 미샤의 손에서 만들어진 크고 작은 입체 꽃장식은 마치 파는 물건처럼 정교했다.

"의외로 만드는 건 간단해요. 이 하얀 종이를 반으로 잘라서, 구석에만 색을 칠하고~."

직접 만들면서 설명하는 미샤에게 마찬가지로 옆에서 랜턴을 만들던 여성 2인조가 자기에게도 가르쳐달라고 요청했다.

그 부탁에도 흔쾌히 고개를 끄덕이고는 노점의 여성 및 다른 손님들과 즐겁게 이야기하는 미샤의 모습에 지올드는 안도의 숨을 한 번 내쉬고 새삼 자기 앞에 놓인 현실, 랜턴을 마주 보았다.

자각하고 있긴 했지만, 예술적인 분야에는 영 재주가 없다. 미샤가 관심을 보이길래 손을 댄 거지 자기 혼자였다면 절대 도전하지 않았을 것이다.

"……미샤, 이거 여기서부터 어떻게든 될까?"

'화월제'라는 축제의 이름답게 랜턴도 꽃에서 딴 디자인이 많다.

우선 꽃 그림이라도 그리면 어떻게든 될 거라는 생각에 붓을 든 것까지는 좋았지만, 완성된 건 컬러풀하게 색칠된 무언가였다.

한바탕 꽃장식 만드는 법을 가르친 미샤는 지올드의 목소리에 돌아보았다가 눈이 휘둥그레졌다.

극채색으로 칠해진 랜턴을 앞에 둔 지올드는 실수로 쓴맛 나는 음식을 먹은 사람처럼 얼굴을 구기고 있었다.

불이 들어오면 이건 이거대로 다채로운 색의 불빛이 퍼지며 예쁠 것 같지만, 지올드의 얼굴을 보는 한 의도한 상황이 아닌 모양이다. 미샤는 잠시 생각에 잠겼다.

"……지올드 씨, 칼은 잘 쓰지?"

랜턴에 감은 종이를 찢어지지 않도록 살살 떼어낸 뒤 심플한 선으로 꽃 모양을 그렸다.

"이 선을 따라서 잘라봐. 가능하면 자르고 남은 종이도 그 모양 그대로 남는다면 제일 좋고."

"알았어."

지올드는 노점에서 제공하는 작은 칼이 아니라 익숙하게 쓰던 본인의 칼을 꺼내더니 종이를 야금야금 자르기 시작했다.

예술적 센스가 괴멸적일 뿐 손재주는 좋은 편이다.

지올드가 선을 따라 깔끔하게 잘라내자 미샤는 거기에 한층 더 얇고 하얀 종이를 겹치고, 자르고 남은 건 다른 장소에 붙이는 등 가공했다.

"오오! 뭔가 굉장한데?"

완성된 랜턴은 꽃 모양으로 자른 부분에서 빛이 새어 나오도록 해놔서, 지올드라고 해도 불을 붙이면 아주 예쁠 것이라고 상상이 갔다. 게다가 다른 색이 화려해서 그런지 하얀색이거나 거의 하얀색에 가까운 입체 꽃장식이 신기하게도 고상해 보였다. 지올드가 감탄의 탄성을 질렀다.

"모처럼 예쁜 색이 칠해져 있었으니까."

그렇게 말하며 웃는 미샤의 손에 들린 랜턴에는 반대로 자르고 남은 부분의 컬러풀한 꽃을 달아서 지올드의 랜턴과 세트 느낌도 확 내주었다. 뼈대 부분에는 입체적으로 만든 종이 꽃장식이 종이 덩굴, 종이 이파리와 함께 예쁘게 달려있다.

"오오. 그렇게 하면 세트 같아서 좋네. 커플이나 친구끼리 만드는 손님에게 추천해볼게."

장사 감각이 좋은 노점 여성이 미샤에게 만드는 법을 배운 꽃장식을 만들며 웃는 얼굴로 말했다.

손재주가 없는 사람이나 시간을 들일 수 없는 사람을 위해 이미 완성된 장식용 파츠를 유료로 팔고 있다. 참고로 공이 많이 들어간 파츠일수록 값이 비싸서, 미샤가 가르쳐준 꽃장식도 제법 높은 가격이 매겨져 있었다.

"밤에 불을 붙이는 걸 상정해서 만드는 게 많지만, 이렇게 입체적인 장식을 붙이면 밝을 때도 즐길 수 있어서 좋네. 좋은 걸 가르쳐줘서 고마워."

씩 웃는 미소는 앞으로 반나절 내에 얼마나 매상을 올릴 수 있을지 계산이라도 하는 모양이었다.. 마찬가지로 랜턴 만들기 체험을 제공하는 노점은 많이 있으니까, 다른 곳과 차별점을 꾀할 수 있는 아이디어는 대환영이다.

"저야말로 재미있었어요."

정보 값으로 랜턴 하나 비용으로 두 개를 만들 수 있게 된 미샤도 생긋 웃으며 대답하고는, 옆에 장식되어 있던 견본품 랜턴 위에 종이 새를 올려놓았다. 한 장의 종이를 접어서 만들었다고는 믿기지 않는 그 새를 보고 여성의 휘둥그레진 사이에 두 사람은 서둘러 그 장소를 뒤로했다. 또 가르쳐달라고 졸랐다간 시간이 아무리 남아돌아도 부족해질 것 같았다.

"그럼 봉납하러 가자."

"응."

미샤와 지올드는 완성된 랜턴을 들고 호숫가에 있다는 제단으로 향했다.

물론 랜턴 만들기 노점은 특성상 호수 근처에 있었기 때문에 조금만 걸어도 목적지가 바로 보였다.

주위에 미샤 일행과 마찬가지로 손에 랜턴을 든 사람들도 늘어났다.

"저기가 접수대인가?"

하얀 나무로 만든 제단 옆에 사람들이 줄을 선 것을 발견한 미샤가 손가락질했다.

"그런가 보네. 그러고 보면 트리스가, 예년까지는 다들 마음대로 두고 가서 아무렇게나 섞이는 바람에 막상 불을 붙일 때 고생이니까 올해부터 접수대와 담당자를 수배했다고 했었지. 아마 기사단에서도 사람을 빌려줬을 거야."

이제야 생각났다는 듯 중얼거리는 지올드를 향해 미샤가 기가 막힌다는 시선을 보냈다.

"아무리 쉬는 날이라고 해도 조금 더 관심을 가져야지. 또 트리스 씨에게 혼난다?"

자기답지 않다고 질색하는 건 알지만, 라이언 곁에 있는 일이 많은 지올드도 기사단 내에서는 높은 지위를 받았다. 부하를 지휘하는 건 그렇다 쳐도 회의에 참석할 필요가 있는데 보좌관에게 잘 떠넘기고는 도망친다고 트리스가 한탄하는 걸 들은 적이 있었다.

"괜찮아. 일은 잘하고 있으니까."

지올드는 자기를 흘겨보는 미샤의 시선에 어깨를 으쓱하며 줄 맨 뒤에 섰다.

나름 긴 줄이긴 했지만, 접수대를 여럿 준비해둔 건지 생각보다 빠르게 줄어들었다.

"다음 분, 이쪽으로 오십시오."

얼마 기다리기도 전에 차례가 돌아와 자기를 부른 접수대로 향한 미샤는 생각지도 못한 인물의 모습에 무심코 큰 소리를 냈다.

"모르트 씨!"

그곳에 있는 건 처음 국립도서관에 갔을 때 안내해준 청년이었다.

그 정체는 재상 트리스의 막냇동생으로, 가족 중에 신분이 높은 사람이 있다는 게 들키면 귀찮아진다면서 머리카락을 회색으로 염색하고 눈에 띄지 않도록 소소히 일하고 있었다. 항상 바빠 보이지만 도서관에서 마주치면 추천하는 책을 가르쳐주는 등 이래저래 신경을 써주는 자상한 청년이기도 했다.

"어라? 축제 구경하러 나오실 수 있었군요."

놀란 건 모르트도 마찬가지였는지, 눈이 휘둥그레졌다가 싱긋 웃었다.

"여기에 봉납할 랜턴의 수를 적어주세요."

미샤에게 펜을 건네고 랜턴을 받은 모르트에게 지올드도 들고 있던 랜턴을 건넸다.

"도서관에서도 일손을 끌어올 수 있었나."

"이 이틀 동안은 도서관도 휴관하니, 직원의 절반은 이쪽에서 일하고 있습니다. ……혹시 허락도 없이 데리고 나오신 건 아니죠?"

주위를 슥 둘러보고는 지올드 말고 다른 호위가 없다는 걸 깨달은 모르트가 눈썹을 찡그렸다.

"어. 숨어있을 뿐 몇 명 있으니까 걱정하지 마. 그보다 빨리 접수해줘."

지올드는 빠른 어조로 작게 중얼거린 후 다음 말은 장난치듯 큰 소리로 모르트를 재촉했다.

"허락 안 받았다는 부분도 부정해주시죠. 또 형에게 혼나시려고요?"

기가 막힌다는 얼굴로 랜턴을 받은 뒤 두 개를 나란히 놓고 고개를 갸웃거렸다.

"완성된 걸 샀다기에는 장식에 공이 많이 들어갔는데요. 당신이 직접 만든 것치고는 너무 예쁘고, 미샤가 만든 겁니까?"

지올드의 파멸적인 미적 센스를 아는 모르트가 조금 심술궂은 얼굴로 웃고는 기록을 마치고 펜을 돌려주는 미샤에게 물었다.

"같이 만들었어요. 지올드 씨도 색칠하거나 종이를 자르면서 열심히 참여했어요."

"그렇단 말씀. 훌륭하지?"

싱글싱글 웃는 미샤의 말에 편승하듯 지올드도 가슴을 폈다.

"아 네. 지올드의 실패를 제대로 커버하다니, 미샤는 재주가 좋군요."

마치 직접 본 것처럼 웃자 지올드가 불만이라는 듯 눈썹을 찌푸렸다. 하지만 모르트는 알 바 아니라는 얼굴로 미샤에게 랜턴을 돌려준 뒤 등을 밀었다.

"저쪽 담당자의 지시에 따라 랜턴을 봉납하시면 됩니다. 그럼 좋은 하루 보내시길."

항의할 새도 없이 다음 단계로 가라고 재촉하는 바람에 지올드는 포기하듯 어깨를 움츠리고는 미샤의 뒤를 쫓아갔다.

지올드의 랜턴이 비참해질 뻔한 것도, 그걸 미샤가 도와준 것도 사실이니 줄을 방해하면서까지 아웅다웅할 일은 아니다.

"이 구역 내에서라면 어디에 두셔도 괜찮습니다."

신관복을 입고 온화하게 웃는 노인의 안내를 따라 미샤는 주위를 빙글 둘러보았다.

아무래도 랜턴의 모양이나 색에 따라 대강 장소를 나눠놓은 모양이었다. 미샤가 안내받은 곳은 꽃장식을 단 랜턴이 모여있는 곳이었다.

"이쯤이면 되려나?"

지올드와 함께 적당한 구석에 슬쩍 봉납한 뒤 미샤는 중앙에 놓인 풍요의 여신상을 향해 살며시 손을 모아 기도했다.

수많은 랜턴에 둘러싸여 온화한 표정을 짓는 여신상은 무척 아름답다.

'행복한 가을을 맞이할 수 있기를. 그리고⋯⋯.'

호수를 건너는 바람이 미샤를 부드럽게 쓰다듬었다.

숲 변두리의
꼬마 마녀

Little witch
at the edge of the forest.

2 축제의 밤

"오늘은 참 즐거웠어. 렌도 재미있었어?"

"끄응."

축제에서 돌아온 미샤는 바닥에 앉아 렌의 털을 빗겨주고 있었다.

렌 전용 브러시는 뻣뻣한 멧돼지 털로 만들었는데, 최근 렌은 피부를 마사지하듯 힘을 줘서 빗겨주는 것에 빠져있었다.

지금도 흡족한 얼굴로 몸을 눕히고는 가만히 손길을 받고 있다.

"제단에 봉납한 랜턴은 모양도 색도 정말 다양해서 보기만 해도 참 즐거웠어. 점등한 걸 보지 못한 건 아쉽지만, 불에 태우는 건 성에서도 볼 수 있대. 지올드 씨에게 명소라는 곳의 위치를 듣고 왔으니까 몰래 같이 보러 가자."

기분 좋은 압력으로 눌러주는 브러싱에 취해있는 렌에게 미샤의 즐거워하는 목소리는 자장가나 마찬가지였다.

꾸벅꾸벅 졸면서 '으우웅' 하고 대답인지 신음인지 알 수 없는 소리를 흘리는 렌의 반응에 미샤는 쿡쿡 웃었다.

즐거워 보이긴 했다지만 종일 사람들 속에 있었으니 렌도 피곤했을 것이다.

축제라서 평소보다 사람이 가득했던 거리에 렌을 데려가도 괜찮을지 불안했는데, 지올드가 괜찮다고 해줘서 큰맘 먹고 데려가 본 거였다.

어떻게 될지 조마조마한 미샤의 마음도 모르고 렌은 여기저기에서 애교를 뿌려 대며 야무지게 먹을 것을 획득했다.

성에서 많은 사람과 부대낀 덕분인지, 모르는 사람이 손을 뻗어도 거부하지 않고 얌전히 받아들였고 지올드의 말로는 주변 경계도 착실하게 했다고 한다. 그 점은 성의 경비견들과 함께 훈련받은 성과일 것이라고 했다.

미샤가 모르는 곳에서 열심히 한 렌의 성장이 느껴져서 무척 뿌듯했다.

저녁이 되어 지올드와 함께 성에 돌아온 미샤는 바로 목욕을 마치고 오두막으로 돌아왔다.

저녁도 노점에서 사 먹었으니 이제는 딱히 할 일도 없다.

참고로 라라이아는 왕족의 공무로서 여기저기 교회를 돌아다녀야 하므로 지금은 왕성에 없다.

국왕인 라이언도 마찬가지다.

이번 축제는 '화월제'라고 해서, 여름이 온 걸 축하하는 축제이지만 동시에 풍작을 기원하는 제사이기도 하다.

일국의 왕족으로서 즐기기만 하고 넘길 수는 없다.

"너무 바빠서 또 몸 상태가 나빠지지 않는다면 좋겠는데. 내일 식사 메뉴를 좀 점검하는 게 좋으려나?"

건강해졌다고 하지만 그래도 보통 사람과 비교하면 약한 편인 라라이아를 걱정한 미샤는 뭐가 효과적일지 따져보며 비축해두었던 약초를 머릿속으로 떠올렸다.

조금 전과 목소리의 느낌이 달라진 미샤를 알아차린 렌이 가늘게 눈을 뜨고 힐끗 살폈지만, 생각에 잠긴 미샤는 눈치채지 못했다.

결국, 멈춰버린 손에 '브러싱 끝났어?' 하고 고개를 갸웃거린 렌은 꾸물꾸물 일어나더니 크게 하품한 후 몸을 부르르 떨었다.

그대로 노점에서 사 준, 소뼈에 가죽을 감은 간식을 깨물기 시작했다.

"어라? 렌, 이제 됐어?"

문득 미샤가 정신을 차리자 렌은 이미 쫀득쫀득한 간식에 푹 빠져 있었다.

이미 끄트머리가 사라진 걸 보고 생각보다 더 시간이 지났다는 걸 깨달은 미샤는 어깨를 움츠린 뒤 브러시를 손질하고 치웠다.

그때 열심히 간식을 깨물던 렌의 귀가 꿈틀 움직이더니 훌쩍 일어났다.

입구로 가더니 문을 빤히 응시하는 렌을 보고 미샤가 고개를 갸웃거린 다음 순간, 오두막의 문을 노크하는 소리가 들렸다.

"실례합니다. 미샤 님, 계십니까?"

조용히 울리는 목소리는 집사 키노의 목소리였다.

렌의 꼬리가 한 번 파닥 움직였다.

"네. 무슨 일이세요?"

미샤는 서둘러 대답한 뒤 문을 열었다.

그러자 거기에는 여느 때처럼 검은 집사복을 입은 키노가 서 있었다.

"카이트 다이애슨 님께서 미샤 님을 찾아오셨습니다. 성에서 만나시겠습니까? 아니면 여기로 안내해드릴까요?"

가슴에 손을 올리고 살짝 몸을 숙여 인사한 후 키노가 담담히 물었다.

"카이트가? 이런 늦은 시간에 무슨 일이지?"

어젯밤 무도회에서 만났을 때는 찾아오겠단 말이 없었기에 의아해하면서도 미샤는 자리에서 일어났다.

"일부러 여기까지 오라고 하는 것도 미안하니까 제가 갈게요. 이대로 안내해주실 수 있을까요?"

축제에서 돌아와 목욕하긴 했지만, 나중에 렌과 함께 봉납 불을 구경하러 갈 생각이었던 미샤는 다행히 평상복을 입고 있었다. 덕분에 옷을 갈아입는다고 기다리게 하지 않고 바로 키노에게 안내를 부탁했다.

격식 있는 차림은 아니지만 그 부분은 새삼스러운 지적이다.

"알겠습니다."

키노도 익숙한 일이기에 앞서 걷기 시작했다.

"렌도 가자!"

잠시 망설였으나, 미샤는 예의 바르게 앉아서 이쪽을 살피던 렌도 불렀다.

무슨 이야기를 할지 알 수 없지만 오래 걸린다면 불에 태우는 시간과 겹칠지도 모른다.

성은 부지가 넓으니 굳이 렌을 부르러 왔다가 놓치게 된다면 너무 아쉽다.

"워웅!"

렌은 신이 난 듯 일어나 가벼운 발걸음으로 미샤를 쫓아왔다.

그쪽으로 힐끗 시선을 줄 뿐, 키노는 멈추지 않았다.

애초에 미샤가 알아서 사릴 뿐, 렌은 미샤와 함께라면 성의 어디든 드나들어도 괜찮다는 사실이 널리 퍼져있었고 익숙해진 지금은 오두막이 있는 뒤뜰 같은 일부 장소라면 자유롭게 돌아다닐 수 있다.

더욱 말하자면 말귀를 잘 알아듣는 데다 보드라운 털을 만지게 해주는 너그러운 렌은 성에서 일하는 사람들에게 인기가 좋았다. 마음의 치유를 찾아 휴식 시간에 렌을 만나려고 정원을 산책하는 사람이 늘어났을 정도다.

"카이트, 기다렸지! 무슨 일이야?"

안내받은 응접실에서는 카이트가 혼자 기다리고 있었다.

안에 들어오자마자 말을 건 미샤에게 카이트는 살짝 웃으며 소파에서 일어나 이쪽으로 걸어왔다.

"늦은 시간에 죄송합니다. 실은 내일 이른 아침에 귀국하기로 급히 정해져서 인사하러 왔습니다."

카이트가 맞은편 소파에 미샤를 에스코트하며 담담하게 설명했다.

귀족 모드인 카이트에게 겸연쩍음을 느끼면서도 고분고분 에스코트를 받던 미샤는 귀에 꽂힌 문장에 눈이 휘둥그레졌다.

"내일 아침에 돌아간다고?"

물론 미샤도 카이트가 이 나라에 놀러 온 게 아니라는 건 알고 있다.

카이트 일행은 부상 후유증으로 긴 여행이 힘든 아버지 대신 미샤에게 짐을 가져다주러 온 것이었다.

시기상 '화월제'와 겹친 건 우연이었고, 더욱 말하자면 왕족의 무도회에 참석한 것도 어쩌다 보니 그렇게 된 것에 가깝다.

공작이 '우리 애 잘 부탁한다' 인사장을 전달한다는 큰 역할을 떠넘기긴 했지만, 우연히 춤 연습을 하던 미샤에게 붙잡히지 않았다면 아마 소규모 알현만 하고 끝났을 것이라고 한다.

"그것만으로도 짐이 무거웠는데, 그 후에 무도회 정식 초대장이 오고 에스코트 의뢰까지 받았을 때는 눈앞이 캄캄했어."

둘이 함께 거리를 산책하던 도중에 이런 말도 흘렸으니 확실할 것이다.

물론 짐 안에 정복이 들어있었던 걸 보면 카이트에게 알리지 않았을 뿐, 시기상 초대를 받을지도 모른다고 짐작은 했을 것이다.

아무튼 원래 목적이던 짐 운반에 추가로 난입한 무도회까지 끝난 이상 카이트 일행이 계속 머무를 이유는 없었다.

그래서 늦든 이르든 돌아간다는 건 알고 있었지만, 예정으로는 앞으로 며칠 더 머무른다고 들었다. 그래서 미샤는 한 번 더 같이 거리로 나가 놀 수 있을지도 모른다며 기대하고 있었다.

"왜 일정이 당겨진 거야? 무슨 일 있었어?"

"아뇨. 대단한 이유는 아닌데요……."

동요해서 목소리가 떨리는 미샤의 등을 달래듯이 가볍게 두드린 카이트는 미샤를 소파에 앉혔다.

"죄송하지만 여기서부터는 공작가의 내부 사정이므로 자리를 비켜주실 수 있겠습니까?"

미샤의 맞은편 소파에 앉은 카이트는 새 차를 우리던 메이드를 본 후 벽 앞에 서 있던 키노에게 시선을 던졌다.

"……문을 살짝 열고 밖에서 대기하겠습니다."

잠시 침묵한 뒤 키노가 공손하게 머리를 숙인 후 차 준비를 마친 메이드를 데리고 방 밖으로 나갔다.

완전히 눈을 떼지는 못하지만 목소리가 들리지 않을 정도로는 떨어진다는 배려이자, 호위 겸 정보수집을 맡은 키노에게는 아슬아슬한 양보였다.

적어도 공적으로는 이 자리에서 오간 대화는 없었던 일이 된다.

"……미샤, 일단 물어보는 건데 로즈마리아 님과 라일라 님이 어떻게 되었는지 알고 싶어?"

문이 약간의 틈을 남기고 닫힌 걸 확인한 뒤 카이트는 미샤를 향해 몸을 기울였다.

그리고 작게 죽인 목소리로 꺼낸 단어에 미샤의 표정이 딱딱해졌다.

'로즈마리아'와 '라일라'.

그건 아버지의 정처와 이복언니의 이름이자, 어머니를 학대하고 목숨을 빼앗은 자들의 이름이었다.

예기치 못하게 들린 이름은 미샤의 뇌리에 그날의 광경을 떠올리게 했다.

"아……."

추락하는 어머니가 앞으로 뻗은 손가락.

고막을 찢는 누군가의 비명.

그리고……….

무언가 대답해야만 한다는 듯 입을 벌린 미샤는 머릿속이 새하얘져서 무슨 말을 해야 하는지 알 수 없었다. 다만 어머니의 얼굴이 뇌리를 빙글빙글 돌아서, 결국 떨리는 입술을 무의식중에 꾹 깨물 수밖에 없었다.

갑자기 텅 빈 눈으로 굳어버린 미샤를 보고 놀란 카이트가 곁으로 가려고 일어나기도 전에 허벅지로 올라간 렌이 순식간에 창백해진 미샤의 뺨을 핥았다.

그대로 소파에 자빠트릴 기세로 달려들어서 마구 핥아대고는 제 얼굴을 비볐다.

"잠깐……. 렌…, 렌! 스톱! 그만……!!"

갑작스러운 맹공에 미샤는 당황하며 렌을 밀어내려고 했지만, 기세가 붙은 렌은 멈추지 않았다.

숨 쉴 새도 주지 않겠다는 듯 핥고, 비비고, 코로 쿡쿡 찔러댔다.

갑자기 시작된 렌의 폭주에 어안이 벙벙해져서 어정쩡하게 일어난 자세로 굳어있던 카이트는 결국 자빠져서 비명을 지르는 미샤의 목소리에 정신을 차렸다.

"좀 진정해. 너 왜 그래?"

성장했다지만 자기보다 훨씬 큰 카이트의 힘에는 당해내지 못했던 렌은 미샤를 구하기 위해 달려온 카이트의 팔에 덜렁 들려 올라가자 아쉽다는 듯 작게 울었다.

"정말이지! 왜 그래? 렌!"

간신히 렌에게서 해방되어 몸을 일으킨 미샤의 머리카락은 엉망으로 흐트러졌다. 벗어나려고 발버둥 쳤기 때문인지 숨은 거칠고 뺨은 빨갛게 물들어있었다.

하지만 거기에는 조금 전의 어두운 그림자는 사라지고 없었다. 카이트는 무심코 렌의 몸을 꽉 끌어안았다. 그러고는 렌을 잡은 채 미샤 옆에 앉았다.

"카이트?"

갑자기 거리가 가까워져서 의문을 느낀 미샤가 거친 호흡을 가다듬으며 고개를 갸웃거리자, 카이트는 난처하다는 듯 웃었다.

"머리가 헝클어졌어. 괜찮아?"

"응. 평소에는 안 이러는데 무슨 일이지? 미안해. 무슨 이야기 하고 있었더라?"

미샤도 난처하다는 듯 웃으며 카이트에게 얌전히 안겨있는 렌의 머리를 가볍게 쓰다듬었다.

"오늘 하루 축제에 데리고 돌아다녀서 흥분했나? 이러면 안 돼. 렌. 카이트가 아니었다면 혼났을 거야."

"끄우웅."

혼내는 어조에 귀를 납작하게 접은 렌은 반성한 듯한 얼굴이었지만, 꼬리는 느릿하게 파닥거렸다.

그런 미샤와 렌의 대화를 들으며, 카이트는 얼굴에는 드러내지 않았지만 내심 무척 난감해했다.

미샤 안에서는 렌이 뛰어들기 직전에 카이트가 한 말이 없었던 일이 되었다는 걸 깨달았기 때문이다.

그리고 그 점을 미샤가 전혀 신경 쓰지 않는 걸 넘어서 그 부분만 기억이 싹 빠진 것처럼 보였다.

망설임은 한순간.

카이트 또한 조금 전 발언을 다시 꺼내는 걸 관두었다. 이유는 알 수 없지만 카이트의 감이 건드리면 안 되는 일이라고 경고했기 때문이다.

"아니. 갑자기 미안. 사실 같이 온 기사의 부인이 몸 상태가 안 좋은 모양이야. 큰일은 아니라지만 임신 중이었다고 하니 일단 조심하는 차원에서 전서조가 날아왔어. 첫 아이기도 하고 걱정되기도 하니까 최대한 빨리 돌아가고 싶다고 해서 출발을 당기기로 했지. 놀라게 해서 미안해."

조금 어색한 카이트의 설명에 어리둥절해 하던 미샤는 이어서 눈을 깜빡였다.

"부인? 임신? ……큰일이잖아!"

임신과 출산은 목숨이 달린 중대한 일이다.

하물며 초산이라면 불안이 클 것이다.

그런 상황에 몸 상태가 안 좋아졌고, 심지어 남편도 옆에 없다면 얼마나 조마조마할까. 미샤는 서둘러 일어났다.

"자양강장약! 라라이아 님을 위해 만든 거지만 여분이 있으니까, 괜찮다면 가져가. 금방 가져올 테니까 잠깐 기다려!"

일방적으로 그렇게 외치고 뛰쳐나간 미샤의 뒷모습을 얼떨떨한 얼굴로 배웅한 카이트는 쾅 소리를 내며 닫힌 문을 바라보고 크게 한숨을 쉬었다.

"듣기 싫다…… 기보다는 떠올리는 것도 괴로운 거겠지. 아직."

갑작스럽게 일어난 불행한 사고.

하지만 그건 일어날 만해서 일어난 일이라는 게 관련자들의 공통된 생각이었다.

언제부터 어긋나고 말았던 건지.

어째서 고칠 수 없었던 건지.

남겨진 사람들은 자문자답할 수밖에 없이 지금도 괴로움 속에 있다.

그중에서도 눈앞에서 어머니를 잃은 미샤의 상처가 가장 깊다는 건 알고 있었는데도, 요 며칠 동안 밝게 웃는 미샤를 보면서 착각하고 말았다.

"……역시 이 화제를 꺼내기에는 너무 일렀던 거야."

허벅지 위에 올린 렌의 등에 얼굴을 파묻은 카이트는 크게 한숨을 쉬었다.

털 속으로 성대한 바람이 불어서 기분이 나빴던 건지 불편하다는 듯 코를 찡그린 렌이 몸을 비틀어 카이트의 품에서 도망쳤다.

"아, 미안."

가볍게 사과하면서도 한숨은 멈추지 않았다. 하지만 그런 소릴 할 수만도 없는 사태가 일어난 것도 사실이다.

"……진짜 민폐라니까."

카이트는 천장을 올려다보며 한 번 더 크게 한숨을 쉬었다.

이번에 서둘러 귀국하게 된 건 영지의 요양원에 집어넣었던 로즈마리아가 사라졌다는 소식이 들어왔기 때문이다.

처음에는 이혼 이야기도 나왔지만, 이미 로즈마리아의 생가는 다음 세대로 바뀌어 어머니가 다른 동생이 가문을 이끌고 있었기 때문에 돌아가봤자 자리가 없다.

게다가 하이드진에게 죄는 없으니, 다소 재교육에 들어가기는 해도 후계자로 남기기로 했다. 따라서 생모인 로즈마리아를 너무 혹독하게 단죄하는 건 나중에 후환을 남기는 게 아니냐는 목소리도 나왔다.

악랄하단 평을 들었던 로즈마리아도 디노아크에게는 비밀로 돈을 쓰긴 했으나 가까스로 허용 범위의 금액이었으며, 아이들이 받은 이상한 교육도 본인은 관심이 없어서 관여하지 않는데 주위 사람들이 로즈마리아의 비위를 맞추기 위해 폭주한 결과였다.

디노아크가 아이들에게 관여하려고 하면 이래저래 방해했던 것도 아이들에게 쓸 시간이 있다면 자신에게 시간을 써 달라는 자기애 때문에 나온 행동이었다. '그야 그이는 내 거잖아'라고 주장해서 조사를 맡은 디노아크의 측근이 어깨를 푹 떨궜다고 했다.

그런 상태였기에 가장 의심스러웠던 불륜은 없었다.

일그러진 형태이긴 했지만, 로즈마리아가 디노아크를 사랑한다는 건 확실했다.

그렇다고 생가에서 데려온 시녀와 기사들이 저지른 횡령 및 다른 사람들을 박해한 행위는 무시할 수 있는 규모가 아니었다. 그리고 그 주인인 로즈마리아도 당연히 무죄로 넘어갈 수 없었다.

애초에 학대의 절반은 주인인 로즈마리아의 관심을 끌기 위해서였으며, 사소한 실수로 혹독한 벌을 받는 걸 같이 구경했다는 보고도 있었다.

엎치락뒤치락하던 형벌은 결국 모든 권한을 거두고 영지 내 요양원에서 칩거한다는 형태로 정리되었다.

'나는 아무것도 몰랐어. 주변에서 마음대로 한 일이잖아!'라며 아우성쳤다고 하지만 들어주는 사람은 없었다.

막 성인이 된 풋내기라면 모를까 공작가에 시집온 지 벌써 십수 년이 지났고, 아이도 두 명이나 낳았다. 공작 부인으로서 공작가를, 나아가 영지까지 관리해야 하는 몸이면서 그런 변명이 통할 리가 없다.

요양원에 들어간 뒤에는 한동안 울고 아우성을 치며 난동을 부렸던 모양이지만, 한 달이나 지나자 얌전해졌다.

정확하게는 디노아크의 수하로 채워 넣은 요양원의 사용인들이 뭘 해도 계란으로 바위 치기처럼 깍듯하면서도 무심한 태도로 일관했기 때문에 포기한 모양이라고 추측했다.

술을 물처럼 마시고 오후가 되어서야 간신히 일어나는 타락한 생활이었지만 히스테릭하게 구는 것보다는 낫다며 방치했었다.

그렇게 방에 틀어박히는 나날이 이어졌으니 방심도 했던 모양이다.

어느 날 아침, 아무리 시간이 지나도 부르지 않아서 의심스럽게 생각한 시녀가 침실을 살피러 갔을 때는 이미 그 모습이 홀연히 사라진 뒤였다고 한다.

당연히 움직일 수 있는 사람을 총동원해서 주변을 수색했으나 초동이 늦었던 것도 있었는지 발견하지 못한 채 벌써 사흘이 지났다.

더불어 로즈마리아가 생가에서 데려왔던 인원을 다시금 조사해보자 종자 중 한 명이 행방불명되었다는 게 발각되었다.

종자라고 해도 평소 눈에 띄게 옆에서 모셨던 건 아니고, 그림자처럼 후방에서 더러운 일을 중심으로 맡았다고 한다. 동료인 시녀와 기사들조차 얼굴을 제대로 떠올리지 못했으니 어느 의미 이상한 사태이지만, 그렇기에 조사망에서 빠져나가고 말았다.

가까스로 알게 된 건 그 종자의 이름이 안노이며, 로즈마리아가 어린 시절 길에서 쓰러진 아이를 변덕으로 주워 왔고, 그 후 안노는 허드레꾼으로서 부려 먹혔다는 점 정도였다. 긴 앞머리로 얼굴을 가리고 고개를 숙인 채 작은 목소리로 중얼거리는, 어딘가 기분 나쁜 남자라는 인식밖에 없었다고 한다.

하지만 로즈마리아의 생가에 자세히 물어보자 선대의 그림자로부터 그림자 교육을 받았던 것 같다는 무시할 수 없는 정보가 나왔다. 아마도 그 특성을 살려서 어둠 속에 숨어 로즈마리아를 구출할 틈새를 노렸던 모양이다.

어쩌면 적반하장으로 원한을 품고 미샤를 습격할 위험이 있을지도 모른다며 카이트 일행에게 서둘러 귀국 명령이 떨어졌다.

뼛속까지 귀족인 로즈마리아가 도망 생활이라고 해도 불편한 길을 걸어서 이동하는 걸 견딜 수 있을 것 같지 않으니, 인원을 세 팀으로 나눠서 주요 가도를 따라 레드포드 왕국에서부터 탐색하면서 돌아오라는 지시였다.

덤으로 무슨 일이 있으면 곤란하니까 미샤에게 넌지시 주의를 주라고도 했으나, 조금 전 반응을 보아 지금 상황을 알려주는 게 더 미샤에게 부담이 될 것 같았다.

"그나저나 뭘 하고 싶은 거지."

공작가의 기사단에 들어온 지 아직 2년 정도밖에 안 된 카이트는 말단이기에 로즈마리아의 모습을 본 적조차 거의 없었다.

전해 듣기로는 전형적인 귀족 부인이라는 느낌이고, 영주에 이어지켜야 하는 존재이긴 하나 그녀 주위는 친정에서 데려온 기사와 시녀로 다져놓았기 때문에 기사단도 의례적인 대응을 할 뿐 거의 엮이지 않았다.

마찬가지로 그 피를 이어받은 아이들도 저쪽에서 끼고 돌았기 때문에 접점이 없었고, 귀족의 통례상 아이들에게 어떤 교육을 하는지는 어머니가 지휘하기 때문에 간섭하는 게 어려웠다.

하지만 적남인 하이드진이 후계자 교육도 받아야 한다며 8살이 된 뒤부터 조금씩 기사단에도 찾아오게 되고, 어머니의 입김이 닿은 사람 말고도 조금씩 교류하기 시작한 참이었다.

그와 달리 라일라는 어머니와 꼭 붙어 다니면서 가끔 스쳐 지나가는 일이 있어도 기사단 인간에게는 마치 오물이라도 보는 듯한 시선을 보내거나 고개를 돌리고 없는 사람 취급을 하거나 둘 중 하나였다.

감수성이 요동치는 시기의 소녀이니 위험한 무기를 휘두르는 야만인으로 봐도 어쩔 수 없다며 다들 쓴웃음과 함께 흘려넘겼지만, 나이가 비슷한 카이트는 솔직히 짜증을 느꼈다.

미샤와 처음 만났을 때의 태도가 다소 불량했던 것도 그런 경험이 있었기 때문이었다.

긴급사태라고는 해도 전장에서 돌아와 더러운 기사를 보고 공작 영애가 어떤 식으로 차갑게 대할지 경계했었다.

물론 그 경계는 좋은 의미로 배신당했지만…….

"뭐, 라일라 아가씨도 조금은 변한 것 같지만…….”

그러다 문득, 마지막에 만난 라일라의 모습이 연쇄적으로 떠올랐다.

고의는 아니었다고 해도 이제 막 14살이 된 소녀가 사람의 목숨을 빼앗고 말았다.

후회와 공포에 시달려 방에 틀어박힌 채 음식도 제대로 먹지 못하는 나날은 도도한 소녀에게서 패기를 빼앗았다. 게다가 잠들면 악몽을 꾸기 때문에 푹 자기도 어려운 상황인지 안색이 나빴다.

그래도 잘못된 방향으로 강화된 귀족의 자존심 때문인지 절대 사과하려 하지 않고, 그저 자기는 나쁘지 않다고 연신 중얼거렸던 모양이다.

그런 가운데 몸 상태가 개선되고 여유가 생긴 디노아크가 아이들과 대화하고 싶다며 하이드진도 함께 셋이 방에 틀어박힌 날이 있었다.

그리고 예정했던 시간을 한참 넘기고 나서야 겨우 방에서 나오더니, 무슨 흐름인 건지는 알 수 없지만 미샤와 레이어스가 살던 숲속의 집을 보러 간다고 했다.

하지만 디노아크는 아직 말을 타는 게 어렵고 측근들도 전후처리를 하느라 바쁘다.

숲속 집의 정확한 장소를 아는 사람은 얼마 없는 데다, 아는 사람을 늘리고 싶지 않다는 이유로 인해 딱 한 번 간 게 고작인 카이트까지 숲속 집에 가는 일행으로 뽑히고 말았다.

라일라를 태울 사람 한 명. 자기도 가 보고 싶다고 한 하이드진을 태울 사람 한 명.

여기에 호위가 두 명.

잠행이라고 해도 공작가의 아이들을 데려가기에는 최소한으로 이뤄진 인원이었지만, 기밀이라는 걸 생각하면 그 이상은 불가능하다는 판단이었던 모양이다.

그리고 카이트는 라일라와 같은 말을 타게 되었다.

거절하고 싶어도 상하관계가 엄격한 기사단에서 명령은 절대적이다.

얌전히 따른 카이트는 몇 달 전에 미샤를 태우고 달렸던 길을, 이번에는 그 이복언니를 태우고 달리게 되었다.

도착할 때까지 약 반나절.

나름대로 우여곡절이 있긴 했으나 숲속에 우두커니 서 있는 작은 오두막에 놀라고, 집 내부의 가난한 생활이 보이는 썰렁함에 말문이 막힌 뒤 돌아오는 길. 라일라는 어두운 얼굴로 얌전해졌다.

"사교계가 싫어서 책임은 내던진 주제에 시골에서 딸과 함께 사치 삼매경에 빠졌고, 바쁜 아버지의 시간도 억지를 부려서 빼앗아 간다고 그랬는데…… 내가 들었던 이야기는 정말 다 거짓말이었구나……. 나는 너무 어리석었어. 그저 어머니에게 사랑받고 싶다는 마음만으로 스스로 생각하지도 않고, 주변을 제대로 보지도 않고……."

그저 돌아가는 길에 작게 중얼거리던 말이 신기하게도 귓가에 남았다.

그 후 라일라는 본인의 희망으로 수도원에 들어갔다고 한다.

고의는 아니었다지만 빼앗아버린 목숨의 명복을 빌고 조용한 환경에서 자신을 다시 살펴보고 싶다고 했다.

정식으로는 수녀 견습이고, 앞으로 어떻게 생활하는지에 따라서 환속도 가능하다고 하지만 현재 그 시기는 불명이다.

라일라의 방약무인한 태도를 알던 사람들 내에서는 얌전한 태도도 일시적일 거라며 엄격한 시선을 보내는 사람이 많은 모양이지만 그게 진실인지 아닌지는 시간이 가르쳐줄 것이다.

적어도 짧은 여행을 함께 했던 카이트는 라일라 안에서 무언가가 바뀌었다고 느꼈지만, 그걸 누군가에게 말할 생각도 없었다.

약을 가져온다고 뛰쳐나간 미샤는 오랫동안 돌아오지 않았다.

"준비해둔 약이 생각보다 더 적어서 서둘러 추가로 조제했어. 겸 사겸사 아빠가 쓸 상처약하고 진통제도."

그렇게 말하며 두 손 가득 연고와 약병을 안고 온 미샤를 보고 카 이트는 그저 고개를 끄덕이며 그 모든 걸 넘겨받았다.

'아마 미샤는 주변이 생각하는 것보다 더 어머니를 잃은 현실을 극복하지 못했어. 어쩌면 미샤 본인이 생각하는 것보다 더……. 지 금 억지로 이야기해봤자 상처를 후벼팔 뿐이야. 그렇다면 주변에서 파악해두고 문제가 일어나지 않도록 지키면 돼.'

미샤가 없는 동안 카이트가 내린 결론이었다.

'다행히 미샤 옆에는 엄선된 숙련자가 붙어있는 것 같으니까 괜찮 겠지.'

자신을 시험하듯 도발했던 집사를 필두로 뺨을 발그레하게 붉히 면서도 눈은 냉정했던 시녀들. 밖을 돌아다닐 때 미샤의 사각에서 자신을 노려보듯 응시하던 호위 기사. 더욱이 모습은 보이지 않았 으나 존재를 알리듯이 날카로운 기척을 몇 번이나 부딪쳤던, 아마 도 그림자라고 불리는 존재들.

'아니, 호위가 얼마나 두터운 거야.'

문득 세어봤다가 그 수와 강렬함에 조금 넌더리가 났을 때 미샤가 돌아왔다.

카이트의 마음이 정해지기에는 충분한 시간이 있었다.

미샤 본인도 두 사람의 이름이 나왔던 걸 계속 잊고 있는 건지 '슬 슬 제단에 불을 피우는 시간이니까 같이 가자'라며 카이트의 손을 잡아당겼다.

하지만 카이트에게는 그조차 미샤의 무의식적인 방어본능으로 보였다.

그걸 눈치채고 나니, 타국의 인간이 밤의 왕성을 마음대로 돌아다니면 문제가 된다는 걸 알면서도 거부할 수 없었고…….

그렇게 카이트는 미샤에게 끌려가 어린 시절 이후 처음 하는 나무타기를 함께 하게 되었다.

"와, 예쁘네."

"그렇지? 성에서도 밖을 내려다볼 수 있지만, 제단에서 태우는 불이 보고 싶다면 여기서 보는 걸 추천한다고 가르쳐줬어."

미샤와 카이트는 인기척이 없는 정원 한구석에 서 있는 커다란 나무 위에 있었다.

얼핏 힘들어 보이지만 가지가 적절히 우거져 있어서 생각보다 더 쉽게 올라올 수 있었다.

재밌는 것이, 어떻게 위로 데려가야 할지 고민하던 카이트의 팔에서 탈출한 렌이 재주 좋게 폴짝폴짝 가지를 밟고 뛰어서 위로 올라왔다는 점이다.

"개도 나무를 탈 줄 아는구나."

놀라서 눈이 동그래진 카이트의 반응에 미샤는 크게 웃었다.

"조사해봤는데, 렌은 아마 '회색 뜀늑대'라는 종족의 알비노인 것 같아. 뒷다리가 평범한 늑대보다 굵고 커서 점프가 특기래. 기어 올라가는 건 무리지만 지금처럼 가지에서 가지로 뛰어서 높은 나무 위에 올라갈 수 있다고 적혀있었어. 원래는 유스 산맥에 많이 서식한다고 하는데, 먹이를 찾아 이동한 무리가 정착해버린 건지도 몰라."

옆에 앉은 렌의 뒷다리를 들어 올려서 카이트에게 보여주려고 하자 렌이 싫다는 얼굴로 하나 위에 있는 가지로 도망쳐버렸다.

그 모습에 쿡쿡 웃은 두 사람은 다시금 아래쪽을 내려다보았다.

호숫가에 세워진 커다란 제단이 불타고 있다. 제단에 바친 랜턴을 태우며 커다란 불꽃이 된 게 보였다.

불티가 이리저리 튀며 밤하늘을 그을리고 호수에 비치는 광경은 시선을 빼앗길 정도로 환상적이고 아름다웠다. 랜턴에도 각각 불을 켜놔서 커다란 제단의 불꽃을 중심으로 작은 불빛 여러 개가 반짝반짝 빛났다.

"미샤, 이 나라는 즐거워?"

붉게 타오르는 불꽃과 그걸 비추는 호수가 만들어내는 환상적인 풍경을 내려다보며 카이트가 작게 중얼거렸다.

미샤는 옆에 앉은 카이트를 힐끗 올려다보고는 바로 시선을 앞으로 되돌렸다.

"즐거워. 많은 걸 보고, 많은 책을 읽고. 가끔 당황할 때도 있지만 다들 친절하고……. 내일은 뭘 할까 기대해."

"그래……."

날이 완전히 저물자, 멀리 보이는 불꽃은 아름다워도 여기까지 비춰주지는 않았기에 달빛과 별빛으로는 서로 표정을 확실하게 보기 어렵다.

그래도 무언가를 꿰뚫어 보려는 듯 카이트는 미샤의 옆얼굴을 바라보았다.

완강하게 이쪽을 돌아보려 하지 않는 미샤를 잠시 조용히 응시한 후, 카이트는 피식 웃고 손을 뻗었다.

"잘 지낸다면 다행이고. 뭐, 미샤는 붙임성이 좋으니까 아는 사람이 별로 없는 곳에서도 문제없겠지. 친구도 생긴 것 같고."

스윽.

카이트가 미샤의 머리카락을 부드럽게 쓰다듬었다.

전에 없이 부드러운 손길에 미샤는 그제야 카이트에게 고개를 돌렸다.

"미샤. 나는 부모님을 잃은 적이 없어. 하지만 전쟁에서 함께 싸운 동료를 잃었으니 그 괴로움을 조금은 알아."

온화한 미소는 전혀 카이트답지 않았지만, 미샤는 어째서인지 눈을 뗄 수 없었다.

부드러운 손이 바람에 나부끼는 미샤의 머리카락을 계속 쓰다듬었다.

『미샤도 참, 오늘은 어디서 놀다 온 거야?』

불현듯 레이어스의 다정한 목소리가 들린 듯한 느낌에 미샤의 눈이 커졌다.

종일 숲속을 뛰어다니며 등에 멘 바구니를 가득 채우고 돌아왔다.

그런 미샤의 헝클어진 머리카락을, 레이어스는 항상 웃으면서 정리해주고 이야기를 들어주었다.

그건 숲에서 보낸 소소한, 하지만 소중한 나날이었다.

"갑자기 다시는 만날 수 없게 되고 대화하지도 웃지도 못하게 되는 거야. 그게 현실이라는 걸 이해해도 받아들이기 싫지. 조금 전까지 같이 웃고 내일은 뭘 할지 이야기했었으니까."

카이트는 약간 먼 곳을 보는 듯한 시선으로 조용히 말을 이어

갔다.

처음 갔던 전쟁은 지옥 같았다.

필사적으로 달리고, 죽고 싶지 않아서 누군가의 목숨을 빼앗았다.

기사를 지망하는 이상 언젠가는 경험하는 '죽음'이었다.

각오는 했었다.

지키고 싶은 사람이 있으니까 후회는 하지 않는다고 생각했다.

하지만.

그래도 불현듯 되살아난다.

전장에서 돌아가면 맛있는 밥을 먹으러 가자고 약속한 친구의 죽은 얼굴을.

그리고 자신의 검 아래에서 붉게 물든 적의 죽은 얼굴을.

둘 다 똑같은 표정이었다.

고통. 경악. 후회. 그리고 아주 작은 안도.

"한밤중에 퍼뜩 눈을 떴는데, 조용하잖아. 많은 게 생각나. 이랬다면 좋았을까? 저렇게 했다면 그 녀석은 지금도 옆에서 웃고 있었을까? 애초에 왜 전쟁이 시작된 걸까?"

미샤는 담담하게 이야기하는 카이트를 말없이 바라보았다.

희미한 달빛 속에서 카이트는 미샤의 머리를 쓰다듬는 손길처럼 온화한 표정을 짓고 있는 것처럼 보였다.

"……미안해. 무슨 소리 하는 건지 모르겠다. 나답지 않은 짓은 하는 게 아닌가 봐."

문득 먼 곳을 바라보던 카이트의 눈동자가 미샤에게 돌아오더니 살며시 웃는 게 느껴졌다.

"그냥. 무슨 일이 있어도 살아있는 이상 살 수밖에 없고, 인간은 제대로 웃을 수 있게 된다고 생각한 거야. 그러니까 미샤도 그대로도 괜찮아."

쓰게 웃으며 마무리 지은 뒤 카이트는 앞을 보았다.

"이 축제는 풍요 축제지만, 저 랜턴은 미래를 비춘다는 의미도 있대. 그러니까 랜턴을 봉납할 때 소원을 비는 사람도 있다더라."

"……응. 들었어."

카이트의 시선을 따라가듯 호수를 내려다보았다.

멀어서 잘 보이지 않지만, 불꽃 주위에는 많은 사람이 모여있는 걸 알 수 있었다.

저 인파 속에 아나 남매도 있는 걸까. 미샤는 멍하니 생각했다.

잠시 그 자리에 침묵이 흘렀다.

"미샤의 행복도 기도해놨으니까 안심하고 웃어."

갑자기 그 침묵을 깬 퉁명스러운 목소리는 익숙한 카이트의 말투라서, 미샤는 마치 꿈에서 깬 것처럼 눈을 깜빡였다.

그리고는 카이트가 한 말을 새삼 곱씹어본 뒤 작게 웃음을 터트렸다.

"행복'도'라니. 소원을 여러 개 빈 거야? 다른 건 어떤 소원이었는데?"

"어~? 많이 있지, 많이. 괜찮아. 랜턴을 여러 개 두고 왔으니까 하나 정도는 이뤄질걸."

"뭐야 그게, 욕심도 많기는~."

쿡쿡 웃는 미샤를 보며 카이트도 옮아버린 듯 웃었다.

달빛과 별빛 속에서 두 사람은 그대로 한동안 불꽃을 바라보았다.

"아빠에게 너무 무리하지 말라고 전해줘."

이른 아침.

아직 해가 다 뜨지도 않은 시각에 출발한다는 카이트 일행을 배웅하기 위해 미샤는 수도 입구까지 와 있었다.

처음 수도에 도착했을 때 이용한 특별한 문이 지금은 크게 열려 있는데, 원래 문이 열리는 시각보다 이른 시각이기에 사람은 거의 없었다.

어제도 늦게까지 잠을 자지 않아서 카이트에게는 배웅하지 않아도 된단 말을 들었으나, 다음에 언제 만날 수 있을지 알 수 없는 이상 제대로 배웅하고 싶었다.

"알았어. 약도 잘 전해드릴 테니까 걱정하지 마."

가볍게 어깨를 움츠린 카이트는 흉갑에 망토를 달고 허리에는 검을 차고 있었다.

일단 정비된 길로 간다고 해도 산적이 나오지 않는다는 보장도 없으니 필요한 준비다.

자신도 레드포드로 올 때 비슷한 장비를 갖춘 기사들의 호위를 받으며 왔으니 필요한 일이라는 건 알지만, 검을 찬 모습을 보니 불안이 커졌다.

"카이트도 조심해. 여행이 무사하길 기도할게."

"올 때도 별일 없었으니까 그렇게 걱정 안 해도…… 된다고 해도 불안할 테니까, 무사히 도착하면 새를 보내게 해달라고 부탁해볼게."

불안한 듯 눈썹을 찌푸리는 미샤에게 별일 아니라는 듯 토닥이고, 추가로 배려를 보인 카이트의 대답에 미샤는 그제야 웃었다.

"응. 임신 중이라는 부인도 걱정되니까 빨리 돌아가서 안심시켜줘."

뒤에 서 있던 한 기사에게 미샤가 말을 걸자 그가 꾸벅 인사했다.

"마음 써 주셔서 감사합니다."

조금 딱딱한 목소리로 인사하는 그는 어제 미샤가 그 자리에서 도망칠 구실로 삼은 약을 받은 기사였다.

실제로는 부인이 임신한 건 사실이어도 기운이 넘쳐나며, 오히려 얌전히 좀 앉아있으라고 주위에서 비명을 지를 정도의 여장부였지만 모르는 게 약이다.

임신 중엔 무슨 일이 일어날지 알 수 없으니 미리 대비해두면 좋다는 주변의 말도 있었기에 감사히 받긴 했으나, 일부 거짓말을 하는 바람에 양심이 불편한 모양이었다.

"그럼 간다. 샤이딘 대장님 잘 부탁해."

선언한 대로 직장과 거처를 마련한 샤이딘은 혼자 이 도시에 남게 되었다.

올 때는 샤이딘이 맡았던 마부 역할도 돌아갈 때는 짐을 내려놔서 비교적 가벼워졌으니 다 함께 번갈아 맡을 예정이었다.

"아직 미란다 씨가 돌아오지 않았으니까 말하진 못했지만, 열심히 할게!"

주먹을 불끈 쥐고 선언하자 카이트가 웃으면서 힘이 바짝 들어간 어깨를 토닥토닥 두드렸다.

"뭐, 무리하지 않아도 돼. 만약 거절한다고 해도 문제없으니까.

애초에 숲의 백성을 만나서 자유롭게 움직이는 의수를 만들어줄 수 있는지 물어보겠다니, 그냥 대장님이 억지 부리는 거고."

전쟁이나 사고로 몸의 일부를 잃은 사람을 위해 의수나 의족이 존재한다.

하지만 나무를 다리나 팔 모양으로 깎아서 끈으로 고정하는 게 일반적이었다.

정교한 건 일단 팔꿈치나 무릎 같은 커다란 관절 부위는 움직일 수 있게 해놨지만, 꼭두각시 인형처럼 외부에서 힘을 줘서 각도를 바꿀 수 있는 것뿐이었다.

"자기 뜻대로 자유롭게 움직일 수 있는 인공사지라. 정말 있다면 좋겠는데."

미샤가 치료했던, 전장에서 돌아온 부상병 중에는 샤이딘 말고도 팔이나 다리가 사라진 병사들이 있었다.

"목숨이 붙어있는 것만으로도 고맙지."

그렇게 말하며 웃었지만, 그 후에도 인생은 이어진다.

일상생활을 보내는 것도 일하는 것도 남들보다 몇 배는 더 고생하게 된다.

지금 쓰는 어설픈 팔다리가 아니라, 진짜처럼 자유롭게 움직일 수 있는 인공사지가 있다면 얼마나 좋을까.

어딘가 몽롱한 눈으로 몽상하는 미샤를 보고 카이트는 쓰게 웃었다.

'또 무슨 치료법이나 약 생각을 하는 거겠지.'

그걸 알 수 있을 정도로는 미샤와 긴 시간을 함께 지냈다.

그리고 한번 생각에 잠긴 미샤가 좀처럼 돌아오지 않는다는 것도

알고 있었다. 여느 때라면 느긋하게 기다릴 테지만 아쉽게도 지금
은 출발 시각이 다가오고 있으며, 어째 뒤에서 날아오는 시선도 기
분 나빴다.

"미샤, 그럼 슬슬 갈게."

머리에 손이 툭 올라온 감각에 미샤는 정신을 차렸다.

눈앞에는 살짝 쓴웃음을 짓는 카이트가 있다.

"이런! 미안해! 멍해졌었어."

당황하는 미샤에게 괜찮다고 웃은 뒤 카이트는 발걸음을 돌렸다.

이미 다른 일행은 말에 탄 채 카이트가 오는 걸 기다리고 있었다.

"잘 있어."

훌쩍 말에 올라탄 카이트가 가볍게 손을 들었다.

"응! 이번에는 이래저래 고마워. 또 만나~~!!"

조금씩 속도를 올려 멀어지는 등을 향해 미샤는 크게 소리쳤다.

한참 작아진 카이트가 한 번 더 몸을 틀어서 뒤를 돌아보더니 손
을 마주 흔들어 주었다.

가까스로 알아볼 수 있는 표정은 웃고 있는 것 같았다.

미샤도 힘껏 발뒤꿈치를 들며 손을 크게 흔들었지만, 카이트가
다시 돌아보지는 않았다.

"또 봐……."

그래서 마지막에 작게 중얼거린 미샤의 표정을 아는 사람은 아무
도 없었다.

3 캐로와 작별

"미샤, 이쪽이야."

약속 장소는 국립도서관 입구.

축제 때는 시간을 낼 수 없을 것 같다면서, 후야제 다음날 캐로와 만나기로 약속했었다.

도착하자마자 바로 목소리가 들려서 돌아보자 캐로가 여느 때처럼 웃으며 서 있었다.

"미안해, 기다렸어?"

미안해하며 눈썹을 찡그린 미샤를 향해 캐로는 급히 고개를 저었다.

"괜찮아. 지금 막 왔어. 미샤의 모습이 보이길래 신이 나서 말 건 거야."

조금 쑥스러운 듯 웃는 캐로의 얼굴은 정말 천사 같은 미소였다. 미샤도 덩달아 부드럽게 웃었다.

"우후후. 응. 나도 캐로를 만나서 좋아. 오늘은 뭐 하고 놀까?"

평소 도서관에서 책을 읽는 일이 많았던 두 사람이지만, 캐로가 '오늘은 마지막 날이니까 같이 외출하자!'라고 제안했다.

원래 캐로는 화월제가 끝나면 집으로 돌아갈 예정이라는 걸 들었었기에 카이트 때와 다르게 동요하지 않았다.

그렇다고 해서 모처럼 친해진 캐로와 헤어지는 게 아쉽지 않은 건 아니었다.

그래서 더욱 오늘을 힘껏 즐길 생각이었다.

"그래. 먼저 거리를 좀 걸어보지 않을래? 축제는 어제로 끝났지만, 아직 다양한 노점이 남아있다고 들었어."

캐로도 같은 마음인 건지 반짝이는 눈으로 산책을 권했다.

그 얼굴은 렌이 산책하러 가자고 조를 때의 표정과 똑같았기에 미샤는 몰래 웃음을 삼켰다.

"좋아! 나 어제는 축제에 갔으니까 조금 잘 알아. 맛있었던 노점 가르쳐줄게."

가슴을 펴고 어제 경험을 자랑하자 이번에는 캐로가 웃음을 삼켰다.

매년 오다시피 하는 캐로가 화월제를 더 잘 안다는 건 조금만 생각해도 알 수 있을 법한데, 선배인 척하는 미샤가 웃겼기 때문이다.

하지만 캐로는 괜한 말은 하지 않고 순순히 고개를 끄덕였다.

"그럼 안내 잘 부탁해!"

에스코트라고 하고 싶지만 두 사람의 키 차이로는 그림이 영 어설퍼서, 캐로는 평범하게 미샤의 손을 잡은 뒤 춤이라도 추는 듯한 발걸음으로 걸어갔다.

"맡겨줘."

부탁받은 게 기쁜 건지 붙잡은 손을 흥겹게 붕붕 흔드는 미샤는 나이보다 더 어려 보였다.

"아직 점심 먹기는 이르니까 배 안 고프지? 목은? 안 말라?"

노점이 모인 광장으로 향하며 바로 질문을 쏟아내자 결국 캐로는 참지 못하고 소리 내어 웃었다.

"왜 그래? 미샤. 너무 신이 났는데?"

갑자기 까르륵 웃는 캐로를 보고 눈이 휘둥그레진 미샤는 이어서 민망한 듯 뺨을 붉혔다.

"그야 헤어지기 전에 추억을 많이 만들고 싶었단 말이야."

미샤가 카이트와 갑자기 헤어진 지 아직 몇 시간밖에 안 지났다.

작별에 민감해진 미샤는 무의식중에 긴장했던 모양이다.

캐로의 지적에 그제야 자신이 이상했다는 걸 깨달았으나, 그걸 잘 설명할 수 없어서 미샤는 토라진 듯 입술을 살짝 삐죽였다.

"오후까지 같이 있을 수 있으니까 아직 시간 있어. 서두르지 않아도 괜찮아."

쿡쿡 웃으며 잡은 손을 달래듯이 흔드는 캐로.

그걸 보면 누가 연상인지 알 수 없어질 것 같았다.

"그래. 서둘러봤자 소용없지."

온화한 캐로의 태도에 긴장이 풀려서 간신히 침착해진 미샤는 쿡쿡 웃었다.

"그렇지? 우선 노점에서 뭐 마실 거 사다 마시면서 구경하고 싶어. 올해는 외국에서 온 상품도 많이 있다고 들었는데."

"그렇다면 저 노점을 추천해. 레가 산맥에서만 채집할 수 있는 과일을 짜서 만든 주스와 설리번에서 들여온 나무 열매 주스가 있어."

"과일이 아니라 나무 열매 주스?"

"직접 봐."

웃으며 걷는 두 사람은 무척 즐거워 보여서, 조금 떨어진 거리에서 호위하던 텐츠는 안도로 가슴을 쓸어내렸다.

본가에서 보낸 사자 일행이 갑자기 귀국하게 되었으니 이른 아침에 출발하는 걸 배웅하고 싶다며 한밤중에 연락이 왔을 때는 놀랐지만, 딱히 일정이 있는 것도 아니었기에 텐츠는 스케줄을 조정해 호위로 따라왔다.

아직 조금 졸린 얼굴인 미샤가 일찍 일어나게 해서 미안하다고 사과하는 걸 들으며 함께 외벽 문으로 배웅하러 갔는데, 웃으며 보내준 뒤에는 완전히 의기소침해진 미샤를 내심 걱정하고 있었다.

물론 자타공인 말재간이 없는 텐츠는 적절한 위로의 말도 떠오르지 않았다. 그저 여느 때처럼 두 걸음 뒤에서 지켜볼 수밖에 없었다.

'똑 부러져 보여도 아직 성인이 안 된 어린 소녀지. 가문 사람과 만나서 향수가 도진 건지도 몰라.'

잠시 상태를 지켜보아도 계속 우울해한다면 지올드에게 상담할 생각이었는데, 한 번 성으로 돌아와 아침을 먹었더니 이번에는 이상할 정도로 기분이 업되어 있었다.

어떻게 해야 할지 내심 조마조마했다.

'아무래도 전하께서 잘 달래주신 것 같아 다행이야.'

경비라는 입장상 캐로의 정체를 알았을 때는 다리가 풀릴 정도로 놀랐지만, 미샤와 좋은 관계를 쌓고 있는 듯하니 교류에 문제는 없다는 결론이 나왔다.

물론 캐로의 호위 기사가 '고생을 나눌 수 있어'라며 기뻐하는 걸 봤을 때는 기분이 미묘해졌지만…….

"어? 이게 뭐야? 이상해~~!"

미샤가 데려간 노점에서 수수께끼의 나무 열매 주스를 본 캐로는 무심코 크게 소리쳤다.

노점의 남자가 캐로의 머리만큼 큰 나무 열매를 향해 손도끼를 휘둘렀다. 제법 딱딱한 소리를 내면서 열매 위쪽에 구멍을 뚫은 남자는 커다란 냄비 위에서 나무 열매를 뒤집었다.

그러자 열매 안에서 보라색의 액체가 콸콸 쏟아졌다.

"이건 드뤼도스라고 하는데, 설리번에서만 자라는 희귀한 나무의 열매야. 딱딱한 껍질 안에 수분을 잔뜩 품어서 건기를 대비하는 성질이 있지. 익어서 단맛이 강해질수록 과즙의 색이 진해져. 아주 달아."

캐로의 반응도 드물지 않은 건지 남자는 웃으면서 시식용으로 마련한 작은 컵에 보라색 액체를 담아 건네주었다.

"흐음. 냄새는 좋네."

캐로는 간단히 향을 확인한 뒤 조금 떨어진 위치에 있던 호위들이 말릴 새도 없이 쭉 들이켰다.

"아, 달긴 한데 의외로 상큼해서 맛있어. 미샤도 이 주스 마실 거야?"

천연덕스러운 얼굴로 그렇게 말한 캐로가 미샤를 돌아보며 확인했다.

"응. 어제도 마셨는데 맛있었고, 설리번산 나무 열매라면 다음은 언제 마실 수 있을지 모르니까 지금 많이 마셔놓으려고!"

힘차게 고개를 끄덕이는 미샤의 말에 동의하며 캐로는 2인분을 주문했다.

"함부로 시키는 게 아니라 상대가 마시고 싶은 걸 제대로 확인하다니. 어리지만 신사구나? 꼬마 도련님."

판매용 컵에 주스를 따르며 놀리는 남자의 말에 캐로는 휙 고개를 돌렸다.

"꼬마는 됐어, 아저씨!"

"어이쿠, 미안해라. 사과의 뜻으로 이걸 덤으로 줄게."

남자는 싱글거리며 반달 모양으로 자른 새빨간 과일을 컵 가장자리에 꽂아서 건네주었다.

"이건 뭐야?"

"슈프슈프라고 오렌지 같은 과일이야. 좀 신맛이 강하지만 맛있어."

고개를 갸웃거리는 캐로를 보며 미샤가 기쁘다는 듯 웃었다.

"나 어제 먹었어. 맛있어서 또 먹고 싶던 참이었는데. 고마워, 아저씨!"

자기 몫의 컵을 받으며 인사하는 미샤 옆에서 캐로는 손가락으로 과일을 빼 들고 한입 깨물어보았다.

평소 먹는 오렌지보다 신맛이 강하지만, 달콤한 드뤼도스와 같이 먹으면 상큼해서 딱 좋을 것 같았다.

"아저씨, 이 드뤼도스는 나무 열매로도 팔기도 해?"

"어? 마음에 들어? 오늘로 가게 문 닫으니까 한두 개 정도라면 괜찮은데."

"고마워. 만약 팔다 남은 게 있으면 그것도. 자세한 이야기는 쟤랑 해줘."

캐로가 생긋 웃으며 조금 떨어진 곳에서 텐츠와 함께 이쪽을 보고 있던 남자를 가리키자 남자가 어깨를 축 떨구는 모습이 보였다.

뭐라고 중얼거리는 것 같았지만 여기서는 목소리가 들리지 않으니 미샤는 고개를 갸웃거렸다.

하지만 그 옆에서 캐로가 씩 웃었다.

"적당히 처리하면 네 월급에서 뺄 거야."

사악하게 웃으며 중얼거리는 캐로의 목소리가 들린 건지 남자에게서 작은 비명이 터졌다.

"잠깐 심부름 좀 할 테니 두 분을 잘 부탁해."

어깨를 떨군 호위가 텐츠에게 뒷일을 맡기고 노점으로 가는 걸 뒤로하며 캐로는 한 손에는 컵, 한 손에는 미샤의 손을 잡고 바로 그 자리에서 이동하기 시작했다.

"안 기다려도 돼?"

뒤쪽을 신경 쓰며 물어보는 미샤의 말에 캐로는 선뜻 고개를 끄덕였다.

"금방 올 테니까 괜찮아. 어차피 모습이 안 보일 뿐 다른 호위도 있으니까 문제없어."

생긋 웃으며 단언하자 미샤도 수긍하고 입을 다물었다.

여기는 국립도서관에 다니면서 익히 다닌 길이고, 슬슬 안면을 튼 가게도 있을 정도이니 위험하지 않을 것이라는 판단도 있었다.

'텐츠도 옆에 있어 주니까 괜찮겠지.'

무엇보다 그런 생각을 할 만큼 미샤는 텐츠를 신뢰했다.

"그럼 다음은 어디에 갈까?"

그래서 해맑게 웃으며 캐로에게 물어본 미샤는 분명 잘못하지 않았다. 아마…….

"점심은 호숫가에서 먹자."

"좋네. 소풍 같아."

빵에 스테이크를 떡하니 끼운 샌드위치와 꼬치로 꿴 어패류. 디

저트는 드라이 후르츠를 반죽에 넣고 구운 쿠키와 여러 종류의 과일을 한입 크기로 잘라서 담은 과일 모둠.

어째서인지 조금 초췌한 모습으로 합류한 캐로의 호위와 텐츠가 들어준 덕분에 두 사람은 사양하지 않고 사들였다.

성인 남자가 두 명이나 있으니 다소 많이 사도 문제는 없다는 양그 외에도 먹어보고 싶은 음식을 사서 호숫가에 도착하자 어느새 작은 천막이 세워져 있었다.

테이블과 의자가 아니라 두툼한 돗자리와 쿠션인 걸 보면 캐로가 소풍 같다고 한 말을 고려한 선택인 모양이었다.

"준비가 빠르네."

"도서관과 가까우니까 거기서 가져온 거겠지."

예상치 못한 사태에 눈을 깜빡이는 미샤 옆에서 캐로가 여유롭게 웃었다.

'이렇게 '남이 해주는 게 당연'하다는 태도가 귀족 같단 말이지.'

내심 그런 생각을 하며 미샤는 재촉하는 대로 돗자리 위에 올라갔다.

딱딱한 바닥을 잊어버릴 정도로 두툼한 돗자리에 가져오느라 고생했겠다는 생각도 들었지만, 이 부분을 지적하면 안 될 것 같아 미샤는 말을 삼켰다.

사 온 것들을 빠르게 펼쳐놓고 어느새 준비되어있던 다기로 차를 우리자 소풍 회장이 완성되었다.

강해진 햇빛을 천막이 가려주고, 호수를 건너는 바람은 생각했던 것보다 훨씬 시원했다.

평소에는 거의 먹을 일이 없는 노점의 요리는 평소 먹는 정성스러운 요리에 비하면 단순하고 정돈되지 않은 맛이었지만, 캐로는 신기하게도 맛있다고 느꼈다.

그게 옆에서 행복하게 식사하는 미샤의 영향이라는 건 생각할 필요도 없었다. 어느새 평소보다 많이 먹은 캐로는 빵빵하게 부풀어 오른 배를 문질러야만 했다.

'내 마음 하나로 이렇게 모든 게 달라지는구나.'

식사는 영양가가 있고 배가 부르면 충분하다고 생각하던 캐로는 그런 자신의 변화가 무척 재미있었다.

식후의 차를 마시면서 쿡쿡 웃는 캐로를 미샤가 과일을 집어 먹으며 의아한 듯 쳐다보았다.

쾌적하게 점심을 먹은 뒤에는 대여한 보트를 타고 호수로 나갔다.

손으로 직접 노를 저으며 조용히 호수 위로 미끄러져 나간다.

"캐로, 노 잘 젓네."

캐로가 미샤와 둘이 타고 싶다고 했을 때는 깜짝 놀랐지만, 캐로는 솜씨 좋게 노를 잘 저었다.

"계속 시골에서 사니까 이런 걸 연습할 기회가 많거든. 그 외에 말도 탈 줄 알고, ……마차도 몰 수 있어."

아무렇지도 않다는 듯이 말하지만 캐로 나이에 그만큼 할 수 있다는 건 대단한 일이다.

미샤는 그렇게 말하려고 했다가 어딘가 표정이 딱딱한 캐로의 얼굴을 보고는 아무 말도 하지 못하고 입을 다물었다.

기묘한 정적 속에서 보트가 천천히 기슭과 멀어진다.

"저기, 미샤……."

기슭에 남아있는 사람들의 모습이 얼굴을 판별할 수 없을 만큼 떨어지자 캐로는 노를 젓던 손을 멈추었다.

노를 잘 젓는다고 해도 캐로의 몸은 어린아이이니, 소형 보트라고 해도 혼자서 젓는 건 힘에 부쳤다.

캐로의 얼굴에서 땀이 흐르는 걸 보고 미샤는 손수건을 꺼냈다.

"고생했어. 잠시 쉬자."

"……고마워."

손수건을 순순히 받아서 땀을 닦은 뒤 캐로는 크게 숨을 내쉬었다.

"저기 미샤. 이상한 점이 많이 있었을 텐데 왜 나에 대해 안 물어봐?"

손수건을 움켜쥐고 굳게 결심한 듯 물어보자 미샤는 눈을 깜빡였다.

"왜냐니…… 글쎄."

갑작스러운 질문에 당황해서 말문을 흐린 미샤는 새삼 캐로를 처음 만났을 때부터 지금까지 있었던 일을 떠올렸다.

국립도서관에서 우연히 만나 신기한 방에 초대받았다.

차를 얻어 마시고, 재미있던 책 이야기를 나누었다.

도서관 밖에서는 아나 남매와 같이 놀았고, 무서운 어른을 만났을 땐 구해주었다.

그 모든 게 소중한 추억이다. 하지만 심각한 얼굴로 눈앞에 앉아있는 캐로가 물어보고 싶은 건 그런 게 아닐 것이다.

"으음~? 캐로가 캐로라서?"

잠시 생각한 뒤 미샤는 자신감 없이 중얼거렸다.

"내가 나라서?"

예기치 못한 대답에 캐로는 고개를 갸웃거렸다.

"그야 행동이나 주변 반응을 보고 캐로가 신분이 높은 사람이라고 짐작은 했지만."

미샤와 캐로가 만난 곳은 **국립도서관**이다.

만약 대상인의 아들이라고 해도 비밀의 방을 자기 집처럼 이용할 수 있는 게 이상하다는 건 세상 물정 모르는 미샤도 눈치챌 수 있다.

이 세상에는 돈을 아무리 줘도 손에 넣을 수 없는 게 얼마든지 있다.

무엇보다 왕의 명령으로 미샤를 호위하는 텐츠가 미샤의 행동을 막지 않고 허용한 게 결정적이었다.

"하지만 캐로는 숨기고 싶어 하는 것 같았고, 솔직히 같이 책을 읽거나 노는 데 부모의 신분은 상관없으니까."

"상관없어?!"

"꺄."

예상했던 것보다 더 시원스러운 말에 캐로는 무심코 큰 소리를 내고 말았다.

반사적으로 일어날 뻔했다가 불안정한 보트가 흔들리자 정신을 차리고 다시 자리에 앉았다.

수영을 못 하는 건 아니나 이런 곳에서 뒤집혔다간 큰일이다.

출렁거리는 보트에 작게 비명을 지른 미샤는 무서워하기보다는 즐기는 것처럼 보였지만.

"으음~. 캐로가 '난 높으신 분이야!' 하고 으스대면서 심술부린다면 모를까, 그렇지 않았잖아. 아나 남매에게도 친절했고."

평민인 아나 남매와 대등하게 놀았지만, 본래대로라면 불경하다면서 경을 쳤을 수도 있다.

"……그야, 재밌었는걸."

평민 아이가 주변에 있던 적도 없었기에 연신 놀라긴 했지만 불쾌하진 않았다.

캐로는 그런 식으로 크게 소리 내어 웃은 건 처음이었다. 적어도 철이 든 뒤로는 기억에 없었다.

입을 크게 벌리고 웃는 것도, 큰 소리를 내는 것도 품위가 없고 꼴사나운 행위라며 혼났기 때문이다.

걸음걸이, 앉는 자세, 화술, 식사 예절. 행동 구석구석에 이르기까지 지시하는 예법 교사는 거추장스러웠지만, 거부했다가 화나게 하는 게 더 귀찮아진다는 걸 알게 된 뒤로는 계속 시키는 대로 행동했다.

하지만 미샤를 만나고, 그제야 몰랐기 때문이었다는 걸 깨달았다.

밝은 햇빛 속에서 모자를 쓰고 고개를 숙이는 게 아니라, 크게 소리 내어 웃고 숨이 찰 때까지 뛰어다니는 즐거움을.

약간 모양이 찌그러진 토마토를 받고 잠깐 망설이긴 했지만 과감하게 깨물어 먹었던 그 맛을, 분명 평생 잊지 못할 것이다.

"그래. 무척 즐기는 것 같았고 나도 즐거웠으니까 안 물어봐도 될 것 같았어. 알고 나면, 어쩌면 사양하느라 지금처럼 지낼 수 없게 될지도 모르잖아?"

미샤가 조금 난처한 듯 웃었다.

숲속에서 자라서 세상 물정에 둔감하다는 자각이 있는 미샤지만, 그래도 교육은 제대로 받았다. 실감은 희박해도 귀족의 계급이나 평민과의 관계도 이해하고 있었다.

그렇기에 더욱 못 본 척하는 걸 택했다.

비슷한 나이인 아이들에 비해 압도적으로 지식을 쌓았고, 숨 쉬듯 자연스럽게 세련된 동작을 보이는, 차갑게 식은 눈빛을 지닌 소년을 위해.

미샤의 말을 듣고 캐로도 조금 난처한 듯 웃었다.

"……나도 그렇게 되는 건 싫어."

캐로의 뇌리에 공손히 대우하는 어른들의 얼굴이 스쳤다.

자신에게 뻔뻔하게 행동하는 타인이라고는 항상 옆에 있는 호위 정도였다. 아니, 그렇기 때문에 옆에 있는 걸 허락했지만…….

또다시 고개를 약간 숙인 캐로를 보고 미샤는 둘만 있는 이 순간조차 눈가를 가리도록 깊이 쓴 모자를 향해 살며시 손을 뻗었다.

"캐로. 네 눈동자도 머리카락도 무척 예쁜 색이라서 좋아."

호수 위로 부는 바람이 오후의 햇살을 받은 캐로의 머리카락을 살며시 흔들자 빛이 반짝반짝 흩날렸다.

빛이 눈 부셔서 오만상을 찌푸린 캐로는 순간 무언가를 견디는 듯한 표정을 지은 뒤 슬그머니 입꼬리를 올렸다. 문득 가슴을 쥐어짜는 듯한 고통이 치밀어올랐기 때문이다. 그건 괴로우면서도 신기하게도 감미로웠다. 그 표현할 수 없는 아픔을, 캐로는 기쁨이라고 느꼈다.

'미샤는 항상 나에게 없는 감정을 가르쳐줘.'

미샤의 존재를 알게 된 건 삼촌의 집무실에서.

명백하게 의도된 우연이고, 그래도 관심이 생겨서 접근하기로 선택한 건 자신의 의지였다.

처음 느꼈던, 동족을 원하는 호기심은 바로 착각이라는 걸 알았다. 그래도 캐로는 미샤를 알면 알수록 더 관심이 생겼고 어느새 눈을 떼지 못하게 되었다.

어떤 것에도 집착하지 않는 무심한 어린이였던 캐로가 이렇게나 집착할 줄이야. 분명 만남을 꾸며내려고 했던 누군가도 예상하지 못했을 것이다. 그렇게 생각하니 우스워서, 캐로는 치솟는 웃음을 참을 수 없었다.

"······나는 미샤의 머리카락이 더 좋아. 무척 부드러운 색이야."

캐로는 작게 중얼거린 뒤 마찬가지로 바람에 흔들리는 미샤의 긴 머리카락을 잡고 살며시 입 맞췄다.

너무나 자연스럽게 나온 닭살 돋는 동작에 눈이 살짝 커진 미샤가 조금 간지럽다는 듯 웃었다.

"캐로, 왕자님 같아."

쿡쿡 웃는 미샤의 말에 캐로는 내심 '왕자 같은 게 아니라 왕자 본인이야'라고 중얼거리며 찡긋 윙크를 날렸다.

"그래? 멋있어?"

"응. 아주!"

까르륵거리며 웃음과 대화를 나누는 두 사람을 에워싸듯 바람이 시원하게 스쳐 지나갔다.

보트를 타고 기슭으로 돌아가자 어느새 천막은 철거되고 호위 두 명만 기다리고 있었다.

그 모습에서 작별의 순간을 감지한 미샤와 캐로는 서로를 바라보았다. 즐거운 시간은 순식간에 지나가는 법이다. 그게 조금 아쉬웠다.

항상 캐로 옆에 있던 남성이 캐로에게 상자를 스윽 건넸다.

"미샤. 이거 작별 선물이야."

캐로는 조금 쓸쓸한 얼굴로 상자를 받은 뒤 그대로 미샤에게 넘겼다.

"이거?"

예쁜 리본으로 포장된 상자를 받은 미샤는 작게 고개를 갸웃거렸다.

"편지지와 펜이 들어있어. 직접 집으로 보내 달라고 할 수는 없지만, 도서관에 맡기면 나에게 부치도록 부탁할 테니까 편지 써 주지 않을래?"

"편지?"

생각지 못한 부탁에 미샤는 눈을 깜빡였다.

그런 미샤의 손을 캐로가 꼭 붙잡았다.

"여러모로 생각했는데, 난 미샤와 이대로 헤어지는 건 싫어. 하지만 다음에 언제 수도에 올 수 있을지 모르니까. 편지로 많이 이야기하고 싶은데…….''

아래에서 올려다보는 파란 눈동자는 거절을 두려워하듯 불안하게 흔들렸다.

그런 캐로를 안심시켜주듯 미샤는 싱긋 웃었다.

"나 친구에게 편지 쓰는 건 처음이야. 기뻐라. 캐로도 답장 꼭 줘."

그 순간 캐로의 표정이 확 밝아졌다.

"물론이지! 내 편지도 도서관으로 보낼 테니까 받아줘!"

기뻐하는 캐로를 보고 웃은 미샤는 캐로의 목에 부적 주머니를 걸어주었다.

덩굴을 도형화한, 어딘가 이국적인 정취가 감도는 자수가 놓인 갈색 천 주머니였다. 소박하지만 정성스럽게 수 놓인 기하학무늬가 균일하게 들어간 모습이 아름다웠다.

"이건⋯⋯."

"이건 엄마의 고향에 전해지는 행복을 기원하는 자수래. 엄마처럼 잘 만들지는 못하지만, 엄마 거 보면서 열심히 만들었으니까 받아주면 좋겠어."

미샤는 조금 민망한 듯 웃으며 자신이 목에 건 부적을 꺼내 캐로에게 보여주었다. 거기에는 캐로의 목에 걸린 것과 같은 도안의 자수가 들어가 있었다.

조금 색이 바랜 부적 주머니는 미샤와 함께 오랜 시간을 보냈다는 게 느껴졌다.

"뭐가 들어있어?"

미샤의 부적 주머니는 둥글게 부풀어 있었다. 그 내용에 호기심이 생겨서 물어보자 미샤는 소중히 주머니를 쓰다듬었다.

"이것저것. 보물이 들어있어. 그렇게 자기에게 소중한 걸 모아간다고 배웠거든."

그 눈동자가 어딘가 쓸쓸하게 느껴진 캐로는 자기 목에 걸린 주머니를 만졌다.

그 안에 무언가 딱딱한 감각이 느껴져서 고개를 갸웃거렸다.

"이 안에도 벌써 뭐가 들어있는 거야?"

"그거? 내가 어릴 때 고향의 숲에서 주운 예쁜 돌. 계속 내 부적 주머니에 넣어놨었는데, 캐로의 눈동자와 같은 색이니까 캐로가 받 아주면 좋겠어."

캐로가 주머니를 열어 거꾸로 들자 엄지 끝만 한 크기의 돌이 굴 러 나왔다.

"이건……."

미샤의 말대로 마치 여름 하늘을 옮겨놓은 듯한 아름다운 파란색 돌이었다.

"……어머니의 반지에 박힌 돌이랑 비슷해."

차이점은 안에 금색 빛이 깃들어 있다는 점일까.

잘 보니 파란색 안에 별가루처럼 금색이 흩뿌려져 있는 게 보 였다.

가만히 응시하는 캐로를 향해 미샤가 장난꾸러기처럼 웃었다.

"캐로. 그 돌, 빛에 비춰봐."

'이렇게' 하면서 손을 하늘로 들어 올린 미샤를 따라 캐로가 돌을 하늘로 들어 올렸다.

그리고…….

"어? 색이 바뀌었어?"

빛을 투과한 순간 파란색 돌이 녹색으로 바뀌었다.

"신기하지? 빛을 비추면 색이 변해. 캐로 색이랑 내 색이야. 친하 다는 증거 같아서 좋지 않아?"

놀라는 캐로에게 미샤가 기쁘다는 듯 쿡쿡 웃었다.

어떤 때라도 어머니의 손가락을 장식하는 파란색 돌이 박힌 반지.

아버지의 눈동자 색이라고 들은 그 돌은 캐로에게 복잡한 감정을 자극했었다.

그 돌과 흡사한 파란색 돌을 받아서 순간적으로 마음에 드리웠던 검은 그림자는 빛을 투과한 녹색으로 순식간에 덧칠되었다.

투명한 녹색 속에서 빛나는 금색이 한층 마음을 사로잡는다.

"응, 아주 예뻐. 소중히 간직할게. 고마워, 미샤!"

돌을 꼭 움켜쥔 캐로가 그늘 하나 없이 환한 미소를 지었다.

"정했어! 미샤. 내 정체는 조금 더 비밀로 할게."

사실은 자신이 이 나라의 후계자로 자라고 있는, 선왕의 아들이라는 걸 밝힐 생각이었다.

그게 자신의 가장 큰 가치라고 생각했기 때문이다.

하지만 지금 미샤와 이야기하며 캐로는 확실히 이해했다.

그 정보는 미샤에겐 이익은커녕 방해밖에 되지 않는다는 점을.

'분명 지금 내가 선왕의 아이라고 해도 미샤가 태도를 바꾸진 않을 테지만, 선을 그을 것 같아.'

그건 이익에 몰려드는 어른들을 보며 자란 캐로의 직감이었다.

미샤의 눈동자는 그런 어른들과는 정반대였기 때문이다.

"내가 조금 더 자라서 나에게 자신감이 생기고 나면. 그때 내 이야기를 들어줄래?"

진지한 캐로의 눈을 보고 미샤는 조금 당혹스러워하면서도 고개를 끄덕였다.

캐로의 손을 두 손으로 살며시 감싸 쥔 후 파란 눈동자를 마주 바라보았다.

"캐로가 원하는 타이밍에 이야기해줘. 나라도 괜찮다면 언제든지 들을게."

진지한 표정인 미샤를 보고, 캐로는 미샤가 자기 생각과는 다른 방향으로 걱정하는 모양이라는 걸 어렴풋하게 눈치채면서도 입을 다물기로 했다.

'비밀이 있는 게 더 상대의 관심을 끌 수 있다고 적혀있었는데, 무슨 책이었더라?'

조금 치사한 생각을 하며 캐로는 천사 같은 미소를 지었다.

"편지 쓸게. 미샤도 써 줘. 기대할 테니까."

"응!"

이리하여 미샤는 난생처음으로 펜팔 친구를 손에 넣었다.

숲 변두리의
꼬마 마녀

Little witch
at the edge of the forest.

4 평화를 깨트리는 그림자

카이트가 자국으로 돌아가고 국립도서관에서 캐로도 사라졌다.

갑자기 휘말렸던 무도회 참석에 따라오는 이런저런 일로 조금 피로가 쌓여있던 미샤는 외출할 마음도 들지 않아 성에서 느긋한 시간을 보냈다.

마침 불안이 적중했다는 듯 라라이아가 쓰러져버렸기 때문이기도 했다.

건강한 미샤조차 피로를 느꼈을 정도다.

최근 건강해졌다고 해도 원래 병약 체질인 라라이아의 컨디션이 무너지는 건 예상한 범주였다.

당황하지 않고 미리 준비해두었던 것들을 꺼내는 미샤를 보며 라라이아 전속 시녀들만이 아니라 어째서인지 의사인 코난과 제자들마저 조금 어색한 표정을 지었다.

'어? 예상했으면 대비하잖아? 어차피 건강이 악화되니까 적당히 하라고 막아봤자 무모하게 밀어붙이실 테고. 쓰러졌을 때를 대비하는 건 이상하지 않잖아?'

주변 반응을 이해하지 못해서 미샤까지 묘한 표정을 지었다.

막상 라라이아는 그동안의 경험으로 자기가 앓아눕게 되리라는 걸 대충 예상했기에, 미샤가 평소보다 더 색이 이상한 주스를 줘도 저항하지 않고 얌전히 받아마셨다.

"무리하면 안 된다고 말씀드렸잖아요."

"그래. 하지만 덕분에 평소보다 많은 행사에 참석할 수 있었고,

많은 사람의 이야기를 들을 수 있었으니 잘 됐지."

미샤의 잔소리도 순순히 듣자 캘리를 비롯한 시녀들이 '공주님께서 얌전해지셨어'라며 울먹였고, 우연히 그 자리에 있던 코난과 제자들은 서로의 얼굴을 쳐다보았다.

심지어 미샤가 눈썹을 찌푸리더니 라라이아의 이마에 살며시 손을 대고 열을 쟀다.

"뭐야 그 반응! 불경하기는!"

결국 순식간에 평소처럼 히스테릭이 작렬했지만, 그것조차 평화로운 웃음을 유발했을 뿐이었다.

그렇게 어느새 축제로부터 사흘이 지나 라라이아의 건강도 회복되자, 미샤는 오랜만에 국립도서관을 찾아가기로 했다.

어디로 돌아가는지는 물어보지 못했지만, 국내 이동이라면 슬슬 캐로도 자택에 도착했을지도 모른다고 생각했기 때문이다.

헤어질 때의 그 느낌으로 보아 어쩌면 편지 1호가 국립도서관에 도착했을지도 모른다.

만약 없다고 해도 자기가 쓴 편지를 맡기면 된다.

그날 받은 상자 안에는 펜대에 예쁜 꽃이 세밀하게 각인된 펜과 가장자리에 연두색으로 색을 입히고 펜과 같은 디자인의 꽃 그림이 들어간 아름다운 편지지가 들어있었다. 특히 편지지는 반대편이 비쳐 보일 정도로 얇은데도 튼튼한 종이였고, 놀랍게도 방수 기능도 있다고 한다. 전서조의 다리에 묶어서 전달해달라고 할 수도 있어 보이는 그 신기함에 미샤는 기뻐했다.

우선 첫 편지는 선물한 사람에게 보내는 게 예의일 거라며 미샤는 서둘러 고맙다는 인사를 담았다.

키노에게 외출하고 싶다고 하자, 놀랍고 기쁘게도 마침 한가했다면서 오늘의 호위를 지올드가 맡아주었다.

평소 주로 호위해주는 텐츠에게 불만이 있는 건 아니지만, 여행하는 동안 함께 진한 시간을 보낸 지올드는 역시 미샤에게 특별한 상대였다.

무슨 일이 있어도 약간 무모한 정도의 부탁이라면 선뜻 들어주는 지올드는 미샤 안에서 의지할 수 있는 어른이자, 같이 놀 수 있는 친구이기도 했다.

"오늘은 같이 가 주셔서 감사합니다."

"어. 덕분에 서류 작업에서 도망칠 수 있었어."

약속 장소인 성문 앞에서 꾸벅 머리를 숙인 미샤를 향해 지올드가 씩 웃었다.

"어? 일하다 도망친 거야?"

발을 멈추지 않고 성큼성큼 성문을 나가버리는 지올드의 등을 눈이 휘둥그레진 미샤가 허둥지둥 쫓아갔다.

"에이, 숨 좀 돌리는 거야. 휴식. 꼭 내가 아니면 안 되는 일은 끝내고 왔으니까 괜찮아."

"어휴! 혼나도 난 몰라."

어딘가에서 들어 본 적 있는 대화를 반복하면서도 두 사람의 발은 멈추지 않고 상당한 속도로 성이 멀어져갔다.

"그런데 오늘은 모자를 안 썼는데. 그래도 돼?"

어느 정도 성에서 떨어지자 지올드가 문득 눈치챘다는 듯 고개를 갸웃거렸다.

"어? 모자?"

갑작스러운 지적에 어리둥절한 얼굴로 머리에 손을 가져간 미샤는 손가락을 사르륵 통과하는 머리카락의 감촉에 발을 멈췄다.

"아얏! 오랜만에 외출하느라 완전히 잊고 있었어!"

원래 머리카락을 묶는 습관이 별로 없던 미샤는 숨길 필요가 없는 성에서는 머리카락을 풀어두고 다니는 일이 많았다.

더불어 머리카락을 숨겨야만 한다는 인식도 희박하다 보니 좀처럼 습관이 붙지 않았다.

일단 티아가 책상 위에 모자를 마련해주긴 했지만, 나오기 직전에 편지를 쓰는 걸 떠올리는 바람에 그쪽에 정신이 팔려서 잊어버리고 말았다.

"어떡한다. 가지러 돌아가는 게 낫겠지?"

빠르게 걸어가는 지올드를 따라가는 바람에 성과는 상당히 거리가 떨어지고 말았다.

멀리 보이는 성문을 돌아보고 망설이는 미샤의 머리에 무언가가 푹 덮였다.

"돌아가기 귀찮으니까 이번에는 그거라도 둘러."

갑자기 가려진 시야에 눈을 부릅뜬 미샤가 머리를 덮은 걸 붙잡자 커다란 스카프였다.

"어째서인지 아침에 떠넘기길래 주머니에 쑤셔 넣어놨거든. 운이 좋았네."

"……잘 빌릴게."

베이지색 바탕에 녹색으로 파도 같은 무늬가 들어간 스카프는 남녀 누가 사용해도 이상하지 않은 무늬였기 때문에 잠깐 망설인 뒤 미샤는 감사히 스카프를 빌리기로 했다.

재빨리 머리를 땋아 스카프로 감싸듯 머리카락을 가렸다.

"그나저나 누가 떠넘긴 건데?"

이번에는 느릿하게 걷는 지올드 옆에 나란히 서며 물어보았다.

"축제 때 랜턴을 만들었던 노점 주인에게 붙잡혔거든. 지난번엔 고마웠다면서. 역대 최고 매상이었대. 미샤에게도 사례하고 싶다고 하던데."

"랜턴이라면, 그 꽃장식을 만들었던 곳? 사례받을만한 일을 했던가?"

고개를 갸웃거리는 미샤를 보고 지올드가 웃었다.

"다양한 꽃이 예쁘다고 호평이었다나. 뭐, 종이로 그런 입체적인 꽃장식을 만든다는 발상이 없었으니 특이한 게 잘 먹힌 거겠지."

"그래? 하지만 천으로 만든 꽃장식이라면 본 적 있는걸. 머리핀에 달린 게 예뻐서 재현할 수 없으려나 하고 만들어본 것뿐인데."

전에 거리를 산책할 때 카이트에게 받은 연분홍색 꽃이 달린 머리핀을 떠올리며 종알거린 미샤의 입매가 아주 조금 풀어졌다.

그 미소를 알아차린 지올드는 살짝 고개를 갸웃거렸다.

미샤가 평소 짓는 웃음과 조금 다른 느낌이 들었지만, 그 차이를 말로 표현하지 못해서 약간 답답했다.

"아, 그래서구나. 지금까지 만들던 꽃장식과 만드는 법이 다르고, 훨씬 간단해서 좋다고 했던 게. 천으로 다시 만들어서 머리 장식이나 작은 가방에 달아봤더니 그것도 평판이 좋았다더라. 그걸 또 장사에 활용하다니 대단하다니까."

설명하지 못하는 답답함을 뿌리치듯 랜턴 노점 주인 이야기를 계속하자 미샤가 이번에는 즐겁다는 듯 웃었다.

"본업은 소품 가게였구나. 도움이 되었다면 잘 됐지. 음~ 천이 아니라 폭이 넓은 리본이나 레이스로 만들어도 예쁠 것 같아. 살짝 꿰매서 주름을 잡아주기도 하고?"

쿡쿡 웃으며 아이디어가 떠오르는 대로 입에 담는 미샤를 지올드가 급히 막았다.

"잠깐만. 보답하고 싶으니까 가게로 데려와달라는 부탁도 받았으니까, 기왕이면 본인에게 그 이야기를 들려줘. 나는 모처럼 들어도 잊어버린다고. 그 사람은 장삿거리를 잘 찾는 것 같으니까 좋아할 거야."

"그렇게 대단한 아이디어도 아닌데."

갑자기 말이 차단당한 미샤는 놀란 듯 눈이 휘둥그레졌다가 또 웃었다.

"그럼 도서관부터 가고 데려다 달라고 할까. 보답은 안 받아도 괜찮지만 귀여운 소품은 구경하고 싶어."

그런 잡담을 나누며 국립도서관 근처까지 온 미샤는 맞은편에서 유우와 테토가 걸어오는 걸 발견하고 손을 들었다.

"유우, 테토. 공부하고 돌아오는 길이야?"

그 손에 빵을 들고 있는 걸 보고 말을 걸자 소년들이 이쪽을 휙 돌아보았다.

"미샤 누나, 오랜만이야. 지금부터 도서관?"

"지올드 씨도 안녕. 축제 때는 과일 사줘서 고마워."

미샤 옆에 선 지올드도 알아차리고 예의 바르게 인사하는 소년들을 보며 미샤는 흐뭇하게 눈을 휘었다. 그 후 조금 전부터 느꼈던 위화감의 정체를 깨닫고 고개를 갸웃거렸다.

"오늘은 둘뿐이네. 아나는 집 보는 중이야?"

항상 소년들 사이에서 기웃거리는 아나의 모습이 없는 게 신기해서 가볍게 물어본 말이었는데 소년들의 표정이 어두워졌다.

"무슨 일 있어?"

갑작스러운 변화에 눈이 동그래진 미샤는 살짝 고개를 숙인 유우의 시야에 들어가려고 무릎을 꿇었다.

아래에서 올려다보자 유우의 눈동자가 당황스러운 듯 흔들렸다.

"……아나, 할머니의 감기가 옮은 건지 열이 나. 많이 높으니까 집에서 얌전히 있어야 한다고 엄마가 막았어."

"아나는 오늘 시험 보는 날이니까 가고 싶다고 칭얼거렸는데, 다른 사람에게 옮기면 안 된다고 그랬거든."

그렇게 말하며 유우와 테토는 고이 들고 있던 빵과 쿠키를 보여주었다.

"시험……. 그래, 합격하면 상을 받는다고 했었지."

전에 아이들이 가르쳐준 걸 떠올리며 미샤가 중얼거렸다.

설탕을 쓴 과자는 값이 비싸므로 아랫마을의 아이들에게는 특별한 간식이었다.

"응. 그래서 아나에게 주려고."

미샤는 쿠키를 소중히 챙기는 유우를 살며시 쓰다듬었다.

"오빠는 착하구나."

자기도 좀처럼 먹지 못하는 간식을 몸이 아픈 동생을 위해 아낌없이 주려고 하는 유우. 그걸 옆에서 보는 테토의 쿠키는 분명 반으로 쪼개져 있으리라는 건 물어보지 않아도 쉽게 상상이 갔다. 미샤는 은은하게 웃으며 테토의 머리도 쓰다듬었다.

"그나저나 할머니, 좋아지지 않으셨구나……."

'할머니'의 감기가 옮았다는 말을 놓치지 않고 들었던 미샤는 미간을 구겼다. 신경 쓰고 있었는데도 하루하루 바빠서 완전히 잊고 있었던 자신에게 실망했다.

"받은 약을 먹을 때는 좋아졌었는데, 다 먹고 나니까 바로 원래대로 돌아갔어……."

"말해줬다면 또 가져갔을 텐데."

미샤의 말에 유우와 테토는 고개를 숙이고 우물쭈물 입을 다물었다.

그 모습에 세 사람을 관찰하던 지올드는 한숨을 쉬었다.

미샤는 약초가 풍부한 이웃 나라의 숲속에서 살았으니 이 나라에서 약이 얼마나 귀중한지 썩 인지하지 못하고 있다.

여행 도중에 들은 이야기로 어머니와 함께 근처 마을을 돌아다녔다고 했는데, 그때도 무상으로 약을 나눠주며 치료했다고 한다. 대가를 받아도 기껏해야 야채나 고기 같은 물건과 교환하는 정도.

그런 생활을 했으니 약초원 일에 관여하면서 수도의 약초 사정을 정보로서는 알게 되었어도 실감은 희박한 모양이다.

미샤에게 약이란 곤경에 처한 사람에게 나눠주는 것이다.

한편 이곳 수도에서 약은 기본적으로 외부 수입에 의존하는 게 많고, 그렇기에 비싸다.

상식적인 어른이라면 자식의 친구라고 해도 계속 무료로 약을 받는 건 비상식적이라고 생각할 것이다.

그 결과 아이들에게도 미샤에게 약을 조르지 말라고 단단히 일러 두었으리라는 걸 쉽게 예상할 수 있었다.

"미샤, 어떻게 할래?"

짧게 고민한 뒤, 지올드는 미샤의 머리에 손을 툭 올려놓고 물었다.

지금 상황을 설명하는 건 쉽지만 '사람을 구하고 싶다'는 미샤의 본능이라고도 할 수 있는 마음을 우선해주고 싶었기 때문이다.

게다가 사양해서 손을 뻗지 못했을 뿐, 구원을 기다리는 건 어른 도 아이도 마찬가지다.

다만 체면이나 자존심처럼 어른에게는 지키고 싶은 게 너무 많아서 솔직하게 매달릴 수 없는 것뿐⋯⋯.

"⋯⋯아나의 병문안, 가도 될까?"

잠시 고민한 뒤 미샤는 고개 숙인 유우의 얼굴을 다시 살펴보았다.

"⋯⋯괜찮아?"

유우의 얼굴이 구겨졌다.

할머니만이 아니라 어린 동생까지 병에 걸렸으니 계속 미샤에게 도와달라고 하고 싶었다.

하지만 아직 7살인 유우라고 해도 약이 귀중하다는 건 알고 있었다.

그걸 손에 넣기 위해서는 돈이 많이 필요하다는 것도.

그래서 어머니가 어리광 부리면 안 된다고 훈계했을 때도 어쩔 수 없다고 받아들였고, 이해하지 못하고 '왜?'를 연발하는 아나를 테토 와 함께 달래기도 했다.

'하지만, 하지만⋯⋯.'

울상이 되어 입술을 깨무는 유우와, 유우를 염려하듯 바라보는 테토.

그런 두 사람을 미샤가 꼭 끌어안았다.

"전에도 그랬지? 친구가 힘들어하면 도와주고 싶다고. 내가 할 수 있는 일이라면 뭐든 해주고 싶어. 너희 세 사람은 내가 수도에서 사귄 첫 친구인걸."

다정한 속삭임이 귀에 닿은 순간 꾹꾹 참던 눈물이 기어이 유우의 눈에서 흘러내렸다.

"어⋯⋯ 어쩐지, 다들 이상해. 할머니만 그런 게 아니라 이웃에도 아픈 사람이 늘어났어⋯⋯. 그런데 이상한 얼굴로 숨기는 것처럼 수군거리고⋯⋯. 모⋯⋯ 모르겠어, 하지만, 뭔가⋯⋯ 뭔가⋯⋯ 무서워."

둑이 터진 것처럼 흐느끼는 모습은 어린 마음을 좀먹던 불안을 토해내는 것 같았다.

덩달아 테토의 눈에서도 눈물이 뚝뚝 흘렀다.

아이는 어른들이 생각하는 것보다 주위를 잘 관찰하는 법이다.

자세한 설명은 듣지 못해도 평소와 다른 분위기를 민감하게 감지하고 불안만 커졌을 것이다.

"응. 무서웠지? 잘 참았어. 괜찮아. 누나가 무서운 걸 해치워줄게. 응?"

위로하는 말을 건네면서도 미샤의 얼굴이 사납게 일그러졌다.

아픈 사람의 증가.

그걸 숨기려고 하는 어른들.

그것이 가리키는 미래는…….

지올드에게 힐끗 시선을 흘리자 마찬가지로 심각한 표정을 짓고 있었다.

"……진찰해보지 않으면 알 수 없지만……."

아이들의 울음소리에 파묻힐 정도로 작은 중얼거림이었지만, 불길한 울림을 띠며 지올드의 귀에 들어왔다.

"우선 가 보자!"

자신을 북돋우듯 크게 소리 낸 미샤는 자리에서 일어나 소년들과 손을 잡고 걷기 시작했다.

직접 찾아간 아랫마을은 어쩐지 묘하게 조용했다.

전에 왔을 때는 집 문이나 골목에서 사람들이 온화하게 담소를 나누었고, 아이들이 천진난만하게 뛰어다녔다.

"어쩐지 조용하네."

"지금은 축제가 막 끝난 뒤니까, 그걸 정리하고 하느라 손이 빈 어른들은 거기에 갔어. 그래서 매년 거의 이런 느낌이야."

고개를 갸웃거리는 미샤에게 유우가 침울한 얼굴로 대답했다.

"축제로 임시수입이 들어온 집도 많으니까, 원래도 이삼일 정도 느긋하게 쉬거나 여행 가는 집이 있기도 한데……."

옆을 걷는 테토도 어딘가 어두운 얼굴로 웅얼웅얼 중얼거렸다.

수도에 사는 주민에게 축제는 휴가라기보다는 대목이다.

즐거운 분위기 속에서 관광객을 상대로 열심히 일한 뒤 축제의 여운 속에서 한숨 돌린다.

여느 때라면 조용하면서도 어딘가 만족스러운, 행복한 시간이었다.

미샤는 세 사람과 함께 걸으며 귀를 기울였다.

인기척을 뒤지자 얇은 벽 너머로 희미하게 기침 소리가 들렸다. 이게 유우와 테토가 말했던 환자인 걸까. 미샤는 내심 고개를 갸웃거렸다.

하지만 아무리 환자가 있다고 해도 후덥지근한 이 계절에 창문 하나 열지 않는 건 영 부자연스러웠다.

아직 여기에는 몇 번 오지 않은 미샤조차 무언가 이상하다고 느낄 정도이니, 매일매일 사는 유우와 테토가 불안과 무서움을 느껴도 어쩔 수 없을 것이다.

어쩐지 걸음이 빨라지는 걸 느끼며 미샤는 옆을 걷는 지올드를 힐끔 살폈다.

그 미간에 깊게 파인 주름을 발견하고 보기 드문 모습에 눈을 깜빡였다.

항상 입꼬리를 살짝 올리고 즐겁다는 듯 눈을 휘는 표정만 봤기에 놀랐기 때문이다.

"아니, 뭔가 분위기가 이상해서."

그런 미샤의 시선을 알아차린 지올드가 눈썹을 팔자로 축 내렸다.

그러고는 작게 심호흡한 뒤 어느새 날카롭게 곤두서 있던 신경을 풀었다.

"괜찮아, 신경 쓰지 마."

여느 때처럼 씩 웃은 지올드를 보고 작게 고개를 끄덕인 뒤 미샤는 한발 앞에서 걷는 작은 등을 향해 물었다.

"할머니와 아나 옆에는 누가 같이 있어?"

"할아버지가. 하지만 할머니는 침대에서 안 움직이고 아나도 방에서 나오지 말라고 했으니까 할 일도 별로 없어서 혼자서도 괜찮댔어. 엄마랑 아빠는 일하러 나갔을 거야."

"……그렇구나. 그럼 정말로 마을 사람들이 일하러 가서 조용한 거네."

이 마을 사람들에게 관광객이 늘어나는 축제 기간은 임시수입도 늘릴 기회다.

동시에 무사히 추운 계절을 넘기고 다음 계절의 풍작을 기도하는 이 축제는 신에게 기도하는 소중한 제사이기도 하다.

그래서 힘든 생활 속에서도 어떻게든 돈을 마련해 화려한 랜턴을 만들고 꽃을 바친다.

축제가 끝나면 바쁜 와중에도 시간을 내서 제대로 뒷정리까지 한다.

"그리고 보면 테토네 집은 괜찮아?"

유우의 집과 이웃이고 교류도 많은 것 같은데 환자는 없었는지 문득 궁금해져서 물어보자 테토는 고개를 저었다.

"우리 집은 다 건강해. 하지만 어지간하면 환자에겐 가까이 가지 말라고 그랬어. 그래서 요즘은 할머니가 있는 별채에 못 들어가."

풀이 죽어 어깨를 떨구는 테토의 등을 위로하듯 유우가 두드렸다.

"나도 그래. 요즘은 거의 만나지 못하게 하는걸. 아나까지 상태가 안 좋아진 뒤로는 툭하면 테토 집에 가 있으래."

서로 위로하는 소년들의 이야기에 미샤는 눈썹을 찌푸렸다.

환자를 격리하고 건강한 아이들을 떼어놓으려고 하는 건 평범한 감기를 경계하는 태도라기에는 아주 엄중해서 위화감이 느껴졌기 때문이다.

그렇게 자연스럽게 상황을 알아내며 유우의 집에 도착했을 때, 별채 쪽에서 비명 같은 목소리가 들리자 미샤는 반사적으로 뛰었다.

전에 딱 한 번 찾아간 적이 있는 별채는 집과 집 사이에 있는 좁은 골목을 지나가면 나온다. 집 뒤쪽에 난 손바닥만 한 좁은 땅에 억지로 세운, 단칸방 크기의 작은 오두막이다.

그리고.

"안 돼! 멈춰!!"

한발 먼저 달려가서 활짝 열린 별채의 문 안을 들여다본 미샤는 두 팔을 벌려 자기 뒤를 따라오는 사람들의 접근을 막았다.

단칸방 크기의 별채는 문이 있는 곳에서 실내를 다 둘러볼 수 있다.

커튼을 쳐서 어둑한 방 안에는 열기가 가득 고여 있고, 거기에서 환자 특유의 냄새와 함께 특유의 쇠 비린내가 풍겼다.

"메리! 정신 차려! 메리!!"

정면 침대 위, 유우와 아나의 할아버지가 축 늘어진 할머니를 들여다보며 필사적으로 이름을 부르는 모습이 보인다.

명백하게 심상치 않은 모습에, 미샤 뒤로 도착한 지올드가 안으로 들어가려는 유우와 테토를 재빨리 품에 넣어 막았다.

그걸 시야 구석으로 확인한 미샤는 침착하게 머리에 두르고 있던 스카프를 벗어 눈만 남기고 얼굴을 동여맨 뒤 손에 상처가 없는지 신중하게 조사했다.

그 후 포셰트에서 반투명한 크림을 꺼내 손과 팔 등 옷으로 덮이지 않고 드러난 피부에 꼼꼼히 발랐다.

"지올드 씨, 내가 허락할 때까지 아무도 안에 들여보내지 마."

지올드의 눈을 똑바로 바라보며 그렇게 선언한 뒤 미샤는 침착한 발걸음으로 침대를 향해 뚜벅뚜벅 걸어갔다.

"비켜주세요. 진찰합니다."

흥분한 할아버지의 어깨를 가볍게 두드려 침대에서 내려가도록 재촉했다.

고개를 든 할아버지는 면식이 있는 소녀를 발견했다가 눈만 남겨놓고 얼굴에 천을 둘둘 감은 기묘한 모습에 굳어버렸다.

놀라서 반론하려던 그는 녹색 눈동자가 자신을 들여다보자 무심코 말을 삼켰다.

깊은 숲속을 옮겨놓은 듯한 아름다운 녹음의 눈동자는 아무런 감정도 보이지 않고 몹시 고요했다.

어느새 그 눈동자에 삼켜진 것처럼 아무 생각도 하지 못하게 된 할아버지는 소녀가 원하는 대로 뒤로 물러나 자리를 비켜주었다.

미샤는 그런 할아버지의 상태를 흘려넘기고 침대 위에 누운 두 아이의 할머니, 메리의 상태를 관찰했다.

괴로웠을 것이다.

침구가 어지럽혀져 있고, 옆으로 누운 몸을 웅크린 자세에 옷도 가슴께를 쥐어뜯은 것처럼 흐트러져 있다.

그리고 새하얀 시트를 더럽히는 선혈. 그건 선명한 붉은색이었다.

눈꺼풀이 꾹 닫혀있고 말을 걸어도 반응하지 않았던 걸로 보아 의식은 없는 것 같지만, 희미하게 쌕쌕거리는 소리가 들리는 걸 보면 아직 숨은 쉬는 모양이었다.

거기까지 관찰한 미샤는 침대 옆에 있던 세면기 속 수건을 짜서 피에 젖은 노인의 얼굴을 살며시 닦았다.

그 후 손가락에 수건을 감아 입 속에 쑤셔 넣고 목에 무언가가 걸린 건 아닌지 확인했다.

조금 시큼한 듯한 특유의 냄새는 어딘가에서 맡은 적이 있는 느낌이 들었지만 떠오르지 않는다.

신경이 쓰였으나 그보다는 눈앞에 있는 환자가 우선이라며 미샤는 의식을 전환하고 관찰을 이어가기로 했다.

목구멍을 들여다보자 영양이 충분하지 않았던 탓에 거칠어져 있었고, 목은 새빨갛게 염증을 일으켰다.

"메리 씨, 들리세요? 메리 씨?"

미샤는 다시금 귓가에서 이름을 불러 반응이 없는 걸 확인한 후 눈꺼풀을 뒤집었다.

그리고 발견한 이상 증상에 숨을 삼켰다. 흰자가 마치 피로 물든 것처럼……….

"……빨개."

"히익!"

미샤의 중얼거림에 옆에 서 있던 할아버지가 경직된 비명과 함께 뒷걸음질 쳤다.

미샤는 그러거나 말거나 재빨리 메리의 옷을 들춰 피부가 부드러운 팔꿈치 안쪽과 복부를 확인했다. 거기에서 마치 뱀이 기어간 듯

한 붉은 흔적을 발견하고 눈썹을 찡그렸다.

새빨간 객혈. 흰자위의 충혈. 그리고 피부 위로 뱀이 기어간 듯한 붉은 흔적.

그건 과거 수도를 괴멸 직전까지 몰아갔던 기괴한 병의 특징이었다.

호기심에 읽었던 당시 기록이 뇌리를 스쳤다.

초기 증상은 감기와 흡사하다.

진행에 따라 고열, 구토와 객혈, 극심한 기침으로 인한 호흡 곤란 같은 증상이 나타나고 마지막에는 의식을 잃는다. 전신 곳곳에 뱀이 기어간 듯한 흔적이 생기더니 죽음에 이른다.

또 증상이 최종단계에 들어가면 흰자위가 붉게 물드는 특징으로 인해 '홍안병'이라고 불린다.

감염 경로는 불명. 발병 원인도 불명.

원인이 해명되지 않았기에 해열제나 염증 치료약을 투여하며 격리할 수밖에 없었다고 했다.

결국 원인은 알지 못한 채 계절이 바뀌면서 천천히 종식했지만, 수도 주민의 약 4분의 1을 길동무로 끌고 갔다. 그 안에는 당시 국왕과 왕비도 있었다.

"지올드 씨. 당장 왕립진료소에 연락해. '홍안병'이야. 상황으로 보아 이미 이 일대에 창궐했을 가능성이 있어. 바로 봉쇄 조치를."

미샤의 말에 문 앞에서 걱정하며 들여다보면 사람들에게서 비명이 터졌다.

어느새 이웃 사람들이 구경하러 모여있었다.

조금 전까지는 인기척도 거의 없었는데 어디에서 모여든 건지 물어보고 싶을 정도로 많은 사람이 모였는데, 다들 얼굴이 공포에 질려 있었다.

수도에 사는 사람들에게 '홍안병'이라는 단어는 죽음과 같은 의미를 지녔다.

간신히 멀어지기 시작한 공포의 기억이 생생하게 되살아난 사람도 많을 것이다. 개중에는 재빨리 도망치는 사람도 있었다.

"아가씨! 설마, 그럴 리가…… 농담이지?"

구경꾼들 속에서 장년의 남자가 떨리는 목소리로 미샤를 향해 물었다.

남자의 집에도 몸 상태가 나빠져서 앓아누운 환자가 있었기 때문이다.

"……저도 실물을 본 적은 없으니까 정식 판단은 진료소 선생님이 내리실 거예요. 하지만 증상을 보는 한 틀림없다고 봅니다."

남자와 눈을 마주친 미샤는 최대한 조용한 목소리로 대답했다.

모여있던 사람들 사이로 웅성거림이 퍼졌다.

그 목소리는 절망으로 물들어있었다.

"여기 있는 분들도 죄송하지만 자택에서 대기해주세요. 이후 연락이 갈 겁니다. 만약 가족 내에 몸이 아픈 사람이 있다면, 저처럼 입과 코를 무언가로 막고 접촉하세요. 혈액이나 배설물은 최대한 맨손으로 만지지 마시고요. 특히 손에 상처가 있는 사람은 조심하세요. 감염 경로는 알려지지 않았지만, 많은 병이 환자의 체액에서 감염되거든요."

미샤의 말에 사람들이 서로를 쳐다보았다.

움직이려 하지 않는 사람들 속에서 지올드가 앞으로 걸어 나왔다.

"다들 불안도 당황도 클 테지만, 우리 지시를 따라줘. 이 일은 이쪽에서 맡을 테니까."

엄숙한 표정으로 선언하는 지올드의 박력에 눌린 듯 남아있던 사람들이 느릿느릿 움직이기 시작했다.

지올드의 손이 은근슬쩍 허리에 찬 검에 놓인 것도 영향이 있었을 것이다.

게다가 딱 봐도 죽어가는 노파 주변에서 조금이라도 떨어지고 싶다는 심리도 있었다.

그녀는 '홍안병'이라고 했지만, 자신들은 아직 아니다.

하지만 여기 있다가 어떠한 병의 원인으로 옮아버릴지도 모른다는 두려움이 마음속에 치밀어올랐다.

"아, 굳이 가족을 불러오지 않아도 돼. 집에서 얌전히 기다려."

그 등을 향해 지올드가 툭 말을 던졌다.

'홍안병' 발병이 확인되었다는 이야기가 퍼져나가면 패닉에 빠지는 걸 피할 수 없을 것이다.

수도는 지금 축제 때문에 외부에서도 사람이 많이 모여있었다.

슬슬 돌아가는 사람이 늘어났다지만, 아직 평소보다 많은 여행객이 머무르고 있다.

미샤는 아직 멍하니 서 있는 할아버지를 재촉해서 새 시트와 잠옷을 꺼내오게 한 뒤 빠르게 교체했다.

의식이 없는 메리는 가냘프긴 해도 아직 숨을 쉬고 있다. 그 목숨의 불꽃은 아직 꺼지지 않았다.

다시 객혈이나 구토 증상이 나타날 때를 대비해 몸을 옆으로 눕힌 뒤 미샤는 그제야 한숨 돌리고 문으로 향했다.

"……누나."

유우와 테토는 울 것 같은 얼굴로 미샤를 올려다보았다.

미샤는 두 아이에게 작게 고개를 끄덕인 뒤 정원 수원에서 손을 씻고 머리에 감았던 천을 벗었다.

"시트와 옷은 아깝지만, 이번엔 저대로 버려야 해. 가능하면 태우거나 구멍을 파서 묻는 게 좋을지도 몰라."

휘청휘청 뒤를 쫓아 나온 노인에게도 손을 씻고 물 양치를 하게 시키며 미샤는 아이들에게 지시했다.

"……할머니, 죽는 거야?"

마치 누군가가 들었다간 그게 사실이 되어버린다는 듯 유우가 조심조심 작은 목소리로 물었다.

미샤는 조금 망설인 뒤 무릎을 꿇고 유우와 눈높이를 맞춘 후 천천히 고개를 저었다.

"미안해. 나는 모르겠어. 할머니가 걸린 병은 아직 원인도 치료법도 잘 모르거든. 그러니까 고칠 약을 몰라."

"안 돼!"

유우의 비통한 목소리가 울려 퍼졌다.

"고쳐준다고 했잖아!"

미샤의 얼굴이 고통스럽게 일그러졌다.

"그래. 그러니까 지금부터 조사할게. 어떻게 해야 좋아지는지. 그러니까 유우도 할머니가 병에 지지 않도록 격려해드려."

어깨에 두 손을 올리고 눈을 똑바로 바라보았다.

말없이 서로를 응시하기를 잠시.

유우가 여전히 울 것 같은 눈으로 고개를 끄덕였다.

"착하구나."

그 머리를 살며시 쓰다듬은 뒤, 미샤는 자리에서 일어나 아직 조금 멍한 상태인 노인에게 몇 가지 주의점을 전달했다.

토했을 때 몸이 똑바로 누워 있으면 토사물이 목을 막아버릴 위험이 있으니 지금처럼 옆으로 누운 자세를 유지할 것.

만약 피나 다른 것을 토한다면 그걸 직접 건드리지 말고 천으로 감싸서 처리할 것.

의식이 없을 때 억지로 무언가를 먹이면 위험하니 자제하는 게 좋지만, 입 안을 적시는 정도라면 괜찮다는 것. 하지만 그때 침과 접촉하지 않도록 조심할 것.

수시로 손 씻기와 물 양치를 하고, 창문은 환기를 위해 열어놓는 게 좋다는 것.

바로 옆에서 노인보다 더 진지한 얼굴로 듣는 소년들에게 살짝 웃어준 뒤, 미샤는 기다리고 있던 지올드에게 재빨리 걸어갔다.

"먼저 갔어도 됐는데."

"……혼자서는 못 가지."

병의 정보에 동요한 주민들이 괜히 미샤를 추궁하지 않는다는 보장도 없다.

그런 상황에서 싸울 힘이 없는 미샤를 혼자 두고 갈 수 없다며 지올드는 고개를 저었다.

"그럼 서둘러 가자."

어깨를 가볍게 으쓱한 미샤는 다소 빠른 걸음이긴 하지만 침착하게 발을 움직이기 시작했다.

한시를 다툰다는 듯 뛰어가는 걸 예상했던 지올드는 그 뒤를 따라가면서 의외라는 듯 눈을 살짝 크게 떴다.

"여기서 뛰었다간 괜히 사람들의 불안을 자극하니까. ……저 모퉁이를 돈 뒤에."

미샤가 앞을 응시한 채 작은 목소리로 중얼거렸다.

"여기서부터라면 헌병대 대기소가 더 가까워. 거기서 전령을 보내자."

"그럼 거기까지 안내 부탁드립니다."

두 사람은 모퉁이를 돈 순간 뛰어 나가듯 달리기 시작했다.

5 홍안병과의 싸움~시작

'홍안병'이 발생했다.

그날 미샤와 지올드가 가져온 정보는 왕성을 흔들어놓았다.

그런 와중에도 미리 준비해두었던 긴급사태 대응책에 기반하여 사태는 빠르게 움직였다.

왕성에서 파견된 의사단과 병단이 보고가 들어온 마을 일각을 봉쇄했다.

그리고 확실하게 발병한 사람은 나라에서 준비한 치료원에 입원, 격리 조치했다.

그 가족도 발병 위험이 있으므로 자택 대기 혹은 치료원의 다른 구역에 들어가 관찰하기로 했다.

동시에 마을 곳곳에서 사정 청취를 통해 추가 환자와 환자 예비군을 발견.

또 거리를 돌아다니며 몸 상태가 안 좋은 사람은 신속하게 신고하라고 선전하고 다녔다.

섣불리 숨겼다간 병이 퍼져나간다.

가족 중 한 명으로 끝날 일이 일가 전멸까지 갈 우려가 있다고 설득하자, 숨기려는 가족의 손을 뿌리치고 환자 본인이 자발적으로 치료원에 가는 사례도 적지 않았다.

물론 치료원에 입원해도 병의 원인도 치료법도 알 수 없는 이상

할 수 있는 일은 한정적이다.

애초에 감염 경로도 아직 불확실하니 격리한다고 효과가 있는지조차 불명이다.

그래도 인간 사이에 퍼지는 병인 이상 과거 사례로 보아도 격리하는 게 가장 좋다는, 그런 애매모호한 이유였다.

그렇게 나을 전망도 없이 환자 숫자만이 늘어나며 서서히 사망자도 나오기 시작했다.

아직 며칠밖에 지나지 않았는데도 담당 의사와 간호사에게도 어두운 피로감이 밀려들었다.

그건 육체적인 부분보다 괴로워하는 환자에게 해줄 수 있는 게 없다는 무력감에서 오는 정신적인 부분이 컸다.

해열제나 진통제, 기침약 등 각각 증상에 맞춰서 처방되는 약도 일시적으로는 효과가 있지만 금방 원상태로 돌아간다.

아무것도 하지 않는 것보다는 병의 진행을 막아주는 경향은 있었으나, 그래도 서서히 증상이 나빠진다.

무엇보다 치료법을 찾지 못했기 때문에 끝이 보이지 않는다.

게다가 감염 경로를 알 수 없어 조심한다고 해도 내일이면 제 일이 될지도 모른다는 두려움도 항상 따라다녔다.

정신적으로 서서히 궁지에 몰렸지만, 그래도 자신들은 전문가라는 자부심이 그들을 아슬아슬한 곳에서 버티게 해주고 있었다.

정신없이 사태가 돌아가는 가운데 미샤 또한 그냥 손을 놓고 보기만 했던 건 아니었다.

과거의 자료를 읽어보고 자신의 기억을 뒤져 조금이라도 유용해 보이는 약초가 있다면 전부 시도했다.

아이들에게 한 약속을 지키기 위해 잠잘 시간도 아껴가며 약 제조와 연구에 몰두했다.

하지만.

"객혈의 색은 선명한 빨강이었으니까 병처의 중심이 폐인 건 틀림없어. 실제로 청진할 때도 폐에 이상이 있다는 건 확인했고. 그런데 폐병에 통한다는 약을 시도해봐도 별다른 효과는 얻지 못해. 어째서지? 뭔가 놓친 게 있다고밖에는……."

여기저기 흩어놓은 종이를 앞에 두고 미샤는 입술을 깨물며 고개를 숙였다.

그날 피를 토하고 쓰러진 유우의 할머니는 가까스로 목숨을 건졌지만, 몸에 생긴 붉은 흔적도 점점 늘어나서 지금은 전신으로 퍼졌다.

객혈이나 발열은 어느 정도 억누르고 있다.

하지만 그건 해열제나 항염증 작용이 있는 약초의 효과 덕분이고, 근본적인 원인을 알지 못하는 이상 시간 벌이에 불과했다.

상태 관찰을 위해 격리된 유우와 부모님은 발병 징조가 보이지 않았기에 사흘 뒤에는 무사히 돌아갔다.

그러나 아나에 이어 할아버지에게는 감염 증상이 나타나기 시작했기에 지금 가족은 따로따로 살고 있다.

부모님만은 면회를 허락받았으나 유우는 아직 어린아이이기도 하니, 위험에서 떼어놓는다는 의미로도 면회가 금지되었다.

그 상황에 미샤는 한층 고개를 갸웃거렸다.

"같은 집에서 생활해도 발병하는 인간과 아닌 인간이 있는 이유가 뭐지? 특히 유우와 아나는 거의 같이 다녔을 텐데."

일반적인 감염증이라면 접촉 시간이 길수록 발병 위험이 커진다.

과거에 배운 지식과 너무 동떨어진 상황에 미샤는 당혹스러워했다.

여느 때라면 환자를 보면 신기할 정도로 자신이 해야 할 일이 머릿속에 술술 떠올랐다.

하지만 지금은 뭘 해야 할지, 어떻게 하는 게 정답인지 전혀 알수 없다.

"……엄마."

작게 굴러나온 목소리는 무척 힘없는 울림을 띠고 있었다.

하지만 그 목소리를 듣고 끌어안아 주는 팔은 이제 어디에도 없다.

입술을 깨물고 고개를 크게 도리질한 미샤는 노트로 시선을 내렸다.

거기에는 어머니에게 배운 다양한 지식이 적혀있었다.

공부하면서 어머니의 가르침을 적어둔 노트는 숲속의 집에 두고 왔기 때문에, 이건 미샤가 시간이 있을 때 기억을 떠올리며 정리한 것이다.

복습할 생각으로 적은 거지만, 그것만이 아군인 것처럼 미샤는 몇 번이고 반복해서 읽었다.

하지만 거기에서 새롭게 얻을 수 있는 건 거의 없었다.

원래 미샤의 기억 속에서 꺼낸 것이니 당연했다.

"왜……. 대체 뭘 놓친 거지? 평범한 병이 아닌 거야? 원인은 뭐지?? 엄마가 가르쳐준 건 다 외웠다고 생각했는데, 잊어버린 건가?

아니면 아직 배우지 않은 병?"

자문자답을 반복하는 미샤의 말에 대답해주는 목소리는 없었다.

그런 나날 속에서 상황은 한층 나쁜 쪽으로 흘러갔다.

라라이아가 '홍안병'에 걸린 것이다.

원래 기초체력이 없는 약한 몸이다.

가벼운 열에도 바로 침대에서 일어나지 못하게 되었다.

얼굴이 빨개져서 침구 속에 몸을 깊게 파묻고 괴로운 듯 기침하는 라라이아를 보며 미샤는 영문을 알 수 없어 멍하니 서 있었다.

허약체질이기 때문에 금방 컨디션이 무너지는 라라이아는 접촉하는 인간도 상당히 한정적이었다.

왕궁 깊은 곳.

본인의 기질도 있어서 깊이 틀어박혀 옛날부터 친숙한 시녀들 사이에서 생활했다.

건강이 개선된 지금은 조금씩 공무를 보는 일도 늘어났으나, '홍안병'이 발견된 이후로는 한층 엄중하게 보호받고 있었기 때문에 감염 확률은 모래알 정도밖에 안 될 터였다.

그런데……….

라라이아의 발병 소식에 왕궁을 드나드는 귀족들에게서 미샤를 규탄하는 목소리가 나온 건 어느 의미 필연이었다.

갑자기 나타나서 왕족을 가까이 모시는 걸 허락받은 미샤를 질투하는 사람은 많다.

그동안은 '숲의 백성'이라는 브랜드와 라라이아의 건강이 순조롭게 개선된 덕분에 억눌려있던 불만이 순식간에 분출되었다.

"네가 밖에서 병을 라라이아 님께 옮긴 거지?"

"아니, 오히려 이번 유행도 사실은 네가 퍼트린 거 아니야? 숲의 백성이 신기한 병을 퍼트려서 나라를 멸망시켰다는 건 유명한 이야기잖아."

왕궁 내를 이동하던 도중 미샤는 갑자기 나타난 귀족 남자들에게 둘러싸여 연이은 폭언을 들었다.

같이 있던 시녀들이 필사적으로 지키려고 했으나 흥분한 남자들은 멈추지 않았다.

사실은 아랫마을에서 '홍안병'이 발생한 것과 거의 동시에 귀족 내에서도 발병한 사람이 나타났다.

성 아랫마을과 귀족가.

너무나 다른 환경이다. 하지만 병은 동시다발적으로 발생했다.

다만 가족에 발병자가 나타난 귀족은 저택 내 방에 몰래 숨겨놓고 있었기에 겉으로 드러나지 않았을 뿐, 이미 여러 명의 사망자도 나왔다.

아니. 전부 파악하지 못했을 뿐 더 많을지도 모른다.

내일은 자기 일이 될지도 모른다는 공포는 귀족들의 마음도 깊고 조용하게 좀먹고 있었다.

그 공포를 앞에 두고 고결할 수 있는 사람은 일부에 불과하다.

아무래도 그들은 경험자이기 때문이다.

전신에 으스스한 반점이 나타나고, 숨도 제대로 쉬지 못한 채 고열과 기침으로 괴로워하다 죽음에 이르는 그 과정을 보고, 듣고, 알고 있다.

그리고 갈 곳 없는 두려움은 마침 좋은 제물을 발견하고 말았다.

불쑥 나타난, 신비한 의술을 아는 소녀.

환상의 일족.

그 일족의 분노를 사서 멸망한 나라마저 있다고 한다.

그렇다면 이 '홍안병'도 사실은 '숲의 백성'의 비술로 만들어낸 게 아닐까.

그래. 틀림없다.

근거 없는 트집과 함께 뻗은 손이 미샤를 거칠게 밀쳤다.

가냘픈 미샤가 어른의 힘을 버틸 수 있을 리가 없었고, 감싸려고 한 이자벨라까지 함께 쓰러졌다.

"멈추세요. 미샤 님께선 이웃 나라에서 온 소중한 손님입니다."

쓰러진 자세로도 미샤 앞에서 팔을 벌리고 필사적으로 지키려고 하는 이자벨라 뒤에서 미샤는 눈을 크게 뜨고 굳어버렸다.

자신들을 에워싼, 증오에 찬 눈으로 비난을 쏟아내는 어른들.

직설적으로 날아오는 증오는 경험한 적이 없었기에 놀랍고 무서워서 말이 나오지 않았다.

무엇보다 라라이아의 발병이 자기 때문일지도 모른다는 죄책감이 미샤에게서 말을 빼앗았다.

증거는 없다. 하지만 감염증은 매개가 있어서 퍼진다는, 미샤 안의 상식이 속삭였다.

평소 왕궁 깊은 곳에 틀어박혀 조용한 생활을 보내던 라라이아.

거리를 돌아다니며 자유롭게 지낸 미샤.

밖에서 돌아온 미샤가 라라이아를 방문할 때는 반드시 목욕하고 옷도 갈아입었다.

하지만 감염 경로를 알 수 없는 병을 그것만으로 막을 수 있냐고 묻는다면 자신이 없었다.

반드시 지켜야만 하는 환자를 자신의 부주의로 감염시켰을지도 모른다.

누가 말하지 않아도 가장 먼저 뇌리에 떠올랐던 가능성은 미샤의 마음을 짓눌렀다.

감염원도 감염 경로도 불명이라는 걸 알고 있었는데.

제대로 예방대책을 거쳤으니 괜찮을 거라며 근거도 없이 안심했던 자신의 어리석음에 미샤의 녹색 눈동자가 눈물로 흐려졌다.

흉흉한 분위기를 알아차리고 즉각 도와줄 사람을 부르러 뛰어갔던 티아가 키노를 불러왔을 때, 이미 미샤의 마음은 다시 일어날 수 없을 정도로 꺾여버린 뒤였다.

"나 때문에……… 라라이아 님이 아프신 거야?"

위험하다면서 방에서 나가는 걸 금지당한 미샤는 눈물을 뚝뚝 흘렸다.

고통스러워하며 기침하는 라라이아와 아나의 얼굴, 그리고 피를 토하며 의식을 잃은 메리의 모습이 뇌리에 떠올랐다.

창백한 얼굴로 소파에 앉아 움직이지 못하는 미샤를 티아가 걱정하며 바라보고 있었다.

테이블 위에는 미샤의 의식 밖으로 밀려 나간 홍차가 천천히 식어가고 있었다.

그때.

노크 소리도 없이 문이 불쑥 열렸다.

깜짝 놀라 몸을 움츠린 미샤의 시야에 익숙한 백금발과 녹색 눈동자가 들어왔다.

"제법 한심한 얼굴이잖아, 미샤."

냉소를 머금은 남자가 그곳에 서 있었다.

"힘들어하는 환자가 있는데 훌쩍훌쩍 울기나 하는 근성 없는 녀석으로 키운 기억은 없는데?"

커다란 보폭으로 성큼성큼 걸어오는 남자를 미샤는 멍하니 바라보았다.

보고 싶어서 참을 수 없었던 사람이 그곳에 있었다.

"라인 삼촌. 왜…… 여기에?"

"어? 온다고 했잖아? 전언 못 들었어?"

어안이 벙벙해진 미샤의 입에서 흘러나온 말에 라인은 의아해하며 눈썹을 찌푸렸다.

마치 어제 먹은 저녁 이야기라도 하는 것 같은 가벼운 태도에 미샤의 어깨가 푹 꺼졌다.

"그야 여긴 왕성 안인걸? 어떻게 들어온 거야?"

"내가 가고 싶어 하는데 못 가는 장소는 없어. 그런 것보다 너 뭐 하는 거야?"

어느 의미 터무니없는 소리를 아무렇지도 않게 한 라인은 재차 미샤에게 차가운 시선을 보냈다.

"…………뭐 하냐니."

라인이 무슨 말을 하고 싶은 건지 알 수 없어 미샤는 말을 흐렸다.

그 반응에 커다란 한숨이 돌아왔다.

"성 밖에서는 골치 아픈 놈이 난동을 부리고 있는데 **너는** 왜 여기에 틀어박혔냐고."

마치 철부지 어린아이를 타이르는 듯한 말투에 미샤는 입술을 꾹 깨물었다.

"계속 틀어박혀 있었던 건 아니야! 환자를 만나서 진찰도 했고 약도 만들고, 병의 원인을 찾으려고 조사도 했어! 노력했단 말이야!! 노력했지만…… 그래도……."

"노력했느니 마느니 하는 장광설은 치우고. 그런 노력은 환자가 죽으면 의미 없다고."

피를 토하는 듯한 외침을 싹둑 잘라버리자, 미샤는 대꾸할 말을 잃고 멍하니 라인을 바라보았다.

그런 미샤를 바라보는 라인의 눈은 어디까지나 차갑고 맑아서, 거기에 어떤 감정도 찾을 수 없었다.

"정말로 할 수 있는 일은 다 했어? 방에 틀어박혀서 지식을 뒤지는 것만이 아니라, 환자를 살폈어? 안색은? 몸 상태는? 병의 진행과 함께 오는 변화를 제대로 지켜봤어? 죽은 환자가 있다면 왜 속까지 보여달라고 안 했는데?"

라인의 말이 조용한 실내에 담담히 울렸다.

미샤의 안색이 점점 나빠졌다.

"해부학도 가르쳐줬잖아? 인간을 해부한 적은 없었으니까 못 한다는 변명은 하지 마라? 뭘 위해 숲에서 사냥한 동물을 여러 번 날렸는데. 실제로 할 수 있을 만한 지식은 이미 있을 거야. 그래서 나도 레이아도 네가 만든 약을 인간에게 처방하는 걸 인정했으니까."

담담히 이어지는 말 하나하나가 미샤의 마음을 찢어놓았다.

파랗게 질린 미샤의 뺨으로 눈물이 주르륵 흘렀다.

미샤도 얼핏 생각은 했다.

하지만…….

"……하지만. 하지만 다들 슬퍼하고 있는데 가족의 몸을 갈라보 겠다고. 해부하게 해달라고, 말할 수 없었단 말이야."

미샤는 당연한 일인 것처럼 배웠지만, 라라이아의 치료를 두고 코난을 비롯한 의사들과 대화할 때 보통은 해부라는 지식이 일반적 이지 않다는 걸 깨달았다.

놀랍게도 의사 내에서조차 해부 지식은 필수 과목이 아니고, 개 중에는 교본을 기반으로 학습한 게 전부일 뿐 실제 인간을 해부해본 적이 없는 사람도 있었다.

의사인데도 해부한 적이 없는 사람이 있냐며 놀라는 미샤의 반응 에, 코난이 난감해하는 얼굴로 죽은 뒤라고 해도 몸을 가르는 걸 싫 어하는 풍조가 일반적이다 보니 좀처럼 헌체(獻體)를 손에 넣을 수 없다고 가르쳐주었다.

놀라서 눈이 휘둥그레진 미샤의 뇌리에 불현듯 어머니의 얼굴이 떠올랐다.

파리한 얼굴로 누운 어머니의 몸을, 숲에서 동물들에게 했던 것 처럼 해부할 수 있을까.

모든 과정이 끝난 뒤 원래대로 봉합해서 깨끗하게 정리한다고 해 도 자신의 배움을 위해 배를 가르고 내장을 꺼내 검사하는 건…….

'그런 건 못 해. 하기 싫어…….'

확실히 자기 입장에서 생각해 보니 거부감이 치밀어서 미샤는 자 연스럽게 수긍했다.

죽은 뒤라고 해도 사랑하는 사람의 몸에 상처가 나는 건 슬프다.

그렇기에 '홍안병'이 맹위를 떨치는 가운데 첫 사망자가 나왔을 때, 미샤는 머릿속에 떠오른 생각에 눈을 감고 고개를 돌리고 말았다.

눈물을 흘리며 고개를 젓는 미샤의 뺨에서 짝 소리가 났다.

라인이 때린 소리다.

아픔보다도 맞은 충격에 미샤는 굳어버렸다.

정적이 실내를 지배했다.

"그 정도의 인식이라면 넌 지금 당장 약사를 그만둬. 네게 생명을 다룰 자격은 없어."

뺨을 누르고 자신을 올려다보는 미샤를 향해 라인은 조용한 목소리로 속삭였다.

"똑똑히 들어, 미샤. 확실히 지금 풍조로는 인간을 해부하는 건 금기가 따라붙는 행위야. 하지만 그렇게 하지 않으면 알 수 없는 것도 많아. 나는 그때 네게 그렇게 가르쳤잖아?"

어린 시절 미샤는 숲을 찾아온 라인에게서 동물을 실습대로 삼아 다양한 것을 배웠다.

가죽을 벗기고 하나하나 확인하듯이 내장과 혈관의 위치와 흐름을 가르쳐주었다.

더욱이 속에서 꺼낸 내장도 하나하나 해체해서 어떤 식으로 생긴 건지 보여주었다.

때로는 마취로 재워서 산 채로 배를·가르고 심장이 어떻게 움직이는 건지 확인하거나, 어느 혈관이 손상되면 죽는지, 그렇게 되지 않

도록 지혈하는 방법 같은 것도 실습하며 배웠다.

어린아이에게는 무서운 경험이었지만, 라인의 진지한 얼굴에서 그게 중요한 지식이라는 걸 알 수 있었기에 미샤는 눈물을 글썽이면서도 도망치지 않고 배웠다.

라인이 눕혀놓은 동물의 몸을 앞에 두고선 시작하기 전에 손을 모아 기도하고, 끝난 뒤에도 감사를 읊던 뒷모습을 기억한다.

미샤는 왜 그런 걸 하는지 신기해하며 라인에게 물었다.

"음식으로서 우리의 생명을 이어주는 것만이 아니라, 지식의 기반이 되어준 존재에게 제대로 감사해야지. 그렇게 다음 생명을 구하는 거야."

"다음 생명을 구하기 위한 감사?"

익숙하지 않은 표현에 미샤는 한층 고개를 갸웃거렸다. 그런 미샤에게 라인은 조용히 고개를 끄덕였다.

"그래. 앞으로 너도 많은 미지의 병을 마주하게 될 거다. 전부 구하지 못하고 환자를 죽음에 빼앗기는 일도 있겠지. 그럴 때는 오늘처럼 공부하는 거야. 병과 싸운 몸은 그 병의 교본이거든. 많은 걸 알려주지. 그걸 읽어내고, 그 목숨을 빼앗은 병을 근절시키는 게 죽은 환자에게 바칠 수 있는 가장 큰 공양이라고 생각해라. 그리고 그 다음 목숨을 구한다면 앞선 죽음은 헛되이 날린 게 아니게 돼."

"그래?"

"그래. 아무도 이기지 못했던 병에 이길 계기를 준 거니까. 대단한 영웅이잖아?"

딱 잘라 말하는 라인의 말은 그때 분명히 어린 미샤의 마음을 흔들었다.

그 후로 미샤는 우는 걸 멈췄다. 대신 라인과 함께 손을 모으고 마음속으로 감사를 표하게 되었다.

귀중한 경험을 준 목숨에 부끄럽지 않은 약사가 되겠다고 맹세하면서.

조용한 눈동자로 이야기한 라인의 말을 떠올린 미샤는 아무 말도 하지 못하고 고개를 숙였다.

그 어린 날의 맹세에 지금의 자신이 제대로 마주 보지 않았다는 걸 깨닫고 부끄러워졌기 때문이다.

"적어도 이번 일은 네가 용기를 내서 해부했다면 원인을 바로 알수 있었을 거다."

하지만 라인의 그 말에 바로 고개를 들었다.

지금 귀에 들어온 말이 믿어지지 않았다.

이번에 필사적으로 병을 치료할 방법을 조사하려고 했던 건 미샤만이 아니다.

'홍안병'이 처음 확인된 뒤로 계속 연구를 거듭했던 레드포드 왕국의 의사들이 단서조차 잡지 못하고 있는 병의 원인을 갑자기 나타난 라인이 알고 있다는 뜻이다.

"'홍안병'의 원인을 알아?!"

놀라서 눈이 휘둥그레져 소리친 미샤 앞에서 라인은 어깨를 으쓱한 뒤 선뜻 긍정했다.

"이 병의 원인은 특수한 기생충의 일종이야."

6 병의 정체

"시작은 더운 겨울이었지."

1인용 소파에 앉은 라인은 향이 진한 홍차를 즐기며 그렇게 이야기하기 시작했다.

장소를 왕가의 사적인 공간으로 옮겼기에 눈앞에는 국왕 라이언, 재상 트리스를 비롯한 나라의 중진들이 가득했다. 하지만 라인은 주눅 드는 일 없이 어디까지나 유유자적했다.

호위 기사가 미샤의 방에 외삼촌이라는 남자가 불쑥 나타났다는 소식을 들고 달려왔을 때, 라이언과 신하들은 벌써 몇 번째인지도 알 수 없는 '홍안병' 대책 회의에 열을 올리는 중이었다.

갑작스러운 보고에 어안이 벙벙했던 라이언은 외삼촌이라는 남자가 '숲의 백성'의 색채를 지녔다는 걸 듣고 저도 모르게 미샤의 방으로 날아갔다.

그리고 거기서 울상이 되어 앉아있는 미샤와 차가운 눈으로 서 있는 남자의 존재를 확인하자마자 라이언은 머리로 생각하기도 전에 두 사람 사이에 끼어들어 미샤를 등 뒤로 감쌌다.

미샤의 뺨이 한쪽만 빨갰기 때문이다.

강렬한 눈으로 자신을 노려보는 라이언을 보고 라인의 눈이 재미있다는 듯 휘어졌다.

"미샤, 이분이 외삼촌 맞아?"

라이언에게서 나온, 전에 없이 차가운 목소리에 미샤는 눈이 동그래지면서도 고개를 끄덕였다.

그 직후 등을 보며 고개를 끄덕여봤자 안 보인다는 걸 깨달은 미샤가 허둥지둥 말을 덧붙였다.

"네. 신원은 보장합니다. 수상한 사람이라고 잡지 말아주세요."

왜냐하면 문 앞에 서서 이쪽을 보는 트리스와 지올드도 아주 험악한 얼굴이었기 때문이다.

"수상한 사람이라니 너무하잖냐."

"적어도 이런 왕성 깊은 곳까지 안내도 없이 들어온 사람은 수상한 사람이 맞는다고 본다만?"

명백하게 재미있어하는 얼굴인 라인의 태도에 라이언이 미간을 좁혔다.

"외부에서 불러온 약사인 척했더니 바로 들여보내더라? 상황상 어쩔 수 없을지도 모르지만, 경비가 너무 허술한 거 아냐?"

"삼촌!"

웃으며 독설을 뱉는 라인을 미샤가 다급히 막았다.

"죄송합니다. 불경하다는 건 알지만 부디 이야기를 들어주세요. 삼촌은 '홍안병'에 대한 정보를 가져와 주셨습니다."

그리고 이어진 폭탄에 그 자리에 있던 전원이 놀라서 눈을 크게 부릅떴다.

그건 지금 이 왕국이 어떻게든 손에 넣고 싶어 하는 정보였다.

"여기는 좁으니 장소를 옮겨서 듣도록 하지."

아마도 자기 뒤를 따라오긴 했지만, 방에는 들어오지 못하고 복도로 밀려난 중진들의 존재를 떠올린 라이언이 짧게 지시를 내렸다.

"어, 똑같은 소릴 여러 번 하게 되는 건 귀찮으니까 그래도 상관

없는데. 사실 어제부터 아무것도 못 먹었거든? 뭔가 간단히 먹을 것도 부탁할 수 있어?"

웃으며 뻔뻔하게 요구하는 라인의 등을 미샤가 말없이 밀었다.

재회했을 때의 그 차가운 표정과 태도는 어디로 사라져버린 건지, 완전히 기억 속 모습과 똑같이 여유로운 라인의 태도에 미샤는 슬그머니 한숨을 쉬었다.

그렇게 먹을 것을 두려면 테이블이 있는 게 좋겠다며 급히 객실 중 하나를 정비해 여러 명의 인원이 들어갈 수 있도록 한 다음, 기묘한 다과회 같은 분위기가 된 실내에서 라인의 이야기를 듣게 되었다.

"매년 초겨울에 북쪽에서 넘어오는 크고 하얀 새가 있지?"

"아클 말인가? 그게 왜?"

라인의 말에 다들 고개를 갸웃거렸다.

매년 늦가을에서 초겨울 사이에 일주일 정도 보이는 새로, 겨울의 추위를 피해 북쪽에서 남쪽으로 여행한다. 다른 대륙까지 넘어가는 새들은 중간에 레드포드 왕국을 거쳐 간다. 그리고 봄이 되면 이번에는 더위에서 도망치듯 북쪽으로 돌아간다.

하얀 깃털과 이마에 빨간 장식 털이 아름다운 새로, 매년 이동 시기가 되면 그 아름다운 모습을 즐기기 위해 호수를 찾는 호사가도 있을 정도였다.

"그래, 그게 올해는 겨우내 호수에 있었을 거야. 여기서도 충분히 따뜻하니까 남쪽까지 가는 게 귀찮아진 녀석이 남은 거겠지."

"⋯⋯확실히 웬일로 올해는 호수에서 겨울 동안 계속 아클이 보였다는 보고를 받았습니다. 하지만 그게 이번 일과 어떻게 관련이 있는 거죠?"

잠시 기억을 더듬는 얼굴로 중얼거린 트리스가 애써 침착한 목소리로 물었다. 하지만 눈이 의심스럽다는 듯 가늘어지는 걸 숨기지 못했다.

'홍안병' 이야기를 한다고 해놓고 느긋하게 차를 마시며 상관없는 새 이야기를 하는 라인에게 짜증이 난 모양이다.

숨기지 못한다기보다는 숨기려 하지 않는 젊음에 살짝 웃은 라인이 말을 이었다.

"그 녀석이 배 속에 '홍안병'의 원인을 갖고 있거든."

씩 웃으며 생뚱맞은 말을 하자 웅성거림이 퍼졌다.

"여기선 아클이라고 하는구나. 북쪽에서는 아쿨트라고 불러. 그 새가 사는 북쪽 대륙의 원주민에게서 가끔 보이는 병이 이번 '홍안병'과 아주 비슷하지. 원인은 아클의 배 속에 있는 **기생충**이야."

라인이 계란 샌드위치를 집어 먹으며 가벼운 어조로 이야기하자 일동은 서로의 얼굴을 쳐다보았다.

"즉, 자네는 그 기생충이 어떠한 이유로 몸에 들어왔기 때문에 이번 사건이 일어났다고 말하는 것이구먼. 하지만 아클은 오래전부터 매년 오는 새인데 왜 이번에만 이렇게 된 건가?"

침묵을 깬 사람은 코난이었다.

딱 봐도 의사인 코난에게 시선을 던진 라인은 입 안에 있는 걸 꿀꺽 삼키고 대답했다.

"거기서 겨울의 기후로 이어지는 거지. 유독 따뜻한 겨울에 컨디션이 무너지는 건 딱히 아클만 그런 게 아니거든. 올해는 캘러스의 어획량이 예년보다 많았고, 크기도 큰 게 많았다면서."

라이언이 옆에 앉은 남자에게 힐긋 시선을 던졌다.

"맞습니다. 어획량이 증가하여 시장 가격이 내려갔다는 보고를 받았습니다."

미샤의 뇌리에 양동이 안에서 우글거리는 미끈미끈한 생물이 떠올랐다.

아이들이 올해는 많이 잡았다고 했으니 확실히 풍어였을 것이다.

"캘러스의 풍어가 뭔가 관련이 있는 거야?"

미샤의 의문에 라인은 달콤짭짤하게 간이 된 고기를 끼운 빵으로 손을 뻗으며 고개를 끄덕였다.

"캘러스는 수온이 일정 이하로 내려가면 진흙 속으로 숨어서 겨울잠을 자거든. 개구리나 뱀처럼. 그러다 따뜻해지면 깨서 영양을 비축하고 번식하지. 하지만 올해는 수온이 내려가지 않아서 겨울잠을 자지 않았어. 먹이도 별로 줄지 않았을 거야. 겨우내 깨어있던 캘러스는 쑥쑥 잘 자라서 평소보다 빨리 번식했고."

"그래서 풍어였구나. 하지만…."

커다란 입으로 빵을 깨물어 먹는 라인을 향해 미샤는 무슨 관련이 있냐는 듯 고개를 갸웃거렸다.

그런 조카를 보며 라인은 흥이 깨졌다는 듯 얼굴을 찌푸렸다.

"미샤, 너 진짜 퇴화했구나? 이렇게까지 말해도 모르겠어?"

노골적인 실망에 미샤는 입술을 깨물었다.

"추운 계절에 잠깐만 찾아오는 새와 추운 계절엔 잠드는 생선. 본래 만날 리가 없는 녀석들이 올해는 같이 지냈다는 거야."

"……캘러스에 기생충이 옮았다는 겁니까?"

고개 숙인 미샤 대신 트리스가 입을 열었다.

입 안에 음식이 들어있던 라인은 시선을 그쪽으로 돌리고 고개를 끄덕인 뒤, 차를 기울여 목구멍 속으로 흘려보냈다.

"밀림에 사는 원주민 사이에서 가끔 생기는 병을 자세히 연구한 사람은 지금까지 없었지. 그래서 우리도 거기에 도달하기까지 좀 시간이 걸렸어. 최근에 알게 된 건데, 그 벌레는 어째서인지 어류 안에서는 번식하지 않아. 환자가 기침하는 걸 보면 아마 호흡기관의 차이가 문제일 거라더군. 캘러스는 뭍에서도 숨을 쉴 수 있는 생물이라 폐의 구조가 인간이나 새와 가깝지. 좋은 서식처였을 거다. 새가 싼 분변에 알이 들어있었고, 그걸 직접 먹은 건지 다른 물고기를 한번 거쳐서 먹은 건지는 모르지만 어쨌든 캘러스 안에서 번식했고. 그걸 먹은 인간 안에서 한층 증가한 거야."

실내에 침묵이 퍼졌다.

갑작스럽게 던져진 답을 아무도 소화하지 못하고 있었다.

일상적으로 먹던 재료에 갑자기 사실 독이 들어있었다고 해도 이해할 수 없는 게 당연할 것이다.

그런 가운데 미샤가 한발 먼저 정신을 차렸다.

"하지만 그런 거라면 나는 왜 멀쩡한데? 확실히 많이 먹진 않았지만 먹긴 했는데?"

"확실히. 수도에서 캘러스는 흔히 먹는 재료라네. 여기 있는 사람 중에도 먹지 않은 사람이 드물 정도이지. 나도 먹었고 말일세."

코난의 말에 뒤따르듯 몇 명이 고개를 끄덕였다.

그 말에 접시를 전부 비운 라인이 바로 새로 따라준 홍차를 마시며 크게 한숨을 내쉬었다.

"연구한 녀석도 이 나라에서 '홍안병'이 종식된 뒤에 우연히 관심이 생겨서 조사했을 뿐, 실제 환자를 본 건 아니야. 그러니까 이건 추측일 뿐이지만, 아마도 조리법의 차이였을 거랬어."

"조리법?"

"보통 기생충은 열에 약하거든. 충분히 익혀서 먹으면 아마 사멸해서 문제없었을 거다. 하지만 당신들은 캘러스를 날로 먹는다면서?"

미샤의 뇌리에 식탁 풍경이 떠올랐다.

반투명한 살을 얇게 잘라서 채소와 함께 예쁘게 쌓아놓았다.

'생선회'라는 설명을 듣고 생식을 한 적이 없었던 미샤는 겁을 먹고 먹지 않았지만.

"회라면 나도 먹었는데? 일반적인 조리법 중 하나야."

라이언의 목소리는 아직 곤혹스러움이 짙게 남아있었다.

캘러스는 왕가에 헌상하는 물건이다.

여름을 상징하기도 하므로 이른 시기에 손에 들어온다.

당연히 식탁에 올라오는 일도 많았다.

또한 바다와도 가까워서 수도에서는 신선한 생선을 날로 먹는 일이 많았고, 캘러스도 같은 취급이었다.

"아마 다른 기생충의 예시로 봐도 살에는 알이나 벌레의 수가 적을 거야. 음식을 먹고 가장 먼저 들어가는 장소는 소화기지. 건강한 인간이라면 어느 정도는 부화하기 전에 소화되니까 문제없을지도 몰라. 다만. 보통 기생충의 알은 내장이나 피에 많이 포함되어있거든."

추가된 정보에 사람들의 안색이 점점 파랗게 질렸다.

"라라이아 님은 가장 자양분이 풍부하다면서 생피를 드셨어. 그 외에도 심장이나 간을 통째로……."

미샤가 멍하니 중얼거렸다.

그 뒤로 라이언이 말을 이었다.

"옛날부터 자양강장제로 삼아 그런 식으로 먹었지. 불로 익히면 효과가 약해진다고 하니까. ……체력이 약한 사람이 영양을 확보하는 용도로 애용되고, 성 밖에서는 약보다 먼저 주기도 한다고 해."

라인은 마치 못난 학생을 지켜보는 눈으로 느릿하게 고개를 끄덕였다.

"아마 그래서겠지. 옛날 사람들은 불에 익히면 귀중한 영양분이 파괴되는 걸 경험으로 알았을 거야. 환절기에 컨디션이 나빠진 사람에게 늘 그랬듯 캘러스를 줬겠지. 아마도 위가 약해진 환자는 제대로 소화하지 못하고 알이 몸속에서 부화한 거야. 기생충이 파고들어 몸은 더 안 좋아지고……. 그렇게 무한 반복."

"……이럴 수가."

미샤는 말문이 막혀 고개를 숙였다.

감기 기운이 있는 할머니를 위해서라며 온몸이 흙투성이가 되면서도 열심히 캘러스를 잡았던 아이들의 모습이 떠올랐다.

몰랐다고 해도 자기들이 독을 줬다는 걸 들으면 아이들은 얼마나 상처받을까.

똑같은 생각을 한 모양이었다.

라인을 제외한 그 자리에 있는 모두의 안색이 안 좋았다.

"자, 원인은 다들 이해했지?"

그런 분위기를 일부러 무시한 라인이 큰 목소리로 말했다.

밝기까지 한 그 목소리에 푹 숙이고 있던 얼굴들이 올라갔다.

라인은 그 시선을 흘려넘기며 미샤에게 시선을 보냈다.

"그럼 다음 문제. 미샤, 몸에 들어간 기생충을 배제하는 방법은?"

그 말에 미샤의 뇌가 반사적으로 답을 떠올렸다.

"구충 효과가 있는 약초를 투여한다. 먼저 어떤 게 효과가 있는지는 알 수 없지만, ……아클이 기생충을 운반한다면 홍안병과 비슷하다는 북쪽 병의 약을 참고하면 되지 않을까?"

"합격."

미샤의 대답에 라인의 만족스럽다는 듯 고개를 끄덕였다.

"……치료약이 있다고?!"

두 사람의 대화에 라이언이 달려들었다.

과거 수도를 괴멸 직전까지 몰아갔던 증오스러운 병을 격퇴할 방법이 있다. 그건 한 줄기 희망이었다.

냉정한 왕의 얼굴을 버리고 몸을 앞으로 내민 라이언에게서 조금 도망치듯 상체를 뒤로 뺀 라인은 다시 한번 고개를 끄덕였다.

"뭐, 인간이라는 새 숙주로 옮기고 시간도 지났으니까 다소 성질이 변했을 것 같기는 한데 효과는 있을걸. 투여해보지 않으면 알 수 없지만."

"그건!!"

여기까지 와서 처음으로 희망적인 소식에 사람들이 확 술렁거렸다.

그저 손을 놓고 구경할 수밖에 없었던 '홍안병'에 마침내 한 방 먹일 수 있을 것 같다고 한다.

"하지만 문제가 하나."

그러나 그 기쁨에 라인이 찬물을 뿌렸다.

"그 기생충에 효과가 있는 약초는 북쪽 끝에만 존재해. 저쪽에선 별로 드물지 않지만 거의 유통되지 않으니까 손에 넣을 방법이 없어. 일단 수배는 했는데, 도착할 때까지 얼마나 시간이 걸릴지는 알 수 없는 상태야."

라인이 난처한 얼굴로 어깨를 으쓱하자 침묵이 다시 방 안을 지배했다.

희망이 보였던 만큼 그 절망은 컸다.

어두운 눈으로 침묵하는 일동을 둘러보고 한숨을 한 번 쉰 라인이 크게 손뼉을 쳤다.

"당장은 캘러스 식용을 금지하는 게 어때? 우선 그렇게 하면 새로 발병하는 건 줄일 수 있겠지. 그리고 생피나 내장을 생식한 인간은 발병하지 않았어도 소집해. 헛수고일지도 모르지만, 발병하기 전이라면 지금 있는 구충제로도 효과가 있을 가능성이 없는 건 아니니까."

그제야 자신들이 해야 할 일을 떠올린 듯한 사람들이 움직이기 시작했다.

코난을 중심으로 의료팀이 뭉쳐 대책을 자세히 짜기 위해 의논하며 이동했다.

트리스는 귀족들을 모아 어떻게 해야 캘러스 포획 금지령을 효과적으로 퍼트릴 수 있을지 대책을 짜기 시작했다.

그 뒷모습을 배웅한 라이언은 눈앞에 앉은 라인을 다시금 돌아보았다.

"유익한 정보를 제공해줘서 고맙다. 가능하다면 앞으로도 협력을 부탁하고 싶은데 어떻게 생각하지?"

그 자리에 남은 건 라이언과 라인, 그리고 미샤뿐이다.

벽 앞에는 시녀와 집사가 대기하고 있지만 주인에게 충실한 그들이 라이언에게 불이익을 주는 일은 없다.

완전하지는 않다지만 의도하지 않아도 사람을 물린 상태가 된 그 자리에서, 라이언은 앉은 채이긴 해도 깊이 머리를 숙였다.

일국의 왕으로서 당치도 않은 행동에 라인은 재미있다는 듯 눈을 휘었다.

놀란 미샤가 뭐라 말하려고 옆에서 허둥대는 걸 힐끗 쳐다봐서 제지한 라인은 팔짱을 끼고 생각에 잠기듯 소파 등받이에 등을 기댔다.

"나한테 협력을 구한다는 게 어떤 건지 알고 있지?"

잠시 침묵이 흐른 후 라인이 작게 중얼거렸다.

짙푸른 눈동자가 라이언을 꿰뚫어 보려는 듯 가만히 응시하고 있다.

라이언은 그 눈동자를 똑바로 마주 바라보며 조용히 고개를 끄덕였다.

숨을 쉬는 것도 망설이게 될 정도로 무거운 분위기가 그 자리를 지배했다.

라인의 어깨에서 툭 힘이 빠진 순간 그 분위기가 흩어졌다.

"좋아. 이 나라에는 미샤가 신세 지고 있으니까. 그만큼은 돌려주마."

"라인 삼촌!"

신이 나서 이름을 부르며 끌어안는 미샤를 라인이 쓰게 웃으며 받아주었다.

기억 속 모습보다 많이 자란 미샤의 얼굴을 빤히 바라보았다.

자신과 같은 색이지만, 역시 동생을 더 많이 닮았다.

상대에게 무언가를 호소하듯 커다란 눈동자도, 입꼬리가 올라간 조금 작은 입술도······.

가슴에 치밀어오르는 감정을 억누르듯 라인은 다시 한번 미샤를 세게 끌어안았다.

힘이 단단히 들어간 품속에서 미샤는 울고 싶어지는 듯한 안도를 느꼈다.

어머니의 우아한 포옹과는 전혀 다른데도 같은 분위기가 느껴지는 건 역시 핏줄 때문인 걸까.

미샤는 마치 어린아이처럼 라인의 가슴에 이마를 마구 비볐다.

존재를 확인하는 듯한 그 몸짓에 라인이 웃으면서 부드럽게 머리를 쓰다듬었다.

라이언은 그런 두 사람의 가슴 따뜻해지는 광경을 뭐라 말할 수 없는 기분으로 보고 있었다.

오랜만에 만난 육친의 정은 이해하지만, 이 나라의 절박한 상황을 생각하면 자기도 저런 훈훈한 감정에 잠기는 건 어렵다.

하지만 그렇다고 해서 두 사람에게 찬물을 뿌리는 눈치 없는 짓도 하기 어려웠다.

어쩐지 조용히 퇴실하지도 못한 채 라이언은 우선 눈앞에 놓인 컵을 입으로 가져갔다.

마침 적당한 온도인 차가 목을 부드럽게 적셔주었다.

완전히 심심해 보이는 라이언의 상태를 알아차린 라인이 쓰게 웃으며 미샤에게서 떨어졌다.

그리고 발치에 내려놓았던 가방을 뒤적거렸다.

그렇게 안에서 작은 꾸러미를 꺼내 테이블 위에 올렸다.

"이건 아까 말했던 '홍안병' 치료약이다."

라이언의 눈이 놀라서 크게 떠졌다.

"가지고 있었어?"

"어디까지나 샘플. 대충 5인분뿐이야."

그건 잔인한 선고였다.

목숨을 구할 수 있는 약이 거기에 있다.

하지만 압도적으로 부족한 양은 불화의 씨앗밖에 되지 않을 것이다.

가족이 '홍안병'에 걸린 인간은 귀족만 따져도 여럿이기 때문이다.

"당신에게 맡길게. 어떻게 쓸지도. 누군가에게 먹여도 되고, 연구자에게 맡겨서 비슷한 성분을 지닌 다른 약초를 찾아도 되고. 하지만 아마 말기 환자에게 써도 효과는 없을 거다."

그건 너무나도 무거운 말이었다.

라이언은 무의식중에 입술을 깨물었다.

괴로워하는 동생의 모습이 뇌리에 스쳤다.

다른 많은 국민의 모습도.

모두 라이언이 지켜야만 하는 소중한 존재였다.

묵직하게 느껴지는 작은 꾸러미를 손에 담은 라이언은 조용히 일어났다. 그러고는 말없이 문으로 향했다.

"······잘 받았다."

그 등이 복도로 사라지는 순간 들린 작은 목소리는 깊은 고뇌로
가득했다.

7 미샤의 후회

라이언이 나간 뒤 방에는 침묵이 남았다.

닫힌 문을 바라보며 미샤는 할 말을 찾는 것처럼 시선을 허공으로 배회했다.

미샤가 그러거나 말거나 라인은 여유롭게 앉은 채 컵을 기울이고 있다.

"……저기, 삼촌. 앞으로 어떡할 거야?"

급기야 접시에 예쁘게 담아둔 과자를 즐기기 시작한 라인을 향해 미샤는 난처한 얼굴로 물었다.

"아까 라이언 님이 도와달라고 했잖아? 안 가도 돼?"

그런 미샤의 의문에 라인은 어깨를 으쓱했다.

"뭐, 지금 가 봤자 내가 할 수 있는 일은 없으니까. ……그래. 한가하면 얘기 좀 하자, 미샤."

싱긋 웃는 얼굴에서 어쩐지 무시무시함을 느낀 미샤는 나란히 놓인 소파 위에서 조금이라도 도망치고자 무의식중에 몸을 뒤틀었다.

"그렇게 겁먹지 않아도 무서운 이야기 아니야. 그냥 확인이지."

살짝 파리해진 미샤의 안색에 한층 진한 미소를 지으며 라인은 들고 있던 잔을 테이블로 되돌렸다.

"'홍안병'의 발병을 발견했을 때, 게다가 대처법을 몰라서 손쓸 수 없어졌을 때 왜 미란다를 찾으려고 하지 않은 거냐?"

불쑥 들어온 질문에 미샤는 의미를 가늠하지 못하고 고개를 갸웃거렸다.

"미란다라면 네가 모르는 정보를 갖고 있었을지도 몰라. 그야 어디 있는지는 몰랐겠지만, 미란다에게서 몇 군데 거점이 있다는 건 들었을 거 아냐? 자세한 장소는 몰라도 무작정 수상한 장소에 가서 '숲의 백성'의 수신호를 보여주고 다닐 수는 있었을 텐데."

가만히 눈을 응시하며 이어지는 말에 미샤의 표정이 서서히 딱딱해졌다.

그것도 생각하지 않았던 건 아니다.

세간에서 보면 기적처럼 보이는 힘을 지닌 '숲의 백성'의 의료 기술.

이따금 찾아오는 라인은 항상 미샤가 모르는 지식을 가르쳐주었고, 그 지식은 어머니의 약초학과는 또 다른 내용이었다.

아마 일족 내에는 그것 말고도 다양한 지식이 있으리라는 건 누가 가르쳐주지 않아도 눈치채고 있었다.

어쩌면 '홍안병'의 대처법도 알고 있을지도 모른다고, 생각하지 못할 리가 없다.

하지만 미샤는 실행하지 않았다.

"그야 '숲의 백성'의 힘은 무작정 기대면 안 된다고………."

"네 지식도 원래는 일족의 힘이잖아?"

작은 목소리로 대답하자 단칼에 부정당했다.

미샤는 손이 가늘게 떨리는 걸 눈치채면서도 어떻게든 말을 이어가려고 했다.

"하지만 일족 말고 다른 사람을 돕는 일은 잘 없다고 해서."

"그래. 하지만 네가 도와달라고 하면 적어도 다른 누군가의 요청보다는 도와주는 사람이 있었을 거야. '숲의 백성'은 결속이 단단하지. 일국의 왕이 간청하는 것보다는 절반이라고 해도 같은 피가 흐르는 동포의 손을 잡아줄 정도로. 미란다가 안 가르쳐줬어?"

『잘 들어. 곤경에 처하면 날 만났을 때처럼 '인사'해 봐. 동포라면 분명 도와줄 테니까……….』

라인의 말과 겹치듯 미샤의 뇌리에 이전 미란다가 가르쳐준 말이 떠올랐다.

가만히 자신을 바라보는 라인의 녹색 눈동자를 처음으로 무섭다고 느꼈다.

마음속 깊은 곳까지 꿰뚫어 보는 듯한 그 색에 숨기고 싶은 것이 파헤쳐지는 두려움이 밀려든 미샤는 눈을 꾹 감았다.

'그래. 난 알고 있었어. '숲의 백성'에게 도움을 청하는 방법을. 하지만 하지 않은…… 이유는…… .'

라인이 후 한숨을 쉬는 기척에 미샤는 눈을 퍼뜩 떴다.

바로 코앞에 녹색 눈동자가 있었다.

연민과 분노가 섞인 눈이 가만히 미샤만을 비추고 있다.

파랗게 질려서 떨고 있는, 죄책감에 삼켜진 어린 소녀.

라인의 눈에 비친 그 모습에 미샤는 할 말을 잃고 응시할 수밖에 없었다.

조용한, 단죄의 말이 떨어졌다.

"주변에서 고마워하고 떠받드니까 착각했구나. 처음에 가르쳐줬을 텐데. '무지의 지식'을 잊지 말라고. 감사와 칭찬에 자만해서 무서워졌지? 자기보다 더 특별한 사람이 나타나는 게."

"……아니야!"

"그럼 왜 가만히 있었는데? 꽤 이른 단계에서 알았을 텐데. 네 지식 속에는 이 상황을 타파할 힘은 없다고."

"그…… 건, ……그건…… ."

미샤의 뺨을 타고 눈물이 뚝뚝 흘러내렸다.

라인은 동정하듯 그 눈물을 부드럽게 닦아주었다.

"확실히 이 넓은 수도를 마구잡이로 돌아다녀서 '숲의 백성'을 만날 확률은 희박하지. 하지만 너는 그렇게 해야 했어. 그게 병에 괴로워하는 사람들에게 네가 해줄 수 있는 **최선**임을 알고 있었을 테니까."

라인의 말에 미샤는 입술을 깨물었다.

한 마디도 반박할 말이 떠오르지 않았다.

그건 라인의 말이 뼈아플 정도로 진실이기 때문이었다.

여느 때라면 생각하기도 전에 이 증상에는 이 약이 필요하다 같은, 병에 관련된 유효한 대처법이 떠오른다.

그건 어린 시절부터 축적된 방대한 지식에 기반한 무의식 속 선택이었는데, 미샤는 그걸 신기하게 여기는 일도 없이 여태까지 자연스럽게 이용해왔다.

하지만 이번에.

아무리 생각해도. 처음으로 의식해가며 과거의 지식을 파헤쳐도 **어떻게 해야 하는지** 전혀 알 수 없었다.

그게 '홍안병'에 유효한 방법을 떠올리기 위한 지식이 부족하기 때문이라는 건 명백했다.

하지만 처음으로 겪는 사태에 미샤는 혼란스러웠고 동시에 무서워졌다.

좋게도 나쁘게도 여기에는 의지할 존재가 없고, 오히려 주위는 미샤에게 '숲의 백성'을 보며 기대하고 있다.

부응하지 못하는 기대로 인한 압박감과 여태까지 쌓아 올린 자부심이 미샤를 옴짝달싹 못 하게 만들었다.

피가 날 정도로 입술을 깨물고 우는 미샤를 보고 라인은 한 번 더 크게 한숨을 쉬었다.

'너무 따끔하게 혼냈나⋯⋯. 하지만 미샤, 네가 진짜 힘들어지는 건 지금부터야.'

미샤가 자존심과 압박감에 묶여 움직이지 못하는 사이에도 병이 진행되어 목숨을 잃은 환자는 있었을 것이다.

당연히 그 모든 게 미샤 때문인 건 아니다.

대놓고 비난하는 사람도 없을 것이다.

오직 한 명, 미샤 본인을 빼고.

모든 걸 다 놓고 죽어라 달린 결과라면 분해서 울던 마음이 너덜너덜해지든 미샤는 결국 일어나서 앞을 볼 수 있었을 것이다.

하지만 그렇게 하지 못했던 결과가 지금 소리 없이 우는 모습으로 이어져 있다.

"⋯⋯괴롭냐?"

작은 목소리로 묻자 미샤는 조금 고개를 숙인 채 끄덕였다가, 바로 취소하듯이 도리질했다.

"죽은 사람이 널 쫓아올 거다. 하지만 그 고통을 잊지 마. 거기서 도망치지 마."

라인은 조용한 목소리로 천천히 이야기한 뒤 미샤의 축축한 뺨을 두 손으로 감싸고 얼굴을 들어 올렸다.

그리고 눈물에 일렁이는 녹색 눈동자를 가만히 바라보았다.

"······약사로서 살아가고 싶다면."

라인의 말에 미샤의 몸이 움찔 흔들렸다.

"······내가······ 그래도 돼?"

코끝이 닿을 정도로 가까이 있어도 간신히 들릴 만큼 작은 목소리였다.

하지만 그 목소리를 제대로 들은 라인은 입꼬리를 살짝 끌어올렸다.

"그걸 정하는 건 너 자신이야, 미샤."

그건 조용한, 하지만 감싸 안는 듯한 다정한 목소리였다.

"··········혼자서 힘들었지?"

미샤의 얼굴이 확 일그러졌다.

그리고.

"흐어어어어어엉~~~."

마치 갓난아기처럼 울면서 무너졌다.

라인은 제 허벅지에 엎드려 오열하는 조카의 머리를 조금 난처하다는 얼굴로 천천히 쓰다듬었다.

그 손은 미샤의 눈물이 마를 때까지 멈추지 않았다.

"어디~ 반성도 끝났으니 또 다른 결과도 확인하러 갈까."

실컷 울고 난 여파로 딸꾹질이 멈추지 않는 미샤에게 차를 건넨 뒤 라인은 가벼운 어조로 중얼거리며 일어났다.

완전히 식어버린 차를 마시던 미샤는 그런 라인의 말에 고개를 갸웃거렸다.

"결과라니, 무슨 결과?"

너무 울어서 조금 멍한 머리는 잘 돌아가지 않아 라인의 말을 생각할 여유가 없다. 그 탓에 생각한 말이 그대로 입 밖으로 빠져나갔다.

그런 미샤를 향해 라인은 씨익 사악하게 웃었다.

"그야 당연히 아까 왕에게 준 약이 일으킬 난리통의 결과지."

"어?"

라인의 말을 머릿속으로 곱씹었지만 역시 이해하지 못한 미샤는 다시 고개를 갸우뚱 기울였다.

"너 말이다. 이런 상황에서 그런 미량의 약이 나타났는데 불화의 씨앗이 안 될 리가 없잖아? 높으신 분 중에 '홍안병'에 걸린 게 공주님밖에 없는 것도 아니고."

"……그 말은."

생각에 잠긴 미샤의 안색이 서서히 나빠졌다.

약을 가지고 있는 건 이 나라의 최고 권력자인 라이언이니까 습격당해서 다치는 일은 없을 것이다. 하지만 소중한 사람의 목숨이 달려있으니 어쩌면 무모한 짓을 저지르는 사람도 나타나지 않을까.

"삼촌, 왜 그런 걸 준 거야?!"

"그러니까~~ 상황을 보러 가자고. 어디 있으려나~."

벌떡 일어난 미샤 앞에서 라인은 사악한 미소를 지은 채 느긋하게 걷기 시작했다.

그 뒤로 미샤가 허둥지둥 쫓아갔다.

"아마 트리스 씨나 코난 선생님이 있는 곳일 테지만……. 아니, 왜 그렇게 태평하게 걷는 거야?! 서두르라고, 삼촌!"

"응~? 복도에서 달리는 건 예의에 어긋난다고 가르쳤을 텐데?

미샤."

미샤가 등을 밀며 재촉해도 라인은 어디까지나 느긋한 자세를 무너트리려고 하지 않았다.

"서두르지 않아도 감시는 잘 붙여놨어. 애초에 이건 약 조제법을 양도받기 위한 교환 조건이거든."

진정하라는 듯 쌍심지를 켠 미샤의 어깨를 토닥인 라인은 어깨를 으쓱했다.

"약 조제법………? 무슨 소리야? 삼촌, 뭘 숨기는 건데?"

"숨긴다고 할 정도는 아니고. 내가 외과 전문인 건 알지? 감염증 연구는 내 전문이 아니거든. 이 나라에 이동하던 도중 우연히 아는 사람을 만나서 '홍안병'에 대해 배웠지."

망설임 없는 발걸음으로 왕궁 안을 걸어가는 라인 옆을 따라가며 미샤는 '그래서?' 하는 얼굴로 삼촌을 올려다보았다.

"응? '숲의 백성' 일족은 사람을 엄청 까다롭게 고른다는 이야기 못 들었어? 앞으로 라이언이라는 녀석이 보이는 행동에 따라서는 이 나라는 이번에야말로 괴멸 위기에 빠질 거야."

너무나 가벼운 어조로 나라의 명운을 이야기하는 라인의 발언에 미샤의 미간에 주름이 파였다.

"……이해하지 못하겠어, 삼촌. 왜 라이언 님의 행동으로 나라가 멸망하는 결과가 되는데?"

"그야 이번 주도자가 그 녀석의 행동이 마음에 들지 않으면 못 본 척하고 도망칠 테니까. 우리는 기본적으로 자기중심적이거든. 마음에 들면 도와주지만, 마음에 안 들면 안 도와줘. 단순하지?"

"……그게 뭐야?!"

조용한 왕성 복도에 미샤의 외침이 울려 퍼졌다.

사람의 생사가 달린 약을 주도자의 기분 하나로 줄지 말지 정한다니. 그런 말도 안 되는 일이 있나.

아니, 애초에 그런 게 통한다면 아까 자신이 들은 설교는 대체 뭐였단 말인가.

"자자, 진정하고. 약을 제공하는 게 나라를 경유하냐 민간을 경유하냐 하는 차이니까. 큰 차이는 없어. 왕족의 신뢰가 땅으로 추락할 뿐이지."

"으…… 아니……."

참으로 즐거워 보이는 라인의 발언에 미샤는 말문이 막혀서 기어이 발이 멈춰버렸다.

라인은 그런 미샤를 기다리지 않고 유유자적한 태도로 걸어갔다.

"하여간 든든한 왕이잖아? 믿어주라고, 미샤."

"…………믿거든! 라이언 님이라면 반드시 괜찮아!"

미샤는 라인의 등을 날카롭게 쏘아본 후 소리 높여 선언했다.

그러고는 여전히 멈추지 않는 등을 서둘러 쫓아갔다.

8 막간~라인의 여행길

시간을 조금 거슬러 올라간다.

미샤를 찾아가기 위해 출발한 라인은 도보로 산을 넘는 걸 택했다.

사람이 많은 장소는 좋아하지 않았다.

머리카락과 눈을 숨기고 몰래 다니는 건 성미에 맞지 않는다. 아니, 귀찮다.

라인은 익숙한 발걸음으로 짐승들이 다니는 길을 걸어가며 눈에 띄는 약초도 겸사겸사 채집했다.

이제부터 가는 장소의 상황을 고려하면 약초는 많이 비축해둘수록 좋을 것이다.

레드포드 왕국의 수도라면 약초를 입수하기 어려워서 약사를 울리기로 유명하다.

발전된 대국이기 때문에 개척이 진행되어 중앙으로 갈수록 자연의 은혜인 약초 자생이 확 줄어들고 말았기 때문이다.

변경은 그렇다 쳐도 미샤가 있는 수도에서는 거의 모든 약초를 수입에 의존했다.

'미샤는 분명 당황하고 있겠지.'

어느 의미 일족과 비슷한 환경에서 자란 미샤에게 약초는 직접 찾아서 쓰는 용도이고, 그게 돈으로 바꿀 정도의 가치가 있다는 건 조금도 생각하지 못할 것이다.

주변과 자신의 인식 차이에 눈이 휘둥그레진 모습을 상상하자 라인의 입술이 곡선을 그렸다.

길이 아닌 길을 걸으면서도 라인의 생각은 멈추지 않는다.

자연과 함께 살아가는 '숲의 백성'에게 인간이 들어오지 않는 깊은 숲속을 걷는 건 힘든 일이 아니다.

게다가 여러 전장을 전전한 라인은 뛰어난 서바이벌 능력을 지니고 있으며, 제 몸을 지키기 위해 싸우는 기술도 있었다.

따라서 혼자 느긋하게 걷는 라인을 잡아먹으려고 덤벼드는 맹수도 오히려 식량으로 사냥해버릴 정도였다.

인체 구조에 관심을 품고 외과의 길을 선택해 고향을 뛰쳐나온 뒤로 라인은 고향에 거의 돌아가지 않았다.

두 살 연하인 동생이 사랑하는 남자를 따라가 버린 뒤로는 더욱.

오히려 타국에 사는 동생의 집에서 보내는 시간이 더 길지 않았을까?

그때 말고 다른 시간은 적당히 대륙 여기저기를 돌아다녔다.

희귀한 약초가 있다고 해서 남쪽으로.

전쟁이 시작됐다고 해서 북쪽으로.

호기심이 이끄는 대로 다른 대륙까지 건너가는 라인을 잡을 방법은 세계 곳곳에 뻗어있는 '숲의 백성'의 정보망을 구사한다고 해도 지극히 힘든 일이었다.

국경도 관문도 따지지 않고 슥 빠져나가 버리니까.

"널 잡으려면 전선을 감시하는 게 제일 빨라."

피곤하다는 듯 한숨을 쉰 소꿉친구의 말을 웃어넘겼다가 얻어맞았던 것도 좋은 추억이다.

'그러고 보면 그 녀석은 지금 어디 있으려나?'

문득 연하의 소꿉친구가 뇌리에 떠오르자 고개를 작게 갸웃거렸다.

'나에겐 의술이나 약을 개발하고 연구할 능력은 없고, 이게 더 적성에 맞아'라면서 지원과 정보수집을 맡은 그녀는 누구보다 라인을 잘 찾아냈다.

레이어스의 절친한 친구이기도 하고, 사이가 좋았기 때문에 자신을 두고 떠나버린 레이어스를 인정할 수 없어서 지금까지 꼬여버린 고집쟁이.

'레이아가 죽었다는 걸 알면 분명 후회하며 울겠지.'

정보수집에 능한 그녀가 일부러 블루하이츠 왕국에만 접근하려 하지 않았던 걸 라인은 알고 있었다.

은근슬쩍 근황을 가르쳐주려고 한 적도 있었지만 완강하게 귀를 틀어막는 모습에 빠르게 포기했었다.

서두르지 않아도 시간이 해결해줄 거라고 안이하게 생각했다.

'가르쳐주는 게 좋겠지.'

웬일로 작은 후회와 함께 떠올린 감상적인 생각은 자신을 노리는 살기에 중단되었다.

눈치채지 못하도록 자연스러운 동작으로 소매에 넣어둔 단검을 쥐었다.

그렇게 갑자기 대각선 후방에서 덤벼드는 짐승을 향해 단검을 투척하며, 라인의 머리는 '오늘 밤은 곰국이네'라는 식욕으로 점거되었다.

마을을 피하듯이 산속을 계속 걸어간 라인이 몰래 국경을 넘어 레드포드 왕국에 발을 들여놓은 건 그로부터 일주일 뒤였다.

서서히 흐릿해지는 나무 기척에 막연한 쓸쓸함을 느끼며, 라인은 소금이 부족해졌다는 걸 떠올리고 근처의 농촌에 들리기로 했다.

식량이나 물은 숲에서 조달할 수 있지만 소금 같은 조미료는 어렵다.

암염을 찾는 것도 불가능한 건 아니나 노력을 고려하면 그냥 물물교환이라도 해서 나눠달라고 하는 게 빠르다.

이윽고 나무들이 드문드문해지며 산길에 도착했다.

인간이 오랜 시간을 들여서 지나다녔기에 만들어진 길에선 확실히 문명의 기척이 느껴졌다.

얼마 지나지 않아 마차 바퀴 자국이 남은 도로와 합류했을 때 라인은 전방에 마차를 발견했다.

두 마리의 말이 끄는 황마차는 상인들이 자주 사용하는 타입이다.

"이거 마을에 들릴 수고를 덜었나?"

등에 멘 주머니에서 천을 꺼내 적당히 머리에 감아 머리카락을 가린 뒤 가벼운 발걸음으로 마차에 접근했다.

그리고 가까워질수록 왜 이런 어중간한 장소에 마차를 세워놓았는지 깨닫고 어깨를 축 떨궜다.

"소금을 손에 넣기 전에 일 좀 해야겠네."

멀리서 봤을 땐 몰랐지만 마차 천막에 화살이 박혀 있고 칼로 벤 구멍도 뚫려 있었다.

'산길에서 산적을 만났다가 운 좋게 도망쳤다는 느낌인가?'

익숙한 피비린내에 부상자의 존재를 알아차린 라인은 속도를 조금 올렸다.

출혈이 늘어나면 그만큼 목숨이 위태로워진다.

"정신 차려. 조금만 더 가면 마을이야. 힘내."

천막 안에서 들리는 목소리에 라인은 안을 훌쩍 들여다보았다.

짐이 엉망으로 널브러진 가운데, 장년의 남성이 누워 있는 남자의 몸을 천으로 동여매서 어떻게든 지혈하고자 애쓰며 소리치고 있었다.

아무래도 중상자는 의식이 거의 없는 모양이라고 판단한 라인은 우선은 말을 걸기로 했다.

"거기 아저씨. 그렇게 묶어봤자 피 안 멈춰."

뒤에서 날아온 목소리에 남자가 튀어 오르듯 돌아보았다.

그러고는 옆에 놓아두었던 듯한 검을 잡고 라인을 향해 들이밀었다.

잘 보니 남자의 한쪽 팔이 축 늘어져 있었다. 지혈을 잘하지 못하는 이유를 이해한 라인은 쓰게 웃으며 두 손을 머리 옆으로 들었다.

"지나가던 약사야. 의료 기술도 있고. 도움이 필요한가 하고 말을 걸었는데."

라인은 친절을 강요할 마음은 없었다.

이런 시대에 낯선 남자의 말을 믿는 건 용기가 필요하다.

도움을 받아들이는 것도 거절하는 것도 본인에게 달렸고, 그 결과를 받아들이는 것도 본인이다.

남자는 잠시 라인을 빤히 바라본 뒤 검을 내렸다.

"부탁한다. 도와줘. 산적이 공격해서 다쳤어. 상처가 심해서 이대로는 마을까지 못 버틸 것 같아."

"오케이. 자리 비켜."

라인은 머리를 숙이는 남자를 옆으로 몰아내며 마차에 올라탔다.

부상자를 살펴보자 찌푸린 얼굴로 눈을 감고 낮게 신음하고 있었다.

상처를 압박하려고 적당히 묶어두었던 천을 치우고, 피로 물든 옷도 치우자 어깻죽지에서부터 배를 향해 대각선으로 베인 상처가 있었다.

간단히 진찰한 뒤 라인은 걱정하는 얼굴로 이쪽을 보는 장년의 남자에게 불을 피워서 물을 끓이라고 지시했다.

허둥지둥 마차에서 뛰어내려 달려가는 남자를 배웅한 후 진통 효과가 있는 환약을 꺼내 남자의 입 속으로 쑤셔 넣었다.

"약이다. 죽기 싫으면 삼켜."

라인이 귓가에서 낮게 속삭이며 수통을 입으로 가져가자 희미하게 눈을 뜬 남자가 꿀꺽 삼켰다.

그 반응에 라인은 씩 웃었다.

"당신은 운이 좋아. 여기에 내가 있으니까."

어지럽게 흩어진 짐을 적당히 옆으로 밀어서 장소를 확보한 다음 필요할 법한 도구를 꺼냈다.

"자 그럼, 힘내라고. 형씨."

"정말 살았어. 고마워."

뒤쪽 마차 안에서 감사 인사가 날아오자 라인은 고삐를 쥐며 가볍게 어깨를 으쓱했다.

죽어가던 남자의 상처를 봉합하고 한차례 치료를 마친 후 장년 남자의 어깨에 있던 상처도 겸사겸사 살피자 그쪽은 화살이 원인이었다.

처음 남자가 화살에 맞은 충격으로 쓰러졌고, 마차의 속도가 느려지자 검을 든 산적이 나무 위에서 뛰어내렸다고 한다.

아들이 칼에 베이면서도 산적을 마차에서 떨어트린 뒤, 처음 충격에서 회복한 남자가 한 손으로 어떻게든 고삐를 쥐고 도망쳤다.

라인이 발견한 건 산적을 완전히 뿌리치고 아들의 상처를 어떻게든 할 수 없을지 악전고투하던 때였다. 아들의 출혈이 심해서 의식이 몽롱해진 바로 그 타이밍이었다고 한다.

"독을 바른 화살이 아니라 운이 좋았어."

쓰러졌을 때 화살이 부러져서 촉이 어깨에 남아있었기에, 이쪽도 진통제를 먹이고 급히 절개 수술로 촉을 꺼낸 라인은 어깨를 움츠리며 중얼거렸다.

"그렇게 말이야. 그랬다면 둘 다 이 세상 사람이 아니었겠지."

통증은 약 덕분에 그리 크게 느껴지지 않지만, 제 몸을 가르는 걸 볼 용기가 없었던 남자는 시선을 돌린 채 쓰게 웃었다.

라인은 남자와 대화하면서도 주저 없는 손놀림으로 최소한의 절개만으로 촉을 꺼낸 뒤 빠르게 봉합했다.

"다행히 뼈도 신경도 안 다친 것 같으니까 일주일 정도 지나면 평범하게 움직일 수 있게 될 거다. 진짜 운이 좋네."

라인은 남자의 어깨에 탄탄하게 붕대를 감고 움직이지 말라고 당부한 후, 한 팔로는 힘들 거라며 대신 마부석에 앉았다.

"뭐 겸사겸사야. 나도 안 걸어도 되니까."

자기에게도 이득이 있다는 라인의 주장에 장년 남성은 웃으며 마부석으로 이동했다.

"그래도 당신이 오지 않았다면 아들은 죽었겠지. 나도 한 팔을 잃었을지도 몰라."

옆에 앉은 남자가 무사한 쪽의 손을 내밀었다.

"일리야다. 보다시피 상인이지. 이번에는 이웃 나라에 매입하러 온 거였는데, 인생 종 치는 줄 알았네. 아, 뒤에 누워 있는 녀석은 아들이 아키야고."

"………라인."

고삐에서 손을 놓고 일리야와 가볍게 악수한 후 라인은 짧게 이름을 댔다.

"어디까지 가?"

"수도에 가려고."

일리야의 질문에 라인은 담담히 대답했다.

사교성이라고는 하나도 없는 무표정이었지만 일리야는 딱히 신경 쓰는 기색도 없이 희희낙락 웃었다.

"거기라면 잘됐네. 우리는 마을에 도착하면 당분간 움직이지 못하겠지만, 아는 상인에게 태워다 달라고 부탁할게."

일리야 나름대로 보답하려는 모양인 듯했다.

라인은 잠시 망설인 뒤 고개를 저었다.

"아니. 고맙지만 사람과 별로 엮이고 싶지 않아서."

"……그건 그 눈 때문에?"

거절하는 말에 일리야는 한동안 침묵한 후 작게 중얼거렸다.

라인은 아무 대답도 하지 않았다.

"이런 일을 하다 보면 위험한 일을 겪는 만큼 다양한 정보도 들어오지. 녹색 눈동자를 지닌 약사. 머리카락은 가리고 있지만, 백금색 아니야?"

일리야의 말에 라인은 옆에 앉은 남자에게 힐긋 시선을 흘렸다.

햇볕에 탄 주름진 얼굴. 앞을 똑바로 바라본 채 이쪽을 보지 않는 건 의도적일 것이다.

"그렇다면 더욱 돕게 해줘. 이번 일만이 아니라 우리의 은인도 당신들 일족에게 신세를 졌거든."

침묵을 긍정으로 받아들인 듯한 일리야는 앞을 본 채로 그렇게 중얼거렸다.

라인은 눈을 살짝 좁히며 생각했다.

국경을 넘어 여행하는 상인들은 혈족의 결속이 단단하고 의리를 잘 지킨다고 들었다.

마찬가지로 여행하는 '숲의 백성' 중 누군가가 조금 전 자신이 그랬던 것처럼 다쳤거나 병으로 괴로워하던 누군가를 도와준 적도 있었을 것이다.

그리 부자연스러운 제안도 아니고, 실제로 같은 이유로 손을 내밀려고 했던 인간도 있다.

하지만 이어진 정보에 아무리 라인이라고 해도 놀라서 눈을 크게 뜰 수밖에 없었다.

"나는 만난 적이 없지만, 아직 어린 소녀였다고 들었어. 우리의 은인을 괴롭혔던 특수한 독을 간파해서 목숨을 구해줬다더라. 당신들 일족은 참 대단해."

고향을 나와 밖에 있는 일족은 많지 않아도 확실히 존재한다.

하지만 **어린 소녀**가 밖에 나오는 일은 없다.

일족의 아이들은 규정으로 보호하여 성인이 될 때까지는 마을에서 나가지 않기 때문이다.

이미 몇 년 동안 고향 땅을 밟지 않은 라인이지만 그 마을의 규정과 체제가 그리 쉽게 변할 것 같지는 않았다.

그런 가운데 **어린 소녀**라고 하면 한 명밖에 없었다.

"그건 최근 있었던 일인가?"

갑자기 흥미를 보이는 라인의 반응에 놀라면서도 일리야는 고개를 저었다.

"어…… 어어. 몇 달 전이야. 아는 사이?"

예상했던 대답에 어깨를 푹 떨궜다.

마침 미샤가 이동하던 시기와 일치한다.

'그 녀석 뭐 하는 거야……. 아니, 아무 생각도 안 했겠지. 아마 눈앞에 곤경에 처한 사람이 있으니까 손을 내밀었을 뿐이야.'

선량하고 붙임성 좋은 조카를 떠올린 라인의 미묘한 표정을 어떻게 해석한 건지 일리야는 말없이 수통을 건넸다.

안에는 이번 출장으로 손에 넣은 술이 들어있었다.

라인은 마개를 열어 냄새를 맡은 뒤 두 모금 정도 마시고 돌려주었다.

"우선 마을까지 태워줘. 그다음은 그때 가서 생각할래."

라인은 무의식중에 난처한 듯한, 그러면서도 어딘가 자랑스러워하는 듯한 미소를 짓고 있었다.

두 사람을 마을 의료소에 바래다준 후, 라인은 빠르게 그곳을 뒤로했다.

일리야는 거듭 눌잡았지만 역시 생판 타인과 함께 행동할 마음은 통 들지 않았기에 정중하게 거절했다.

처음 예정대로 소금 같은 조미료를 나눠 받으려고 했더니, 생명의 은인에게서 돈을 받을 순 없다며 무료로 안겨주었다. 심지어 무슨 일이 있으면 쓰라면서 일리야 일족의 문장이 들어간 나무패와 편지도 줬다.

확인해 보자 소중한 친구이니 힘이 되어달라고 부탁하는 내용이었는데, 나무패에 그려진 문장을 걸고 있는 상인이라면 사정을 봐 줄 것이라고 했다.

"어느 나라든 상인은 의리 있는 녀석이 많구나……."

한숨과 함께 전부 짐 안에 집어넣은 라인은 성큼성큼 걸어갔다.

그 발걸음에는 약간의 망설임도 미련도 보이지 않았다.

나무가 드문드문 나 있는 길을 묵묵히 걸어가자 문득 머리 위 높은 곳에서 새 울음소리가 들렸다.

고개를 들자 커다란 새의 그림자가 있다.

바로 머리에 쓰고 있던 천을 벗어서 팔에 감은 뒤, 손을 들어 올리자 카인이 바람과 함께 내려앉았다.

"다녀왔어? 어디까지 갔던 거야?"

라인은 조금 전 일리야에게 짓던 것보다 훨씬 부드러운 표정으로 카인의 날갯죽지를 가볍게 긁어주었다.

숲에서 데리고 나온 카인은 변덕스럽게 날아다니다 돌아오기를 반복했다. 원래 새끼일 때를 빼면 자유롭게 숲을 날아다녔던 녀석이다.

큰 날개에 날카로운 부리와 발톱을 지닌 카인을 걱정하는 것도 우스워서 원하는 대로 하도록 내버려 두고 있었다.

반짝반짝 빛나는 새카만 눈동자로 자신을 빤히 응시하는 카인의 부리가 무언가를 물고 있다는 걸 알아차린 라인은 고개를 갸웃거렸다.

"뭐야? 그거."

"꾸룩."

짧게 운 카인이 라인의 손바닥에 물고 있던 것을 떨어트렸다.

그건 연한 녹색 종이로 감싼 작은 나무 열매였다.

그걸 확인한 라인의 미간이 꾹 구겨졌다.

그 작은 나무 열매는 멀리 고향 땅에만 자라는 특수한 종으로, 일족이 자신의 존재를 상대에게 알리고 싶을 때 사용하는 표식이었다.

"⋯⋯⋯이웃 마을이라. 가깝네."

나무 열매를 감쌌던 종이를 가볍게 불로 그을리자 글자가 나타났다. 이웃 마을의 이름과 덩굴이 복잡하게 뒤얽힌 듯한 그림이 그려져 있다.

그림이 가리키는 건 개인의 이름이다.

'밖'에 나올 때 장로에게서 각각 자신의 증표를 받고, 혹은 마찬가지로 '밖'에 있는 인간의 증표를 기억하게 한다.

만에 하나 다른 사람에게 편지가 넘어가도 알아보기 어렵게 만드는 조치라고 하지만 라인의 개인적인 의견으로는 완전히 쓸데없는 노력이었다.

글자 자체가 일족 고유의 글자를 사용하니 설령 다른 사람의 손에 넘어간다고 해도 읽을 수 없다. 애초에 이름을 알면 뭐가 달라진다는 말인가.

하지만 오랫동안 이어진 관습을 없애는 것 또한 노력이 필요하다.

라인은 회고주의 노인네들과 실랑이하는 귀찮음과 헛수고를 이어가는 노력을 천칭에 매달아보고 후자를 선택했다.

"애쉬 녀석, 뭐 하는 거야?"

조금 망설였다가, 결국 라인은 자신의 증표와 숫자 1을 같은 종이에 추가한 뒤 다시 카인에게 맡겼다.

팔을 크게 휘둘러 반동을 붙여주자 카인이 하늘로 날아올랐다.

작아지는 카인을 배웅한 후 라인은 뒤를 쫓아가듯 빠르게 걷기 시작했다.

이웃 마을에 들어갈 무렵 돌아온 카인에게 안내를 부탁해서 도착한 곳은 마을 외곽에 있는 낡은 집이었다.

다 쓰러져가는 집의 반쯤 썩은 문을 노크도 없이 밀자, 단칸방 가장 안쪽에 놓인 침대 위에 인영이 보였다.

"오, 라인. 오랜만이야."

한쪽밖에 없는 녹색 눈동자가 친근하게 휘었다.

"역시 애쉬냐. 무슨 일이야?"

가볍게 한 손을 들어 반응한 후 라인은 당당하게 안으로 들어와 침대 옆에 섰다.

나른히 앉아있는, 40 정도 되는 외모의 남자가 그런 라인을 보고 쓰게 웃었다.

"인사 정도는 말로 해. 좀 실수해서 한쪽 다리를 당했거든. 회수

160 숲 변두리의 꼬마 마녀 3

를 기다리는 중인데 너무 심심해서. 심심풀이로 아무 생각 없이 새 피리를 불었더니 이 녀석이 날아오더라. 누가 놀러 오면 좋고~ 하는 마음으로 편지를 맡겨봤는데 설마 널 잡을 줄이야."

"심심풀이로 새를 부르지 마."

라인이 황당하다는 듯 한숨을 쉬었다.

새피리란 '숲의 백성'이 사용하는 도구로, 인간의 귀에는 들리지 않는 특수한 주파수를 내는 피리다.

그 피리를 정해진 순서로 불면 근처에 있는 일족의 전서조를 부를 수 있다.

보통 전서조 육성 기간에 가르치는데, 라인은 당연하다는 듯 그 '숲의 백성'의 신호를 카인에게 가르쳤다.

따라서 우연히 근처를 날던 카인이 소리를 듣고 내려간 것이다.

카인의 다리에 매달린 편지함은 나무 열매를 넣을 수 있을 만큼 크지 않았기에 대신 부리로 물어서 나르게 했고, 라인은 여기에 훌륭히 낚여버린 셈이다.

"그래서? 다리는 어때?"

심심풀이로 불렀단 사실에 어깨를 축 떨구면서도 라인은 정신을 차리고 물었다.

"일단 응급처치는 했어."

애쉬는 아무것도 아니라는 듯 이불을 휙 들춰서 보여주었다. 왼쪽 다리 전체에 부목을 받쳐서 고정한 게 보였다.

"보기 드문 약초를 발견해서 정신이 팔린 나머지 벼랑에서 떨어졌거든. 아하하~~ 깜짝 놀랐지 뭐야."

킬킬 웃으면서 훌륭하게 깎은 머리를 익살스럽게 철썩 때리는 남자를 향해 라인은 기가 막힌 듯 한숨을 쉬었다.

"뭐 하냐. 신경은?"

"감각 없음, 원래대로 돌아올지 미묘해. 마을에서 딱 좋은 실험 대로 쓰일 게 틀림없어. 그보다 널 찾는 것 같던데, 이번엔 무슨 짓을 한 거야?"

조금 질린다는 얼굴로 자신의 앞날을 이야기한 후 애쉬는 라인의 눈을 들여다보았다.

"글쎄? 딱히 뭘 한 기억은 없는데."

고개를 갸우뚱 기울이고 대답하면서도 라인은 타이밍상 안 좋은 예감만 느꼈다.

"뭐 네가 제일 소재 파악이 안 되니까. 정기 연락도 안 했지?"

"필요 없어."

생사 확인도 겸해서 의무로 부과된 정기 연락이지만, 라인은 자주적으로 하는 일이 거의 없었다.

뭐가 서러워서 겨우 손에 넣은 자유를 제 손으로 쓰레기통에 버리는 짓을 해야만 하는 건지.

"아 그러냐. 아무튼 레드포드의 수도에 미란다가 있으니까 빨리 연락하래. 난 전달했다?"

며칠 전에 떠올렸던 이름을 다시 듣자 라인의 눈이 조금 커졌다.

"미란다가 수도에 있어?"

아무래도 타이밍이 너무 좋은 정보에 라인은 한숨을 쉬었다. 안 좋은 예감만 든다.

"그러고 보면 그것과는 다른 이야기인데, 최근에 넬 영감님 만났어?"

"뭐? 나하고 영감님은 방향성이 너무 달라서 접점이 아예 없잖아? 왜?"

갑자기 일족 내에서도 장로에 해당하는 괴팍한 노인의 이름이 나오자 라인은 고개를 갸웃거렸다.

외과 전문인 라인은 주로 전장을 돌아다니지만, 그 노인은 주로 풍토병이나 감염증을 연구하는 인물이었다.

"잘은 모르지만~ 병의 냄새가 난다면서 마을을 뛰쳐나간 모양인데, 그게 아무래도 이쪽 방면이라더라."

"……마음이 무거워지는 멋진 정보 고맙다."

벌써 일흔이 가까운 나이인데 아직도 마을을 뛰쳐나와 돌아다니는, 일족 내에서도 특히나 괴짜이자 탁월한 말썽꾼이기도 한 존재를 떠올린 라인은 한 번 더 깊디깊은 한숨을 쉬었다.

'으, 귀찮아.'

본래 일족의 인간이 마을 밖에서 이렇게까지 많이 만나는 일은 거의 없다. 그런데 자기에 이어 애쉬, 미란다에 심지어 넬.

라인에게는 운명이 길을 마련해놓고 기다리는 것처럼 보였다.

그 앞에 있는 건 아마도…….

마지막으로 만났을 때 봤던, 아직 앳된 미소를 떠올리면 도망칠 수도 없다.

라인은 어딘가 불쌍해하듯이 웃는 애쉬의 배웅을 받으며 빠르게 수도로 향했다.

그렇게 도착한 수도에서 미란다와 합류한 라인은 레이어스를 만나러 갔던 걸 '새치기'라면서 신나게 비난당했다. 진저리를 내면서도 혼자서만 계속 동생과 교류했던 건 사실이니 라인은 그 비난도 얌전히 받아들였다.

그걸 히죽거리면서 구경하던 넬을 통해 골치 아픈 유사 풍토병 문제에 휘말려 간신히 미샤를 만나러 왔다.

라인의 주장에 따르면, 살짝 화풀이가 섞여서 심술궂고 의미심장한 말투를 썼다고 해도 어쩔 수 없는 일이었다.

동시에 왕성에 잠입해서 의사단의 일원으로 위장하고 있을 넬을 떠올렸다.

대체 이 나라의 왕과 그 신하들은 어떤 식으로 행동하고, 넬의 마음을 어떻게 움직일까.

결국 미샤에게 등을 떠밀려 빠른 걸음으로 목적지로 향하면서도 라인은 호기심이 시키는 대로 입매를 끌어올렸다.

숲 변두리의
꼬마 마녀

Little witch
at the edge of the forest.

9 라이언과 라라이아

라이언은 작은 종이 꾸러미를 들고 복도를 빠르게 걸어갔다.

작은 꾸러미만 들고 있는 손이 무척 무겁게 느껴졌다.

표정은 침착했으나, 실제 라이언의 마음속은 엉망으로 어지러웠다.

손안에 있는 건 불치병의 특효약.

그건 '홍안병'으로 죽어가는 사람에게는 말 그대로 천금의 가치가 있는, 목숨 그 자체였다.

하지만 그건 고작 몇 인분밖에 없으니 괴로워하는 사람 모두에게 나눠줄 수 없다.

라이언의 뇌리에 괴로워하며 기침하는 라라이아의 얼굴이 떠올랐다.

그리고 병에 쓰러져서 모여있는, 이름도 모르는 국민의 얼굴도.

미샤의 삼촌이라고 하는 '숲의 백성'은 라이언에게 이 약을 맡기겠다고 했다.

『이대로 누군가에게 먹여도 되고, 성분을 해석하는 데 써도 되고.』

뇌리에 남자의 목소리가 되살아나자 어느새 빠르게 걷고 있던 라이언의 걸음이 느려지고, 이윽고 멈추고 말았다.

한 명의 인간으로서 가족을 사랑하는 마음과 왕으로서 국민을 구하고 싶은 마음.

두 개의 마음으로 갈라질 것 같은 심정에 라이언은 입술을 세게 깨물었다.

많은 광경이 뇌리를 맴돈다.

그러다 마지막으로 떠오른 것은, 누구보다도 존경하는 단 한 사람의 얼굴이었다.

항상 온화하게 웃으며 누구보다 가족을, 그리고 이 나라를 사랑했다.

어린 라이언을 허벅지 위에 앉혀놓고 '국민이 있기에 나라가 있다'고 거듭 가르쳐주었다.

'**국왕**이니까 대단한 게 아니야. **국민**을 지키기 위해 대단한 척할 필요가 있는 거지'라며 웃었다.

'국왕은 가장 고귀한 **국민의 노예**란다'라던 그 말의 의미를 어린 라이언은 잘 이해할 수 없었다.

하지만 그렇게 말한 아버지의 얼굴이 무척 자랑스러워 보였기에, 그건 분명 **좋은 것**이라고 생각하며 함께 웃었다.

기가 막힌다는 얼굴로 웃는 왕의 부인들과 형들, 그리고 이제 막 태어난 어린 동생.

그건 행복했던 나날의 소소한 한 막이자, 지금의 라이언을 형성하는 소중한 시간이기도 했다.

국민의 불안을 조금이라도 달래기 위해 수도에 남아 끝까지 국민과 함께한 아버지를 위정자로서 본다면 절반의 사람은 어리석다고 평할 것이다.

하지만 제 신념을 밀고 간 그를 라이언은 아버지로서도 왕으로서도 존경했다.

그리고 그건 그 아수라장에서 살아남은 형제들 모두가 같은 마음이었을 것이다.

지금도 병에 괴로워하고 있을 라라이아조차.

날 때부터 몸이 약하고 조금이라도 무리하면 앓아누웠다.

왕족으로서 책임을 지기에는 너무나 부족한 자신을 라라이아는 누구보다 못마땅해했다.

그렇기에 조금이라도 몸이 허락하면 책을 읽어 지식을 쌓고, 나라를 공부하고, 다양한 언어를 습득해 외교에 도움이 되고자 자기 나름대로 노력을 거듭했다.

그 노력을 남들이 눈치채는 걸 싫어하기에 제멋대로고 방에 틀어박혀 있기만 한 쓸모없는 공주란 말을 듣기도 했지만, '제대로 도움이 안 되는 건 사실이니까'라며 반론도 하지 않고 감수했다.

라이언은 지금 남은 왕족 중에 누구보다 왕족의 마음가짐을 갖추고 있는 건 라라이아라고 생각했다.

그런 그녀에게 약을 보여줘봤자 뭐라고 대답할지는 뻔히 알고 있었다.

"……국민이 있기에 나라가 있다. 그래, 새삼 망설이다니 나답지 않다고 혼날 뻔했어."

짓씹어대던 입술을 풀고 미소를 그렸다.

그렇게 다시 걷기 시작한 걸음에는 이미 망설임이 없었다.

"이다. 지금 당장 그 약을 라라이아 님께 투여하고 오너라."

"잠깐만, 왜 그렇게 되는데?!"

코난의 말에 주저 없이 약을 들고 일어나려는 의사의 몸을 라이언이 허둥지둥 붙잡았다.

코난을 찾아가 모여있던 의사들에게 약의 존재를 알리고 성분 해석을 의뢰한 라이언은 예상치 못한 전개에 눈을 부릅떴다.

"그렇지 않아도 조금밖에 없는 약을 쓰다니. 문외한의 생각이라 자세한 건 모르지만, 연구재료는 조금이라도 많은 게 좋잖아?"

"물론 연구에 쓰기는 할 겁니다. 하지만 그보다 라라이아 님이 먼저입니다."

코난의 단호한 대답에 라이언의 어깨가 축 내려갔다.

"설령 라라이아에게 가져간다고 해도 안 먹을 것 같은데?"

"그건 새 해열제라고 말씀드리면 그만이죠. 이미 삼켜버린 약은 뱉을 수 없으니까요."

싱긋 웃는 코난의 말에 그 자리에 있던 의사와 약사들도 동의했다.

"왕족이란 이유로 우선할 수는 없어. 국민이야말로 나라의 보물이다. 한 명의 목숨을 위해 백 명의 목숨이 희생될지도 모른다고!"

"저희는 라라이아 님이시기 때문에 구하고 싶은 겁니다."

왕으로서의 긍지에 언성을 높인 라이언을 향해 코난도 진지한 얼굴로 대꾸했다.

"황공하오나 여쭙습니다. 폐하, 라라이아 님께서 지금 어디에 계시는지 아십니까?"

불쑥 약사 중 한 명이 발언했다.

서로를 노려보던 코난과 라이언의 시선이 옮겨갔다.

본래대로라면 왕에게 직접 말을 걸 수 있는 신분이 아닐 것이다.

거기에는 두려움에 안색이 새파랗게 질렸으면서도 필사적인 표정으로 바라보는 얼굴이 있었다.

"라라이아 님께선 지금 '홍안병'을 앓는 환자들이 모인 장소에 계십니다. 이미 발병한 몸이니 무서워할 필요도 없다고 하시고는 환자들 사이를 돌아다니며 한 명 한 명에게 말씀을 건네고, 절대로 희망을 버리지 말라고 격려하고 계십니다."

방에서 얌전히 누워 있을 줄로만 알았던 라라이아의 생각지도 못한 행동에 라이언은 눈을 부릅떴다.

"당신께서도 힘드실 텐데 병에는 익숙하다면서 웃으시고, 중증 환자의 땀을 손수 닦으시며 조금이라도 편해지도록 호흡법을 가르쳐주시고………."

이야기하는 사이에 감정이 치밀었는지 약사의 눈에서 눈물이 뚝뚝 흘러내렸다.

"제 어머니도 증상 발현자 중 한 명입니다. 이미 전신에 붉은 흔적이 나타나 가족조차 당혹스러워하는 모습이 되셨습니다. 그런데 그 손을 붙잡고 '포기하면 안 돼. 마음을 굳게 먹어. 함께 살아남자' 라고 말씀해주셨습니다. 그 모습은 환자 본인만이 아닌 가족에게도 구원이었습니다."

울며 무너진 약사의 어깨를 동료가 부축하듯 안았다.

여러 쌍의 눈동자가 라이언을 똑바로 바라보았다.

"부디 라라이아 님께 약을 주십시오."

"부탁드립니다."

"분명 그곳에 있는 국민 모두 저희와 같은 마음일 겁니다."

"라라이아 님을 구해주세요."

그렇게 터져 나온 목소리들에 라이언은 숨을 삼켰다.

"한 명의 목숨을 존중함으로써 후에 천 명, 만 명의 목숨을 구하게 될 겁니다. 왕족의 목숨이란 그 정도로 무겁습니다. ……하지만 그런 체면은 중요치 않습니다. 저희는 당신의 괴로움을 숨기면서 국민을 위하시는 라라이아 님을 구하고 싶습니다. 그리고 무엇보다도 나라를 위하시는 라이언 님의 소중한 사람을 지키고 싶은 겁니다."

마치 어린아이를 타이르는 것처럼 가만가만한 목소리로 코난이 설득했다.

똑바로 바라보는 시선에 둘러싸인 라이언의 몸에서 힘이 탁 풀렸다. 어깨가 아래로 푹 내려갔다.

"……부족한 몸이어도 나는 왕이다. 그런데 사심을 우선해도 괜찮겠어……?"

작은, ……아주 작은 목소리였다.

코난을 비롯해 그 자리에 있던 사람들이 모두 무릎을 꿇고 머리를 조아렸다.

"저희의 바람도 라이언 님과 같습니다. 부디 국민의 목소리를 들어주십시오."

실내에 깔린 침묵. 그 정적을 불현듯 울린 박수 소리가 깨트렸다.

"왕은 국민을 위하고, 국민은 왕을 지지하고. 이상적이잖아. 이제 그 고약한 심보도 슬슬 만족했지? 영감님."

열려 있는 문에서 미샤를 옆에 낀 라인이 성큼성큼 들어왔다.

"고약한 심보라니 말하는 거 보게. 시련이라고 해야지."

갑작스러운 난입에 놀란 사람들의 귀에 퉁명스러운 목소리가 날아들었다.

반사적으로 고개를 돌리자 구석에서 약사 로브를 입은 아담한 노인이 일어나는 중이었다.

머리에 쓰고 있던 후드를 휙 벗자 멋들어진 백발과 길게 기른 하얀 수염이 마치 이야기 속 드워프 같은 인상을 주었다.

"뭐가 시련이야. 당신의 이건 굳이 따지라면 악마의 속삭임이잖아."

"내가 언제 속삭였다고. 여기서는 얌전히 지켜보고 있었거든?"

라인의 발언에 어안이 벙벙해진 사람들을 가로지르며 노인이 앞으로 나왔다.

"……라인 님. 아는 사이인가?"

두 사람을 번갈아 쳐다보며 난처해하는 라이언의 질문에 라인이 어깨를 으쓱했다.

"'홍안병' 연구자 중 하나. 그리고 이런 말은 하고 싶지 않지만 '숲의 백성'의 장로이기도 하지."

"말하고 싶지 않다니 그게 무슨 태도냐! 버릇없기는. 노인을 더 공경하지 못할까!"

진심으로 질색하듯 얼굴을 구기는 라인의 머리를 노인이 지팡이로 딱 때렸다.

"시련이라는 이름으로 고약한 문제를 던져놓고 히죽거리면서 구경하는 노친네는 해악 말고 뭣도 아니거든? 공경해주길 원한다면 더 그럴만한 일을 해."

맞은 부위를 누르면서도 대꾸하자 노인이 다시 지팡이를 치켜들었다. 하지만 라인의 뒤에서 눈이 휘둥그레진 미샤를 보고는 손을 내렸다.

"오호. 네가 그 소문으로 듣던 딸이로구나. 어릴 적의 레이어스를 아주 닮았어.”

손바닥을 휙 뒤집는 것보다 빠르게 미소를 지으면서 싱글싱글 다가오는 모습은 영락없는 호호 할아버지였다.

“……네. 레이어스의 딸 미샤라고 합니다. 장로님.”

당황하면서도 무릎을 굽혀 인사하는 미샤를 보고 노인의 눈꼬리가 한층 내려갔다.

“오오, 귀엽구나. 날 부를 때는 넬 할아버지라고 부르렴.”

그렇게 말하며 머리를 쓰다듬으려고 뻗은 넬의 손을 라인이 가차없이 쳐냈다.

“태평하게 인사할 때가 아니잖아. 빨리 지금 상황하고 앞으로 어떻게 할 건지 설명해. 늦어지면 어떡하려고.”

“……쯧쯧, 이 녀석은 진짜 귀여운 구석이 없다니까.”

찰싹 맞은 손을 문지르며 넬이 입술을 삐죽였다.

“영감탱이가 그런 표정 지어봤자 징그러울 뿐이거든?”

라인의 싸늘한 시선을 무시한 넬은 이해는 하지 못했으나 우선 조용히 상황을 지켜보고 있던 라이언과 의사, 약사들 쪽으로 시선을 던졌다.

“이미 치료원에는 미란다를 보내서 지금 있는 약을 차례대로 투여하는 중이다. 아, 너희들이 바라는 대로 공주님에게도 먹이라고 했으니 안심하고.”

“……약이 있는 겁니까?!”

넬의 말에 라이언이 소리쳤다.

그 외침에 넬은 시끄럽다는 듯 눈을 흘기며 고개를 끄덕였다.

“일단은. 임상실험은 거의 거치지 않았지만, 현지인들이 먹는 약이니까. 아마도 괜찮을 거다. 부족한 양도 차차 도착하도록 해 놨어."

라이언은 마치 귀신에게 홀린 것 같은 기분으로 옆에 있는 코난과 얼굴을 마주 보았다.

조금 전까지 손이 닿지 않았던 구원이 바로 눈앞에 툭 나타났다.

기쁨보다 오히려 당황을 더 크게 느껴도 어쩔 수 없을 것이다.

"그럼 라라이아 님도 다른 사람들도 좋아지는 건가요?"

말없이 서로를 쳐다보는 사람들의 주박을 기쁨에 찬 미샤의 질문이 깨트렸다.

"그래. 중증 환자는 어려울지도 모르지만, 대충 살펴본 한 공주님은 괜찮겠지."

라인의 뒤에서 뛰쳐나와 자신을 빤히 쳐다보는 미샤를 보고 넬의 얼굴이 다시 풀어졌다.

그리고 미샤의 눈을 가만히 들여다보았다.

"색이 좋구나. 레이어스를 닮았지만, 그보다 더 진하고 선명해. 전승에 나오는 초대의 색이 어쩌면 이런 색이었을지도 모르겠어."

싱글거리며 눈동자 색을 칭찬하자 미샤는 눈을 깜빡였다.

갑자기 다른 곳으로 튄 대화를 순간 따라잡지 못했기 때문이다.

그런 미샤 옆에서 라인이 벌레 씹은 듯한 표정을 짓고 있었다.

"미란다가 지휘하고 있다지만 일손은 많은 게 좋겠지. 치료원에 가자, 미샤."

어깨를 꽉 잡고 방향을 돌리게 하더니 그대로 등을 밀어서 걷게 했다.

"영감님은 거기 있는 폐하랑 의사들과 잘 대화하고 와. 그럼 이만!"

미샤를 빼앗긴 넬은 성큼성큼 걸어가는 라인의 등을 보며 혀를 찼다.

확실히 왕족과 엮이게 된 이상 '숲의 백성' 대표로서 몇 가지를 약속해야만 한다. 그러려면 일족의 지도자 역할이기도 한 장로 넬이 맡는 게 당연했다.

'뭐, 미샤와는 앞으로 이야기할 기회가 있겠지.'

외부인 남자와 사랑에 빠져 일족을 떠난, 장래가 유망했던 소녀의 딸.

그 존재를 확인하긴 했지만, 마을의 규정에 따라 정식으로 일족을 떠난 사람과 대놓고 접촉할 수는 없었다.

따라서 마음 한구석에서 신경 쓰면서도 움직이지 못했는데 상황이 크게 바뀌었다.

모습이 보이지 않게 될 때까지 두 사람의 등을 배웅한 후, 넬은 한숨을 한 번 쉬어 머리를 갈아 끼우고 자신을 바라보는 사람들에게 시선을 옮겼다.

"자 그럼, 이번 일에 대해 제대로 이야기해볼까. 레드포드 왕국의 국왕 폐하."

살짝 가늘어진 녹색 눈동자에는 조금 전까지 감돌던 호호 할아버지의 인상은 없었다.

상대를 냉정하게 품평하는 그 시선은 라이언에겐 익숙한 시선이었다.

머릿속이 사악 맑아지면서 조금 전 일로 혼란에 빠졌던 의식이 〈라이언〉에서 〈국왕〉으로 전환되었다.

스위치를 딸깍 누른 것처럼 위정자의 눈으로 변한 라이언을 보고 넬은 재미있다는 듯 희미하게 웃었다.

"장소를 옮기도록 하지. '숲의 백성'의 장로님."

라이언의 목소리에 벽 앞에 서서 꼼짝도 하지 않았던 집사복의 남자가 선두에 섰다.

그 뒤를 라이언과 넬이 따라 걷자 사람들이 좌우로 슥 갈라져 길을 만들었다.

남겨진 그 장소에서 코난은 부하들에게 간결히 지시한 후 먼저 걸어간 두 사람의 뒤를 쫓았다.

왕궁의 수석 의사란 실질 국가 의료 부문의 수장이기도 하다.

앞으로 펼쳐질 대화의 장에 자신이 들어가는 건 부자연스럽지 않을 것이다.

자신이 뭘 할 수 있을지는 아직 모르지만, 확실하게 자신이 몰랐던 새로운 '무언가'가 오리라는 예감에 코난은 내심 끓어오르는 호기심을 억누르지 못하고 있었다.

'사람 목숨이 달린 상황에 좋은 태도는 아니나……… 어쩔 수 없는 일이지.'

두 사람이 향한 알현실로 서두르는 그 발걸음은 가벼웠다.

치료원에 있는 작은 방에서 라라이아는 몸속의 열을 내보내기 위해 크게 한숨을 쉬었다.

약으로 억누르고 있긴 해도 완벽하지 않기 때문에 몸속 깊은 곳에 마그마처럼 부글거리는 열의 근원 같은 것을 느꼈다.

보는 눈이 있는 곳에서는 익숙하니까 괜찮다며 웃었지만, 최근 개선되기 시작하긴 했어도 원래 남들보다 약한 몸이다.

권태감이 심하고, 방심하면 무릎이 꺾여 무너져버릴 것 같은 몸을 기력으로 버티는 상태였다.

"드레스가 풍성한 걸 오늘만큼 고마워한 적이 없어……."

가득 부풀린 드레스는 무거워서 그냥 걷기만 해도 체력을 빼앗기 때문에 라라이아의 천적이었다.

하지만 지금은 그 부풀림 덕분에 서 있기만 해도 꼴사납게 부들대는 다리를 들키지 않았다.

기침 때문에 상해서 물을 마시는 것도 힘든 목을 달래가며 조금씩 탕약을 삼킨 라라이아는 쓰게 웃었다.

"임시방편이라지만 없는 것보다는 낫지. 미샤의 약은 정말 효과가 좋아서 다행이야."

당장에라도 멀어질 것 같은 의식을 붙잡아두는 건 라라이아가 왕족으로서 지닌 긍지뿐이었다.

불안해서 떠는 국민 앞에서 못난 모습을 보일 수는 없다.

어디까지나 우아하게, 당당하게.

그렇지 않으면 여기 있는 의미가 없다고 스스로를 타일렀다.

그리고 너무 괴로워서 미소가 무너질 것 같을 때는 휴식을 위해 확보한 이 방으로 돌아와 한숨 돌린다.

약을 먹고 목을 축인 뒤 다시 미소 짓기 위해.

솔직히 라라이아도 이대로 기절해버리고 싶었다.

아프다고, 죽는 건 무섭다고 어린아이처럼 울고 싶었다.

하지만 그랬다간 자신은 정말 그냥 밥벌레가 된다.

『왕족은 국민의 사랑 덕분에 살 수 있는 거야. 그러니 라라이아도 사랑을 돌려주렴. 우리를 사랑해주듯이 국민을 사랑해줘.』

어린 시절 어머니가 다정하게 들려주었던 말을 지금도 잊지 않았다.

지금도 그 말의 진짜 의미를 제대로 이해하고 있는 건지 잘 알 수 없었다.

하지만 자신이 손을 내밀어서 병에 괴로워하는 사람들이 조금이라도 평온해질 수 있다면 얼마든지 그렇게 하고 싶다.

그러니까.

"자, 이제 괜찮아. 다음 방으로 가자."

컵에 남아있던 마지막 한 모금을 다 비운 뒤 걱정하는 얼굴로 구석에서 대기하고 있던 캘리에게 생긋 웃은 라라이아는 떨리는 다리를 굳게 내디뎠다.

본래대로라면 방에서 얌전히 쉬고 있어야 하지만, 자신이 '홍안병'에 걸렸다는 걸 알아차린 라라이아는 시녀에게 명령해 외출 준비를 갖췄다.

오빠와 신하들은 자는 시간도 아껴가며 대책을 세우기 위해 동분서주하고 있다.

정무에 관여하지 못하는 자신이 그래도 왕족으로서 할 수 있는 일이라면 하나밖에 떠오르지 않았다.

이미 발병했으니까, 언제 병마에 붙잡힐지 모른다는 공포를 두려워하지 않아도 된다.

그렇다면 과거 어머니가 했던 일을 따라 하는 건 지극히 당연한 일이다.

"치료원에 가겠어. 지금이야말로 국민 곁에 있어야지."

몸 상태가 안 좋은데 외출 준비 명령을 받고 당황하는 시녀를 향해 라라이아는 아름답게 싱긋 웃었다.

"부모님껜 미치지 못해도, 나도 일단 왕족이야. 조금은 그들에게 희망이 되지 않겠어?"

막아야 하는 게 아니냐고 술렁이는 시녀들 사이에서 캘리가 앞으로 걸어 나와 똑바로 바라보는 라라이아를 마주 바라보았다.

그 눈에서 강한 의지를 읽은 캘리는 반듯한 동작으로 무릎을 꿇었다.

"알겠습니다. 라라이아 님께서 원하시는 대로."

"그래. 부탁할게."

어릴 때부터 옆에서 모셔준 든든한 아군의 말에 라라이아는 만족스럽게 웃은 후 아직도 망설이는 다른 시녀들을 향해 고개를 돌렸다.

"무섭다면 여기에 남아. 목숨을 걸게 될지도 모르는데 강요하진 않아. 직접 환자를 찾아가지 않아도 할 수 있는 일은 얼마든지 있을 거야. 자기가 할 수 있는 일을 해."

딱 잘라 말하자 당황하던 시녀들이 한 명, 두 명 움직이기 시작했다.

어떤 사람은 라라이아의 몸단장을 위해.

어떤 사람은 가져갈 지원 물자를 수배하러.

빠릿빠릿하게 움직이기 시작한 시녀들을 보고 라라이아는 한 번 더 만족스럽게 웃은 뒤 자기도 해야 할 일을 하기 위해 움직였다.

그렇게 찾아온 치료원에서 라라이아는 침대에 누워 괴로워하는 사람들 한 명 한 명의 손을 잡고, 말을 걸고, 이마의 땀을 닦아주었다.

중증이라 가족조차 전율하는 붉은 흔적이 두드러진 손을 잡고 온화하게 말을 건네는 라라이아의 모습은 병에 지쳐있던 사람들의 마음을 분명히 구해주었다.

라라이아의 이마에 맺힌 땀이나 희미하게 떨리는 손, 그리고 참지 못하고 새어 나오는 기침이 눈앞에 있는 왕녀의 몸도 자신들과 같은 병에 좀먹혀있다는 걸 알려주었다.

하지만 마찬가지로 힘들 터인 라라이아는 온화한 미소를 무너트리지 않고 격려를 입에 담았다.

'힘내라'가 아니라 '함께 살아남자'고.

확실한 치료약도 없이 절망 속에서 죽음을 기다리기만 하던 사람들은 그 말에서 분명한 희망의 빛을 보았다.

왕성에서는 왕이 직접 진두지휘하며 자신들을 병에서 구하기 위해 모색하고 있다고 한다.

그 말을 믿자.

누구보다 국민과 가까운 곳에서 함께 하는 라라이아의 행동이 하나의 형태가 된 순간이었다.

그리고 멀리 있었던 희망의 빛은 백금과 녹음의 색채와 함께 눈앞에 나타났다.

"왕의 소원에 우리 '숲의 백성' 일족이 응답하여 약을 가져왔습니다. 차례대로 투여할 예정이니 그대로 안정하면서 기다려주세요."

입구에 서서 우아하게 인사하는 여자의 모습에, 침대에 누워 있던 사람도 그사이를 바쁘게 걸어 다니던 사람도 다들 넋을 놓고 멈춰버렸다.

무엇보다 여자의 입에서 나온 말이 믿어지지 않았기 때문이다.

"……약을 가져와 주셨다고요?"

마침 그 방에 있던 라라이아도 마찬가지로 믿어지지 않는 기분으로 여자를 바라보았다.

"이 병을 고칠 약을?"

천천히 여자를 향해 걸어가는 라라이아의 모습을 다들 군침을 삼키며 지켜보았다.

"네. 확실히."

앞에 선 라라이아를 보고도 위축되는 기색 없이 단단히 고개를 끄덕인 여자가 다시 살짝 무릎을 굽혔다.

"우선 이 자리를 맡게 된 미란다라고 합니다. 약은 가져왔습니다."

똑바로 자신을 바라보는 녹색 눈동자를 보며 미샤와 비슷한 색이라고 생각하던 라라이아의 뺨을 타고 어느새 눈물이 흐르고 있었다.

그리고 등 뒤에서 환호성이 터졌다.

"다만 현재 양이 충분하지 않습니다."

하지만 그 환호성도 이어진 말에 뚝 멈췄다. 라라이아의 미간에 살짝 주름이 파였다.

"수배는 했지만, 특수한 약초를 쓰기 때문에 멀리서 가져와야 하고, 언제 도착할지는 현재 불명입니다. 그러니 약 투여 순서는 이쪽의 지시를 따라주셔야 합니다."

차갑게 울리는 미란다의 목소리에 다들 서로의 얼굴을 쳐다보았다.

"……알겠습니다."

그런 가운데 뺨을 타고 흐르는 눈물을 빠르게 훔친 라라이아가 천천히 고개를 끄덕였다.

"부디 한 명이라도 많은 목숨을 구해주세요, 미란다 님."

그리고 천천히 무릎을 꿇고 기도했다.

일국의 왕녀가 신분도 없는 일개 약사에게 예를 갖추는 이례적인 사태에 여기저기에서 숨을 삼키는 소리가 울렸다.

하지만 라라이아는 제 행동이 조금도 부끄럽지 않았다.

소중한 국민의 목숨을 구해주는 존재에게 감사를 바치는 건 당연한 일이라고 생각하기 때문이다.

"약사님, 부탁드립니다."

그 침묵을 깬 사람은 조금 전 조금 전까지 라라이아와 대화하던 환자였다.

"계획을 미리 하셨을 테지만, 우선은 라라이아 님께 약을 주실 수 없을까요."

그 목소리에 공기가 술렁거렸다.

갑작스러운 부탁에 라라이아의 눈이 놀라서 커졌다.

"저라면 아직 괜찮습니다. 저보다 중증인 사람이 많이 있습니다. 그쪽을 우선해주세요."

"아뇨! 라라이아 님을!!"

"맞아요. 약사님, 제발 라라이아 님께 약을 주세요."

"부탁드립니다."

놀라면서도 고개를 젓는 라라이아의 말을 덮어버리듯 여기저기에서 목소리가 터졌다.

"라라이아 님께서 드시지 않는다면 저희도 먹지 않을 겁니다."

"부탁드립니다."

괴로운 듯 얼굴을 찌푸리고 있던 환자가 갈라진 목소리를 쥐어짰다. 그걸 지켜보던 가족과 간병인들도 매달리듯 미란다를 바라보았다.

애원의 목소리가 들끓는 가운데 라라이아는 당황한 듯 주위를 둘러보았다.

"라라이아 님은 저희의 희망입니다."

"돌아가시면 안 되는 귀한 분이십니다."

"라라이아 님!"

"라라이아 님."

조금 전까지 몸을 일으키는 것도 힘들어 보였던 환자까지 새파랗게 질린 얼굴로 어떻게든 상체를 세워 입술을 움직이고 있었다.

기침으로 갈라진 목소리가 라라이아의 이름을 불렀다.

'이게 사랑이 돌아온다는 거야? 어머니……….'

라라이아의 뺨에 다시 눈물이 흘렀다.

애원을 가로막듯 미란다가 손뼉을 짝짝 두드렸다.

"여러분의 바람은 알겠습니다. 아무쪼록 안정을 취해주세요."

정적이 돌아오자 미란다는 부드럽게 웃고는 손수건을 들어 라라이아의 뺨에 흐르는 눈물을 닦았다.

"이쪽으로 오시죠. 라라이아 님이 약을 드시지 않는 한 다른 치료를 못 하겠네요."

그러고는 살며시 손을 내밀고 자상하게 등을 떠밀었다.

"멋진 국민입니다. 사랑받고 계시네요."

"……네."

곱씹듯이 작게 고개를 끄덕인 후 라라이아는 미란다가 재촉하는 대로 떨리는 다리를 움직였다.

숲 변두리의
꼬마 마녀

Little witch
at the edge of the forest.

10 후회 너머에 있는 것

"나다. 도와주러 왔어."

라인과 함께 향한 치료원에서 오랜만에 미란다와 재회한 미샤에게 재회를 기뻐할 여유는 없었다.

변장을 푼 미란다와 함께 같은 색상을 지닌 사람들이 두 명 더 있었는데, 물을 끓이고 약을 달이는 등 바쁘게 일하고 있었기 때문이다.

그 분주함을 보면서도 어딘가 느긋한 어조로 말을 던진 라인에게 미란다는 시선도 주지 않고 구석을 가리켰다.

"저기 물약을 조제한 게 있으니까 2번 방부터 투여하러 가. 넬 선생님의 지시야. 약효가 있는지는 거기서부터 봐야 한댔어."

미란다의 말에 미샤는 굳은 얼굴로 얼어버렸다.

간호 효율화를 위해 환자들은 증상 진행 상태에 따라 방을 나눠놓았다. 가장 증상이 무거운 사람부터 1번, 2번으로 이어진다.

즉 '2번 방부터' 약을 투여한다는 건……….

"오케이. 경구 투여면 되지?"

얼어버린 미샤를 방치한 라인이 미란다가 말한 냄비를 들고 움직였다.

"그래. 컵 하나 분량을 모두 먹……."

"저기! 1번 방은……."

자신을 버려두고 돌아가는 사태에, 그래도 포기하지 못한 미샤는 두 사람의 대화를 가로막듯 큰 소리를 냈다.

갑자기 대화에 끼어들어서 미란다가 놀란 듯 작업하던 손을 멈추고 미샤를 돌아보았다. 그러고는 파랗게 질린 미샤를 보고 눈썹을 찌푸렸다.

"……아쉽지만 현재 약이 부족해. 거의 효과가 없다는 걸 아는 사람에게 먹여줄 수 있을 만큼 여유롭지 않아."

미샤의 기세에 한순간 침묵한 뒤 미란다가 고개를 저었다.

"하지만 효과가 있을지도!"

"그래. 하지만 효과가 없을 가능성이 훨씬 커. 그렇다면 확실하게 살릴 수 있는 목숨을 우선해야지. ……감정만으로 우선순위를 착각하면 안 돼."

미란다는 철없는 아이를 타이르듯이 차분한 어조로 말하며 미샤의 눈을 들여다보았다.

"추가로 약이 오는 건 빨라도 앞으로 며칠은 더 걸려. 망설이는 사이에도 증상은 진행돼. ……이해하지?"

반박할 말이 없어 입을 다문 미샤의 등을 미란다가 밀었다.

그 힘에 밀려 걷기 시작한 미샤의 뺨에 어느새 눈물이 흐르고 있었다.

미란다의 말이 옳다.

머리로는 알지만, 미샤의 마음은 받아들일 수 없다며 비명을 지르고 있었다.

자신이 준 약을 받고 조금 난처한 듯 웃던 할머니의 얼굴이 뇌리에 떠올랐다.

가장 먼저 '홍안병' 환자로서 치료원으로 실려 온 유우와 아나의 할머니는 1번 방에 있었다.

여전히 의식이 거의 없고, 수분도 만족스럽게 섭취하지 못해서 아직 숨이 붙어있는 게 기적 같은 상태였다.

휘청거리면서 복도로 나온 순간 미샤의 발이 멈추고 결국 그 자리에 주저앉았다.

무릎을 세우고 거기에 얼굴을 파묻듯 작게 웅크렸다.

목도에서 기다리던 라인은 마치 달려드는 무언가로부터 자신을 지키려고 하는 듯한 그 모습을 내려다보고 작게 한숨을 쉬었다.

세간에서는 만능인 것처럼 보지만 결국 자신들은 신이 아니다. 아무리 손을 뻗어도 그 손가락 사이로 빠져나가는 목숨은 얼마든지 있다.

라인은 그런 현실에 짓눌려 마을로 돌아가 연구라는 이름의 껍질에 틀어박히는 동포를 몇 번이나 봤었다.

'아무리 생각해도 이건 배역을 잘못 고른 거잖냐, 미란다 이 녀석.'

마음이 꺾인 상대를 격려해서 다시 일어서게 만드는 말을 라인이 알 리가 없다. 애초에 사람 사귀는 걸 귀찮아하며 제대로 마을에도 돌아가지 않고 전 세계를 방랑하는 인간이다.

매끈한 머리카락을 거칠게 헝클어트린 뒤 라인은 주저앉은 채 움직이지 않는 미샤 앞에 섰다.

"병실에 가는 게 힘들다면 성으로 돌아가. 공주님에게도 투여했다고 하니까 그쪽 경과를 관찰하고 와."

밀어내는 듯한 말에 미샤의 마른 어깨가 움찔 흔들렸다.

라인의 말은 감미로운 유혹이 되어 귓가에 도달했다.

라라이아에게 가면 앞으로 다른 '홍안병' 환자를 만나지 않고 지낼 수도 있을 것이다. 지금 이 치료원에는 진짜 '숲의 백성'이 많이 있다. 새삼 어린 미샤를 억지로 불러내려는 사람도 없을 것이다.

성에 틀어박히면 이 이상 자신의 무력함에 괴로워할 일도 없을지도 모른다.

하지만 마음속 깊은 곳에 있는 무언가가 여기서 도망치면 자신이 목표로 하던 **약사**에는 절대 손이 닿지 않게 된다고 속삭이는 걸 느끼고 있었다.

그날 동경했던 어머니처럼, 사람들이 의지하는 약사는 될 수 없다고…….

그래서 고개를 들지 못한 채 가까스로 도리질한 미샤를 보고 라인은 이번엔 크게 한숨을 쉬었다.

"그럼 난 먼저 갈 테니까, 그 얼굴이 환자 앞에 나설 수 있을 만큼 수습되고 나면 와. 잘 들어. 죽상으로 환자를 불안하게 만들 거면 당장 쫓아낼 거다."

마지막으로 미샤의 머리에 툭 손을 올려 토닥인 라인은 잰걸음으로 그 자리를 뒤로했다.

그건 남의 심리에 무관심한 외삼촌이 미샤에게 보내는 최선의 배려였다.

홀로 남은 미샤는 조용한 복도 구석에서 어찌할 줄 모르고 웅크리고 있었다.

오늘 하루만 몇 번이나 자신의 무력함을 곱씹는지 모른다. 동시의 머릿속에서는 라인의 말이 빙글빙글 맴돌았다.

『허세든 뭐든 환자 앞에서는 당당하게 행동해. 치료하는 인간이 불안한 얼굴이면 그렇지 않아도 병으로 힘들어하는 환자는 불안해지니까.』

문득 어린 시절 어머니가 반복해 가르쳤던 말과 라인의 목소리가 겹쳤다.

'말은 다르지만, 같은 뜻인 걸까.'

거기까지 생각이 미치자 따뜻한 것이 머리를 쓰다듬는 걸 느낀 미샤는 저도 모르게 무릎에 묻고 있던 얼굴을 들었다.

그 감각이 어머니의 다정한 손과 무척 흡사했기 때문이다.

그렇게 열린 시야에, 한 번 더 만나고 싶다고 바랐던 자상한 미소가 있었다.

"……엄마."

은은한 빛을 뿌리며 조금 투명해 보이는 모습은 그 사람이 이 세상 사람이 아니라는 걸 여실히 보여주었다.

하지만 그런 건 미샤에게는 사소한 문제였다.

"엄마!"

무엇보다도 원하던 사람의 모습에 미샤의 눈에서 참고 있던 눈물이 흘러내렸다.

"나…… 나는……. "

수많은 것이 가슴에 치밀어올라 말을 잇지 못하는 미샤 앞에서 반투명한 어머니는 온화하게 미소 지은 채 손가락 끝으로 복도 저편을 가리켰다.

그 너머에는 라인이 한발 먼저 향한, 환자들이 있는 병실이 있다.

"……하지만, 난……. "

재촉하는 듯한 몸짓을 봐도 겁을 먹은 미샤는 다시 얼굴을 숙였다.

제 오만의 결과와 마주할 용기가 도저히 솟아나지 않았다.

불현듯 코가 그리운 향을 맡은 순간 끌어안겼다는 걸 느꼈다.

잊을 수 없는 소중한 온기가 감싸고 있다.

『괜찮아. 웃으렴, 미샤.』

다정한 속삭임이 귀에 닿은 순간, 향도 온기도 날아가듯 사라져 버렸다.

"엄마, 잠깐!"

허둥지둥 눈을 떠 봤지만, 거기에는 아무도 없는 복도가 있을 뿐이었다.

자신의 나약함이 보여준 환각인 걸까.

하지만 그렇다고 치기에는 다정한 온기에 감싸인 감각도 그리운 향기도 선명하게 떠올릴 수 있었다. 미샤는 입술을 꾹 깨물었다.

"황천의 나라로 떠난 뒤에도 걱정 끼치다니……. 못난 딸이라 미안해."

작게 중얼거린 후 미샤는 벌떡 일어났다.

그리고 의식적으로 입꼬리를 올려 미소를 만들었다.

"힘들어도, 허풍이어도……."

미샤는 자신을 타이르듯 작은 목소리로 뱉은 후 아직 떨리는 다리를 앞으로 내디뎠다.

자신이 할 수 있는 일은 아직 있을 터이다.

괴로워도 꼴불견이어도 할 수 있는 일이 있다면 열심히 하자.

어머니 같은 약사가 되고 싶다고 맹세한 그 날의 어린 자신을 위해.

미란다의 지시를 따라 조제한 약을 차례차례 투여했다.

역시 증상이 무거운 사람일수록 약효가 썩 좋지 않은 건지 개선은 보이긴 했지만, 완치와는 거리가 멀었다.

약의 효능은 몸속의 벌레를 죽여서 체외로 배출하는 건데 알 상태일 땐 효과가 떨어졌고 여러 번 먹어서 번식하기 전에 갓 부화한 벌레를 죽여나갔다.

증상이 비교적 가벼운 사람은 2~3번 투여하면 되는 게 그 몇 배나 필요한 모양이다.

골치 아프게도 적은 기생충이라, 일정 수 이상 남겨두면 다시 몸속에서 증식한다.

다 죽이지 못하면 개선을 보이던 사람도 시간과 함께 원래 상태로 돌아가 버린다.

즉 상상했던 것보다 더 약이 압도적으로 부족한 상황이었다.

체내의 벌레 수를 줄이면 증상은 조금 완화된다.

따라서 추가 약이 도착할 때까지는 완치가 아니라 많은 사람에게 한 번씩은 먹여서 연명 조치를 취했다.

캘러스 식용을 금지한 덕분인지 새 '홍안병' 환자가 실려 오는 일은 확연히 줄었다.

사실은 예방도 겸해 한 번이라도 캘러스를 생식한 사람에게 약을 투여하고 싶지만, 현재 발병한 환자에게 쓰는 것도 부족하니 거기까지 할 여유는 당연히 없었다.

결국 약이 오기를 기다릴 수밖에 없지만, 카마인 대륙 저 멀리 북쪽 끝에서 여러 개의 나라를 거쳐야 한다.

정세가 불안정한 나라도 있기에 언제 약이 도착할지는 말 그대로 신만이 아는 상태였다.

미샤는 애타는 기분으로 하루하루를 보냈다.

"힘내. 이거 먹고."

의식이 없는 환자의 입에 작은 숟가락으로 약을 한 방울 떨어트린 뒤 온화하게 말을 걸었다.

의식을 잃은 것 같지만 신기하게도 청각은 살아있는 건지 계속 귓가에서 속삭이면 반응을 돌려준다는 걸 깨달은 미샤는 해열제와 영양제가 든 탕약을 주기 시작했다.

의식이 없는 인간에게 한 번에 대량의 수분을 주면 폐로 들어가서 이번에는 다른 병에 걸릴 위험이 있었다. 그렇기에 환자의 상태를 살피며 정말 조금씩밖에 주지 못하다 보니 몹시 시간이 걸렸다.

"대단해라. 자, 한 모금 더. 또 건강해져서 다 함께 웃자."

그래도 미샤는 시간을 내어 천천히, 조금씩 탕약을 투여했다.

그렇게 한차례 의식이 없는 중환자에게 탕약을 주고 나면 이번에는 조제실에 틀어박혀 지금 수중에 있는 약초로 효과가 있을 법한 약을 만들 수 없는지 실험하는 게 최근 미샤의 일상이었다.

레드포드 왕국 수도에서 다시 병이 발생했다는 사실은 은폐되었다. 국력이 약해졌다고 판단하고선 전쟁을 걸었던 과거를 반복하게 될 걸 두려워했기 때문이다.

그 대신이라는 듯 사전에 정해둔, 국내 영지에서 위기가 일어났을 때 지원 물자를 보내는 정책이 제대로 기능했기 때문에 수도를 봉쇄한 후에도 식량이나 약이 떨어지진 않았다.

처음 '홍안병'이 발생했을 때는 혼란 속에서 유통도 정체되면서 약은 물론이고 식량난으로 굶주리는 사람도 나왔기 때문에, 여차할 때를 대비한 군량과 함께 제대로 비축해두었다.

그렇게 근방에서 채집할 수 있는 구충 약초도 입수해서 포기하지 않고, 때로는 라인이나 넬 같은 주위 사람에게 조언을 구하며 작업했다.

"기생충이라는 건 아니까 닥치는 대로 실험해보면 혹시 효과가 있는 걸 찾을 수 있을지도 몰라. 언제 북쪽에서 약초가 도착할지 알 수 없는 이상 헛된 발버둥이라도 해보고 싶어."

제대로 쉬지 않아서 창백하게 야윈 얼굴로 약초와 씨름하는 미샤에게서는 귀기 어린 기백이 느껴졌다. 최소한의 휴식은 취하고 있으나 스트레스도 있어서 제대로 잠을 자지 못하는 상태였다.

그래도 미샤는 환자 앞에 설 때는 미소를 지우지 않았다.

의식이 돌아오지 않는 환자를 보며 피폐해졌던 가족들은 그런 미샤의 모습에서 빛을 보았다.

약이 귀하다 보니 밀려나고 만 중증 환자의 가족은 어쩔 수 없다는 주변 분위기도 있어서 입을 다물었지만, 당연히 진심으로 받아들인 건 아니었다. 사랑하는 사람이 죽음과 직면한 상태인데 밀려나 버렸으니 원통하지 않을 리가 없다. 슬프지 않을 리가 없다.

그런 가운데 설령 효과는 미미해도 필사적으로 노력해주는 사람이 있다.

그 목숨을 붙잡아두려고 뼈를 깎아내듯 발버둥 치는 사람이 있다.

절망에 잠겨 팍팍한 분위기에 빠져버릴 뻔했던 중증 환자 병실은 미샤를 중심으로 조금씩 바뀌어 가고 있었다.

"네가 해준 걸 잊지 않을게. 어머니는 행복한 사람이었어."

개선되지 못하고 죽어버린 환자의 가족이 그렇게 진심 어린 감사를 건네자 미샤는 울 것 같은 기분으로 고개를 저을 수밖에 없었다.

설령 자신이 이른 단계에서 포기하고 수도를 돌아다니며 '숲의 백성'을 찾았다고 해도 찾지 못했을 테고, 약이 없는 상황도 변하지 않았으리라는 건 바로 눈치챘다.

넬 일행은 병의 기적을 알아차리자마자 최대한 빨리 달려온 것이었으니까.

입으로는 차갑게 들리는 말을 해도 쓸데없는 피해가 퍼지는 짓은 절대 하지 않는다. 그게 병과 싸우는 길을 선택한 일족의 자존심이었다.

그들이 왕성에 모습을 드러낸 순간이 가장 빠른 순간이었다.

그렇게 머리로는 알고 있어도, 미샤의 마음은 '하지만' '어쩌면' 하고 한탄했다.

라인이 그날 화냈던 건 헛수고라고 해도 최선을 다하지 않았던 미샤의 태만을 질책하면서 동시에 미샤가 가까운 장래에 이렇게 될 게 보였기 때문이라는 걸 지금은 알 수 있었다.

자꾸만 자기 때문이라고 책망하는 마음을 억누를 수가 없다.

눈을 감으면 꿈속에 죽은 사람들이 나타났다. 그들은 아무 말도 하지 않고 그저 슬픈 표정으로 미샤를 바라볼 뿐이었다.

'차라리 누구든 욕해주면 좋을 텐데.'

뇌리에 왕성에서 어른들이 에워쌌을 때를 떠올렸다.

입을 모나 비난하는 건 괴로웠지만, 지금 생각해 보면 그건 구원같이 느껴지기도 했다.

하지만 그 어리석은 생각은 실행하기 전에 라인에게 저지당했다.

"미안하다고 해서 편해지고 싶은 것뿐이라면 관둬. 네 마음이 편해지고 싶은 것뿐인 말 같은 건 아무 의미도 없어. 그런 거에 시간을 쓸 바에야 환자를 돌보는 게 그나마 낫지. 다행히 일손이 부족해서 할 일이라면 얼마든지 있으니까."

라인은 자벌적인 생각에 사로잡혔던 미샤의 뒷덜미를 덥석 잡아 세탁실에 던졌다.

거친 조치였지만, 망연한 상태로 그곳에서 더러워진 시트며 붕대와 반나절 동안 씨름한 뒤에야 미샤는 간신히 '자신이 할 수 있는 일'을 시작할 수 있었다.

그런 행동 끝내 돌아온 감사 인사를 미샤는 어떻게 받아들여야 할지 알 수 없었다.

그래서 한바탕 인사한 가족이 떠나가자 입술을 작게 깨물고 조제실로 향했다.

자신이 할 수 있는 일을 하기 위해…….

"지금은 무언가에 정신없이 파고들지 않고는 못 견디는 거겠지."

그리고 걱정하는 주변을 막은 사람 또한 라인이었다.

"정말로 위험할 것 같으면 약이라도 타서 재울 테니까 하고 싶은 대로 하게 둬."

구할 수 없는 목숨에 미련을 갖고 괴로워하는 건 의료에 종사하는 사람이라면 다들 지나가는 길이다.

어리다고는 해도 약사로서 일하는 미샤에게 필요한 시련이라고 하니, 다들 입을 다물 수밖에 없었다.

얼마 후 완치를 목표로 하는 게 아니라 증상을 완화해 시간을 버는 쪽으로 방향이 전환되자 조금 여유가 생겼다며, 처음에는 효과가 희박할 테니 포기했던 1번 방에도 약간의 약을 돌릴 수 있게 되었다.

어느 정도 증상까지 약효가 있는지 확인하기 위해서라는 이유를 가져다 붙이긴 했지만, 도저히 포기하지 못하고 남는 시간이면 약초를 이리저리 실험하던 미샤를 보다 못해 내린 결정이었다.

원래 동족 의식이 유달리 강한 일족이며, 게다가 애지중지 보호받아야 하는 어린아이가 휘청거리면서도 기를 쓰는 걸 지켜볼 수 없었던 모양이다.

라인은 황당해했지만, 그래도 결정을 내린 넬에게 반항하지 않고 지시를 따랐으니 결국은 똑같았다.

막상 본인만이 눈치채지 못하는 배려에 미샤는 눈물을 글썽이며 기뻐하고는 서둘러 조제를 도왔다.

하지만 기존 예상대로 거의 모든 환자에게 효과가 없었고, 상황이 개선된 사람은 소수였다.

그래도 조금이나마 개선이 보이자 다들 눈물을 흘리며 기뻐했다.

하루라도, 반나절이라도 오래 그 목숨을 붙여놓을 수 있다면 어쩌면 기적이 일어날지도 모른다. 그런 분위기가 만들어졌다.

의식이 거의 없는 중증 환자에게 어떻게든 약을 투여하는 가운데 섭취량, 효과 등을 냉정하게 관찰하던 넬이 작게 중얼거렸다.

"아마도 열쇠는 눈이 붉게 물들었냐 아니냐는 부분이겠군."

"어째서요?"

넬의 중얼거림을 들은 미샤는 고개를 갸웃거렸다.

"'홍안병'의 원인으로 추정되는 기생충은 본래 숙주인 아클과는 잘 공생하고 있거든."

"공생?"

"그래. 안 죽어. 체내에 기생해서 영양을 나눠 받으며 번식하지. 아직 검증 중이지만 아클에게도 무언가 이득이 있는 건지, 체내에서 벌레를 제거한 아클은 1년도 넘기지 못하고 죽어버렸단다."

생각지도 못한 말에 미샤의 눈이 휘둥그레졌다.

사람을 죽게 만드는 위험한 기생충이 본래 숙주인 새에게는 익충이라니.

"왜 죽었는지는 아쉽게도 아직 불명이야. 애초에 실험하기 어렵거든. 아클은 대형 조류로 대륙과 대륙을 건너기도 할 정도로 활동적이지. 자연에 가까운 환경을 만드는 건 거의 불가능에 가까워. 새장에 가둬둔 스트레스로 건강이 나빠졌을 가능성을 배제할 수 없으니, 기생충을 제거했기 때문이라고 하기에는 실험 수가 영 부족해. 게다가 사실 개체 수도 그리 많지 않아서 남획할 수도 없고, 원주민에게는 신의 사자라며 숭상받기도 하니까……."

"넬 할아버지, 탈선한 데다 길어요! 지금 듣고 싶은 건 그게 아니고!"

주절주절 이야기하는 넬의 말을 미샤가 억지로 잘랐다.

평소였다면 재미있게 들었을 테지만 지금은 더 궁금한 게 있었기 때문이다.

"왜 눈이 빨개지면 약이 안 듣는 거죠?"

흥겹게 이야기하던 도중 막히는 바람에 어리둥절해서 눈을 깜빡인 넬은 미샤의 진지한 얼굴을 보고 어깨를 살짝 으쓱했다.

"눈이 붉게 물드는 건 번식으로 증가한 벌레가 머리까지 도달했단 증거지. 눈알에도 파고들어서 상처가 생기고 피가 나니까 흰자위가 붉어지는 거야. 눈에 그만한 수가 들어갔다는 건 뇌에서도 벌레가 날뛰고 있다는 거지. 인간의 뇌는 복잡해서 거기가 망가지면 지금의 우리로는 손쓸 수가 없어. 의식이 사라지는 것도 그 때문이겠지."

"뇌가 망가져서……."

미샤는 이마에 살며시 손을 댔다.

섬세하고 복잡한 뇌 구조는 아직 밝혀지지 않은 게 대부분이라고 들었다.

한 가지 확실한 건, 뇌가 몸에게 움직이라고 명령을 내린다는 점. 다친 부위에 따라서 팔이나 다리가 움직이지 않거나, 먹을 걸 삼키지 못하거나, 기억을 떠올리지 못하는 등 다양한 문제가 일어난다는 점이다.

"엄마는 뇌의 어느 부분이 몸 어디를 움직이는 건지 조금 보이기 시작했다고 했었는데……."

옛날에 어머니가 이야기해준 내용을 떠올리며 중얼거리자 넬은 놀란 듯 눈을 깜빡였다.

"글쎄, 레이어스가 마을을 떠날 무렵에 벌써 거기까지 진행되었던가? ……그 애는 미샤처럼 자주 이런저런 사람의 이야기를 듣고 다녔으니 누군가가 자랑하면서 이야기했던 건지도 모르겠구나. 그렇다고 해도 용케 기억하는구먼."

옛날을 떠올리듯 살짝 눈을 좁히며 그렇게 중얼거린 넬은 가볍게 고개를 젓고 미샤에게 의식을 되돌렸다.

"그래. 뇌는 인간의 몸을 살리기 위한 사령탑이지. 그리고 벌레는 신기하게도 그 중추를 향해 모여드는 모양이다. 거기서 뭘 하려는 건지. 뭘 하는 건지. 그게 해명될지는 앞으로 연구에 달렸지."

"……생물은 다들 자손을 남겨서 제 피를 이어가기 위해 움직인다고, 전에 엄마가 가르쳐줬지. 아클에게서 캘러스로. 그리고 인간으로. 아클과 잘 공생하고 있었다면, 어쩌면 벌레에게도 새 숙주로 넘어온 건 예상치 못한 일이었던 건지도……."

넬의 말에 반응한 듯 미샤가 다시 중얼거렸다.

"숙주를 죽이는 건 본의가 아니었던 게 아닐까? 숙주가 죽어버리면 자기들도 살지 못하니까……."

"미샤?"

연신 중얼거리는 미샤는 의아한 듯 이름을 부르는 넬의 목소리도 들리지 않는 모양이었다.

허공을 바라보는 미샤의 녹색 눈동자가 신비한 빛을 띠고 주위를 배회했다. 그건 마치 다른 세계를 들여다보는 것 같았다.

"위를 통해 간이나 신장에 도착하고 폐에 콜로니를 만들었어. 거기서 피부 아래를 헤매다가 머리까지 도달했고. 뭘 하고 싶었던 거지?"

"미샤, 돌아와라!"

깊이, 깊이. 생각의 바다로 파고들던 미샤의 의식이 수면 위로 끌려 돌아왔다. 넬이 드물게 낸 큰 목소리와 눈앞에서 손을 짝 치는 파열음이 원인이었다.

"……어? 나는?"

깜빡 감았다 뜬 눈은 여느 때의 미샤로 돌아와 있었다. 저도 모르게 숨을 죽이고 있던 넬은 크게 한숨을 쉬었다.

녹색 눈동자에 깃든, 꿈꾸는 듯한 빛을 본 적이 있었다.

넬이 아직 어린 소년이었을 때 초대의 환생 같다며 숭배받던 일족의 여성.

온갖 분야의 의료 기술을 발전시키고 수많은 신약을 만들어냈다.

그녀가 생각에 깊이 잠겼을 때 지금 미샤 같은 얼굴이었다.

보이는 것 같으면서 아무것도 보지 않는, 꿈꾸는 듯한 그 눈동자에 어린 넬은 어째서인지 두려움을 느꼈다. 마치 목숨을 깎아 세계의 심연을 들여다보는 느낌이 들었기 때문이다.

결국 그 사람은 남들보다 몇 배는 더 많은 공적을 세우고, 남들보다 몇 배는 더 빨리 황천으로 떠나버렸다.

"……아직 이를지도 모른다고 생각했지만…… ."

잠시 망설인 뒤, 넬은 어리둥절한 미샤의 눈을 들여다보았다.

"얘야, 미샤. 내 일을 좀 도와주지 않겠느냐?"

11 해부

"우선은 사전 연습부터 할까."

그렇게 말하며 데려온 곳은 조제실 옆으로, 미샤의 기억이 맞는 다면 창고로 쓰는 방이었다.

아무것도 없는 방 중앙에 커다란 작업대 같은 것이 하나 놓여있고 옆에는 큰 통과 물병이 있었다.

잘 보자 작업대 위에는 접시가 놓여있고 그 안에 도구들이 나열되 어 있다.

날의 길이나 폭이 다른 단검이 셋에 크고 작은 가위 두 개.

그리고 바느질용 바늘을 몇 배나 키워놓은 듯한 바늘이 여럿.

"해부 도구?"

숲속에서 라인에게 받았던 해부 수업.

그때 사용한 도구와 같았다.

"그래. 지금부터 병의 근원인 기생충을 실제로 보여주마. 우리는 이미 몇 번이나 확인했지만, 미샤는 이래저래 여유가 없어 보여서 부르지 않았거든. 미안하구나."

마치 즐거운 놀이에서 따돌렸다는 것처럼 미안해하는 말투에 미 샤는 뭐라고 대답해야 할지 알 수 없어 입을 다물었다.

그런 미샤의 반응을 흘려넘긴 넬은 작업대 옆에 놓인 커다란 통의 입구를 덮고 있던 판자를 치우고 안에서 캘러스를 꺼냈다.

"가르기 쉽도록 커다란 놈을 마련해달라고 했지. 몇 마리 갈라봤 는데, 벌레의 수는 몸 크기에 비례하는 것 같더구나."

미끌미끌한 질감과 울퉁불퉁하고 연두색과 갈색을 뒤섞은 듯한 뭐라 말할 수 없는 색의 피부는 여전했지만, 한 마리뿐이라서 그런지 그렇게까지 혐오감이 치밀진 않아서 미샤는 안도의 숨을 내쉬었다.

"미리 재워놨다. 이 녀석들의 피부는 미끄러우니까 버둥거리면 제법 귀찮거든."

처음 해부하려고 했을 때의 야단법석을 떠올린 넬이 쓴웃음을 지었다.

평평한 작업대 위에 놓았더니 도망치려고 버둥거렸고, 그걸 누르려고 해도 미끈거려서 빠져나가는 바람에 붙잡는다고 고생이었다.

결국 캘러스를 가져온 남자가 보다 못해 직접 나서서 냉큼 잡아 통에 돌려놓았다.

남자는 마로 만든 장갑을 끼고 있었는데, 캘러스를 잡을 때 필요한 도구라고 가르쳐주었다.

최종적으로는 마취약으로 재운 뒤 쇠꼬챙이로 작업대에 고정해 미끄러지지 않도록 했지만 그런 건 처음부터 가르쳐달라며 어깨를 축 떨궜다.

물론 남자에게도 이유는 있었다. 보통 캘러스를 먹을 때는 미끄럼방지 가루를 통에 넣고 지푸라기로 표면을 문질러 점액을 제거한 다음에 통 안에서 껍질을 벗긴다고 한다.

껍질을 벗기면 미끄럽지 않으니 조리할 때 문제가 없다.

설마 캘러스를 산 채로 작업대 위에 올릴 줄은 몰랐기에 갑작스러운 행동을 막을 새도 없었다고 한다.

넬 일행은 껍질 밑 상태도 보고 싶었기에 그렇게 한 것이었지만,

현지 인간에게는 비상식적인 행동이었던 모양이다.

"미샤에게 맞는 장갑은 준비하지 못했거든. 이번에는 견학하려무나."

솜씨 좋게 캘러스를 작업대 위에 고정하는 넬의 손은 어느새 반투명한 장갑을 끼고 있었다.

그건 손에 딱 맞는 형태에다 손의 주름이 보일 정도로 얇았다.

"그건 뭐로 만든 거예요?"

"뭐야. 라인은 이걸 안 보여줬냐? 하긴 아직 마을에 있는 도구로만 만드는 거니까 어쩔 수 없을지도 모르지만, 의외로 융통성이 없는 녀석이라니까."

넬은 의아한 듯 고개를 갸웃거리는 미샤에게 손을 펼쳐 보여주었다.

"어떤 식물의 즙과 광물 가루를 섞어서 만든 장갑이다. 물이 통과하지 않고 조금이지만 신축성도 있어. 각각 손에 맞춰서 만드는 거라 손가락을 세밀하게 움직일 수도 있는 편리한 도구지."

주먹을 쥐었다 폈다 하면서 보여주는 넬의 손에 미샤의 눈이 못 박혔다.

"물이 통과하지 않는다면 병의 근원도 통과하지 않는다는 거예요? 손에 난 작은 상처를 신경 쓰지 않고 치료할 수 있어요?"

어머니는 상처에서 병의 근원이 들어오기도 하므로 환자를 볼 때는 조심해야 한다며 입에 침이 마르도록 당부했었다.

하지만 생활하다 보면 의외로 작게 긁히는 정도의 상처가 나는 일이 많아서 미샤는 깔끔한 상태를 유지하느라 고생했다.

눈에 보이지 않을 정도로 작은 상처도 있으니 기본적으로는 보호를 위해 소독 작용을 해주는 크림을 바르란 지도도 받았다.

하지만 크림이기 때문에 바른 직후에는 미끈거려서 손가락으로 세심한 작업을 하는 게 힘들고, 자주 손을 씻으니 그때마다 크림을 다시 발라야 한다는 번거로움 때문에 진저리를 냈었다.

"그래. 환자의 상처나 입 안 같은 점막을 만질 때 아주 좋아. 마을을 나올 때 있는 걸 다 가져왔지."

"좋겠다. 나도 갖고 싶어."

자랑하는 말에 순순히 부러워하는 미샤의 반응에 넬은 껄껄 웃었다.

"마을에 오면 만들어달라고 부탁해놓으마. 아무튼. 지금은 거기서 얌전히 보고 있거라."

그렇게 말한 뒤 넬은 익숙한 손놀림으로 작업대에 눕혀놓은 캘러스의 배를 갈랐다.

"여태까지 해부한 녀석들은 다 어째서인지 눈에 이상이 생긴 놈이 없었지. 대신 피부밑에 많이 있었고, 더불어 표층 점액 속에 벌레가 있는 녀석도 있었어. 참고로 아클에게서는 보지 못한 현상이니까 이건 캘러스의 특징이라고도 할 수 있겠지."

개복한 부분을 벌리듯이 작업대 위에 고정하는 솜씨는 아주 익숙해서 설명하면서도 그 속도는 느려지지 않았다.

조금도 망설이지 않고 순식간에 내장이 드러났다.

"복부 쪽에는 위나 장 같은 소화기관이 있어. 캘러스의 생태를 조사한 바에 의하면 아마도 작은 물고기를 삼킬 때 주위에 있던 아클의 분변도 같이 삼켰거나, 물고기가 이미 아클의 분변을 먹어서 몸속에 알을 갖고 있었거나 둘 중 하나겠지. 어느 정도 몸속에서 숫자가 늘어나면 피부 점액으로 이동해서 알을 낳아. 거기서 다른 개체의 점막으로 이동해서 숙주의 수를 늘려나간 것 같다는 게 현시점의 추측이다."

"점액이라면 피부 표면?"

미샤는 작업대 위의 캘러스를 가만히 응시했다. 배가 위를 향하고 있어서 장소가 잘 보이진 않았지만, 미끈거리는 질감은 보였다.

그러나 거기에 벌레인 듯한 생물은 보이지 않는다.

뚫어지게 쳐다보는 미샤를 보고 웃은 넬이 설명해주었다.

"직경 1밀리미터도 안 되는 작은 알이야. 눈으로 분간하는 건 거의 불가능하지. 우연히 출산을 위해 표층에 나와 있던 벌레를 발견하지 않았다면 나도 눈치채지 못했을 거다."

넬이 계속해서 캘러스의 배 속을 비워나갔다.

위, 장, 간, 신장, 방광, 생식기. 심장⋯⋯.

"그리고 여기가 폐."

미샤가 교본을 통해 알고 있던 인간의 폐와는 다르게 조금 길쭉한 형태의 폐를 신중히 꺼낸 넬이 다른 내장과 조금 떨어진 장소에 내려놓았다.

"여기에 '홍안병'을 일으킨 기생충의 콜로니가 있구나."

"그래. 그럼 보자꾸나."

조금 긴장한 듯한 미샤가 지켜보는 가운데 연붉은색 폐에 칼날이 들어갔다.

미샤는 좌우로 벌어지는 폐를 응시했다.

스윽 갈라진 그곳에는 작은 발진 같은 게 여럿 있었다. 크기는 2~3밀리미터 정도? 그 하얀 발진을 본 미샤는 고개를 갸웃거렸다.

"이게?"

"그래. 저게 콜로니다. 갈라보자."

예상했던 것보다 더 작아서 당황하는 미샤에게 대답한 넬은 가장 작은 단검의 끄트머리로 발진을 살며시 찔렀다.

그리고 끄트머리로 만들어낸 틈새를 벌리듯 움직였다.

안에는 무언가 희끄무레하니 반투명하고 불룩불룩한 것으로 가득 채워져 있었다.

눈에 힘을 줘도 잘 보이지 않아서 미간을 구기자, 넬이 손바닥에 올려놓을 수 있는 크기의 대롱 같은 것을 건넸다.

"이건?"

"휴대용 현미경이다. 잘 보이지."

"현미경?"

낯선 단어에 당황하면서도 대롱을 받아서 살피자 양쪽 끝에 유리가 달려있었다.

"대롱 양쪽에 안경 렌즈가 달렸다고 생각하면 돼. 아무튼 봐 봐라. 이쪽을 눈에 대는 거야."

사용법을 몰라서 고개를 갸우뚱거리는 미샤에게 넬이 다시 대롱을 가져가서 쓰는 법을 보여주었다.

'렌즈 한쪽을 눈에 대고 반대쪽을 보고 싶은 것에 조준하는 거구나. 대롱 부분이 비틀려있는 건 뭔가 의미가 있는 걸까?'

"조절은 해놨으니까 지금 한 것처럼 들여다보면 돼."

현미경을 되돌려받은 미샤는 가르쳐준 대로 들여다보았다.

"어?!"

그리고 거기에 펼쳐진 세계에 놀라서 고개를 들었다.

그 상태로 콜로니를 봐도 역시 그냥 하얗고 불룩불룩한 덩어리로밖에 보이지 않는다.

하지만······.

미샤는 흥분해서 떨리는 손을 진정하기 위해 심호흡을 한 번 한 뒤 다시 현미경을 들여다보았다.

"······굉장해."

거기에는 맨눈으로는 볼 수 없는 세계가 펼쳐져 있었다.

하얀 덩어리로밖에 보이지 않았던 것은 작은 알이었다.

반투명하게 비치는 작은 알이 수없이 모여서 하얀 덩어리로 보였던 것이다.

게다가 거기에는 마찬가지로 반투명한 지렁이 같은 게 있었다.

잘 보니 그게 꿈틀꿈틀 움직이고 있다.

"······이게 기생충?"

손끝으로 잡기도 어려울 정도로 아주아주 작은 존재였다. 이렇게 작은 생물이 그런 무시무시한 병의 원인이라니 믿어지지 않았다.

"그래. 그게 시작의 벌레지."

멍하니 얼굴을 들고 확인하듯 넬을 올려다본 미샤에게 넬은 조용히 고개를 끄덕였다.

잘 관찰해보자 그건 확실히 생물이었다.

눈이나 입 같은 걸 확인할 수 있었고, 반투명하게 비치는 몸속에는 내장 같은 것도 보였다.

꾸물거리는 움직임에서는 명확한 의지가 느껴진다.

"······이게 시작의 벌레."

미샤의 뇌리에 병으로 괴로워하는 사람들의 얼굴이 떠올랐다.

숨도 쉬기 힘들 정도로 심한 기침과 고열에 시달리고, 피부에 뱀이 기어간 듯한 흔적이 생기고, 눈이 붉게 물든……

"잘 확인했지? 그럼 여기서부터가 진짜다."

말문이 막혀서 조용해진 미샤의 어깨를 넬이 툭 두드렸다.

"슬슬 준비된 모양이니까. 다음은 실제로 인간을 숙주로 삼은 벌레들을 보러 가자꾸나."

어느새 벽 앞에 있던 사람에게 뒤처리를 부탁한 넬은 아직 멍한 미샤의 등을 밀며 걸어갔다.

"진짜? 다음??"

척척 걸어가는 넬과 함께 미샤는 건물 밖으로 나왔다.

치료원 뒤를 걸어가다 넬이 향하는 곳에 뭐가 있는지 그제야 깨달은 미샤의 얼굴이 희미하게 굳었다.

거기는 작은 교회였다.

'홍안병'으로 죽은 사람들은 여기에 한 번 안치되고, 매장 준비가 끝나면 곧장 묘지로 간다.

자택으로 돌아가서 병의 원인을 퍼트릴 우려가 있기에 하는 조치로, 이건 귀족이든 평민이든 마찬가지였다.

'숲의 백성'이 원인을 해명할 때까지는 가족이라고 해도 마지막 얼굴을 보지 못하는 사람마저 있었다고 한다.

"미래를 위해 몸을 제공해주신 위대한 분이다. 제대로 공부하도록 하려무나."

교회의 어떤 방으로 데려가며 넬이 작게 중얼거렸다.

미샤는 이 나라에서 처음 라인을 만났을 때 들었던 말을 떠올렸다.

해부만 했다면 더 일찍 병의 원인을 알아차릴 수 있었을 것이라는, 그 말을.

'죽은 사람……?'

미샤의 뇌리에 한 여성의 얼굴이 떠올랐다.

초반에 실려 온 사람 중 한 명이었다.

늙은 어머니와 단둘이 살았다는 중년 여성.

달리 의지할 곳도 없이 둘이 서로를 의지하며 생활했다고 한다.

"요즘 어머니가 편찮다고 했었고, 그러고 보면 요 며칠 동안 딸도 모습을 보지 못했다는 게 생각나서 찾아가 봤거든."

발견자는 나라에서 '홍안병' 발병 환자가 나오지 않았냐는 공고가 돌았을 때 최근 보이지 않는 모녀가 생각난 이웃집 주민이었다고 한다.

이미 숨을 거둔 어머니 옆에서 몸을 기대듯 쓰러진 딸은 그 시점에서 이미 의식이 없었고, 전신에 구불구불한 흔적이 보였으며 눈은 새빨갛게 물들었다. 가까스로 숨은 쉬고 있으나 그게 고작인 상태였다.

치료원으로 이송되어 치료받았지만, 의식이 돌아오지 않았기에 미샤는 그 사람의 목소리를 들은 적이 없었다.

어떻게든 입술 틈새로 탕약을 먹이긴 했어도 삼킬 힘조차 거의 없어서 그저 지켜볼 수밖에 없었다.

그리고 어제 아침에 조용히 숨을 거두었다.

이제 고통 없는 세계로 떠난 거라며, 다 함께 울면서 마지막 준비를 하고 보내주었다.

"……한나 씨?"

살풍경한 방 안.

중앙에 놓인 작업대 위에 그 사람이 누워 있었다.

핏기가 없는 새하얀 얼굴은 신기하게도 평온해서 마치 잠든 것처럼 보이기도 했다.

그건 그날의 어머니를 떠올리게 했다.

"……한나 씨는 치료원에 이송된 뒤로 한 번도 의식이 돌아오지 않았어. 가족도 죽은 어머니뿐이고 다른 사람은 없다고 했고. 누가 해부에 동의한 거죠?"

미샤는 떨리는 목소리로 중얼거린 뒤 넬을 올려다보았다.

"……아무도 없으니까? 해부에 반대하는 사람이 아무도 없다고 멋대로 몸을 훼손해도 된다는 거야?!"

자기도 모르게 튀어나온 외침이었다.

병에 괴로워하다가 간신히 평온해졌다.

미샤에게 그 몸을 훼손하는 건 모독으로밖에 보이지 않았다.

병과 싸우는 사람으로서 틀린 말일지도 모른다는 건 알지만 항의하지 않을 수 없었다.

"그래. 하지만 그것만은 아니란다."

미샤의 외침에 넬은 조용한 목소리로 대답했다.

그 표정에는 미샤의 갑작스러운 외침에 놀라는 기색이 없었다.

미샤보다 몇 배는 더 긴 시간을 살아온 이 노인에게는 비슷한 비난을 들은 경험이 여러 번 있었고, 무엇보다 지금 미샤와 같은 자문자답을 몇 번이나 반복한 과거가 있었기 때문이다.

그리고 그 횟수만큼 극복했던 과거도…….

"아마 시기적으로 그 어머니가 첫 '홍안병' 희생자겠지. 이 나라에서는 지난 교훈에서 의문의 죽음을 맞은 사람은 나라에 신고하라고 포고해놓았어. 하지만 어머니를 '홍안병'으로 잃었을 때 딸은 무서운 나머지 숨기려고 했지."

돌로 만든 아무것도 없는 방에 그 목소리가 담담히 울렸다.

어딘가 엄숙하게마저 느껴지는 넬의 목소리에 미샤의 흥분했던 신경이 조금씩 침착해졌다.

"하지만 딸은…… 한나도 '홍안병'이 발병했지. 고통스럽지만, 그래도 한 번은 숨기려고 했다는 두려움으로 인해 이제 와서 밖으로 나가지 못했을 거다. 병의 고통. 나라의 포고를 무시했다는 공포. 그 속에서 한나는 필사적으로 참회했지."

넬은 상상했다.

어머니의 시신 옆에서 자신의 목숨이 갉아 먹히는 절망과 공포. 그건 얼마나 무시무시했을까?

넬은 한 장의 천을 미샤에게 내밀었다.

낡은 스카프였다. 색이 바랜 그 표면에 아마도 난로 재로 무언가를 써 놓았다. 잘 보자 그건 글자였다. 어설프고 떨리는 글씨로 '죄송합니다'가 몇 번이나 반복되고 있었다.

그리고 구원을 바라는 말이.

"……제발 이 병을 없애줘……."

읽어낸 문장에 미샤는 숨을 삼켰다.

평민 중에 글을 쓸 줄 아는 사람은 드물다.

어려운 말을 쓰지 못하는 걸 고려하면 그건 자신을 좀먹는 병을 치료해달라고 하는 뜻으로도 볼 수 있다. 하지만…….

"의식이 없을 텐데도 한나 씨의 손가락은 항상 기도하는 모양이었어. 몸을 씻을 때 손가락을 풀어서 닦아놓았는데도 어느새, 다시……."

미샤의 뺨을 타고 눈물이 흘렀다.

미샤는 한나의 뺨을 살며시 쓰다듬었다.

"차가워……."

이미 이 몸에 한나의 영혼은 없다.

하지만 여기 있는 몸은 확실히 한나라는 한 명의 여성이 여기에 살았던 증거였다.

눈꼬리에 난 주름은 자주 웃는 사람이었기 때문일 것이다. 야위었으면서도 단단히 붙은 팔근육은 매일 열심히 일했다는 증거다.

"……한나 씨, 제발 저에게 '홍안병'과 싸울 힌트를 가르쳐주세요."

미샤는 작게 중얼거린 후 눈을 감고 장송 기도를 바쳤다.

몇 달 전 어머니를 보냈을 때 바쳤던 기도.

그때 못지않게 마음을 담은 목소리는 이미 아무 말도 하지 않는 몸에 조용히 쏟아졌다.

'한나 씨의 목소리 들어 보고 싶었어.'

몇 번 병문안하러 온 이웃에게서 노래를 참 잘 부르는 사람이었다고 들었던 걸 떠올린 미샤는 입술을 꾹 깨물었다.

"자, 각오는 되었느냐? 미샤."

장송 기도의 마지막 구절에 이어지듯 넬이 물었다.

"네. 부디 절 이끌어주세요. 넬 할아버지, 한나 씨가 남겨준 소리 없는 말을 들려주세요."

귀중한 헌체 해부이기에 미샤 말고도 견학 희망자를 모집했다.

바쁘기도 하고, 역시 해부에 거부감이 강한 건지 참석한 사람은 코난을 포함한 몇 명뿐이었지만.

사실 이미 두 번 정도 해부를 했기 때문에 이들에게는 확인에 가까운 형태였다.

"폐의 콜로니 수가 많구나. 치료원에 이송될 때까지 오래 걸려서 그만큼 벌레가 증가한 거겠지."

이번에도 내내 견학만 한 미샤는 넬 옆에서 들여다보고 고개를 갸웃거렸다.

"캘러스에 있던 벌레와 비교하면 꽤 큰 느낌이네. 이쪽은 눈으로도 볼 수 있어."

조금 전에 본 캘러스 속 기생충도 알도 현미경을 쓰지 않으면 관찰할 수 없었는데, 하나 안에서 나온 건 훨씬 커서 핀셋으로 집을 수도 있었다.

"숙주가 크고 영양소도 풍부해서 거대화한 거겠지. 그로 인해 움직임도 한층 복잡해진 것으로 보고 있다. 캘러스는 벌레가 뇌까지 도달하지 않았으니까."

넬이 핀셋으로 벌레를 유리 접시에 옮기며 대답했다.

"그렇구나."

문득 접시 위에 놓인 벌레를 들여다본 미샤는 희미하게 시큼한 냄새를 맡았다. 그 냄새를 어딘가에서 맡은 적이 있는 느낌이 들어 미샤는 잠시 생각에 잠겼다.

"아, 메리 씨다."

무심코 중얼거린 미샤의 목소리는 뜻밖에 큰 소리로 나와 주변의 주목을 모으고 말았다.

"메리 씨? 처음 이송된 노인 말이야?"

"으……, 응. 맞아."

의아해하는 라인의 말에 미샤는 의도치 않게 주목받아 움츠러들면서도 작은 목소리로 대답했다.

"왜 여기서 그 이름이 나오는 거냐? 아직 살아있지 않던가?"

코난 역시 의아한 얼굴로 고개를 갸웃거렸다.

"뭔가 시큼한 냄새가 났는데 어디선가 맡은 적이 있는 것 같아서……. 기억을 더듬어봤더니 처음 메리 씨가 피를 토했을 때 피 냄새와 함께 비슷한 냄새가 났었어요. 이 벌레가 내는 냄새겠구나 하고……."

"시큼한 냄새? 그런 게 나나?"

넬이 접시에 코를 가져가 고개를 갸웃거렸다.

마찬가지로 호기심이 생긴 건지 라인까지 접시를 맡아봤지만 역시 애매한 얼굴이었다.

"듣고 보면 나는 것 같기도 하고? 하긴 미샤는 남들보다 후각이 좋았지."

다른 사람들도 명확하게 맡지는 못하는 건지 돌아가며 냄새를 확인하려고 시도했다가 고개를 갸우뚱거리기만 했다.

"그렇다고 뭐가 어떻다는 건 아니지만, 괜히 신경 쓰여서."

미샤도 왜 자꾸 신경 쓰이는 건지는 알 수 없었던 건지 웅얼거리며 대답하는 가운데 오직 한 명, 넬만이 골똘히 생각에 잠겼다.

"넬 영감님, 왜 그래?"

넬의 표정을 알아차린 라인이 말을 걸자 무언가 생각에 잠겼던 넬이 퍼뜩 정신을 차렸다는 듯 표정을 바꿨다.

"아니, 미샤의 말을 듣고 생각난 건데 현지인이 아클이 식용에 적합하지 않은 이유 중 하나로 고기에서 냄새가 난다고 했었거든. 어쩌면 이 벌레가 체내에 있어서 고기에 냄새가 나니까 다른 포식자에게 기피당하는 게 아니냔 생각이 들어서 말이야. 썩은 음식에서 시큼한 냄새가 나잖냐?"

"아, 아까 말했던 아클의 이득?"

조금 전에 이야기한 대화를 떠올린 미샤가 눈을 동그랗게 떴다.

"그것만이 이유라면 왜 몸속의 벌레를 구제한 아클이 오래 살지 못하게 되는 건지 설명할 수 없으니까 또 무언가가 있겠지만."

넬이 홀랑 태도를 바꿔버리자 미샤가 입술을 살짝 삐죽였다.

"식용에 부적절할 정도로 냄새가 난다기에는 환자에게서 티가 날 정도로 냄새가 안 나는 것도 문제지. 숙주의 몸이 커진 만큼 냄새가 스며들 정도로 많이 증식하지 않은 건지, 숙주가 바뀌어서 벌레도 다른 방향으로 변했는지……."

진지한 얼굴로 중얼거린 라인은 크게 한숨을 쉬고는 항복이라는 듯 고개를 저었다.

"아쉽지만 내 전문이 아니야. 고찰은 넬 영감님에게 맡길게. 그보다 다음으로 가도 돼?"

외과 전문인 라인은 해부를 위해 불러온 일손이었다. '숲의 백성'이라면 누구나 인체 해부 경험이 있지만, 라인은 자발적으로 전장을 돌아다녔던 과거로 인해 경험치가 특히 많았다.

실제로 지금도 라인이 주체가 되어 화려한 솜씨를 보여주고 있었다.

"그래. 다음은 머리를 열고 뇌의 상태를 봐 보자."

"오케이."

라인이 단검과 끌을 사용해 두개골의 일부를 깔끔하게 떼어냈다.

얼핏 뇌 표면에 손상이 없고 깨끗한 상태로 보였다.

하지만 두개골에서 뇌를 꺼내 몇 개의 부위로 나눠놓자 그 자리에 있는 전원이 경악하며 눈을 부릅떴다.

뇌 속의 몇몇 부분에 놀라울 정도로 많은 성충이 모여있었기 때문이다.

"이건……."

그 기이한 숫자에 말문이 막힌 의사들과 달리 '숲의 백성' 쪽은 심각한 얼굴로 그 장소를 바라보았다.

"이거 어디를 담당하는 장소인지 알아? 넬 영감님."

"……어디 보자, 아마도 호흡이나 신경 작용을 제어하는 장소였던가? 이쪽은 감정과 성격과 관련된 장소였던 것 같은데……. 아쉽게도 나도 이쪽 전문이 아니라서."

넬은 명백하게 다른 장소보다 더 많은 벌레가 모인 부위를 가리키며 대답했다.

하지만 심각한 얼굴로 서로를 노려본다고 해서 정답이 솟아나는 건 아니다.

"제대로 기록해서 가져가야겠네."

"그래야지."

한숨을 한 번 내쉬고 머리를 전환한 넬은 이번엔 다른 접시에 벌레를 모으기 시작했다.

"그건 왜 하는 거예요?"

뚜껑이 달린 유리 접시에 각 장소에 있던 벌레를 나눠서 모아놓는 넬을 바라보며 미샤는 의아해했다.

"같은 벌레라고 해도 다른 장소에 있다는 건 역할이 다를 가능성이 있으니까. 발견 장소로 나눠놓고 각각 자세히 조사해서 비교하는 거다. 예를 들어 폐에서 채집한 벌레에서 느껴진 냄새가 여기에서도 나느냐?"

작은 유리 접시를 들이밀자 미샤가 킁 냄새를 맡았다.

"아뇨. 여기선 안 나요."

고개를 젓자 넬은 득의양양하게 씩 웃었다.

"바로 그거야. 차이를 알면 이 기생충에 대해 더 잘 알 수 있단다. 병의 근원을 이해하는 건 대처법을 아는 것. 우리도 처음부터 뭐든 아는 게 아니야. 이렇게 착실한 노력을 거듭한 결과지."

종이에 냄새가 나지 않는다는 것도 겸사겸사 적어넣은 넬은 그 종이를 접시 뚜껑 위에 철썩 붙였다.

"여기에는 시약도 실험 도구도 갖춰지지 않았으니 썩 대단한 건 하지 못해. 나중에 약초를 가져오기로 한 남자가 각종 도구도 함께 가져올 거다. 그때까지는 샘플 수집에 힘쓰자꾸나."

"놀고 있던 게 아니었구나."

무심코 새어나간 미샤의 혼잣말에 넬은 눈썹을 확 구겼다.

"너까지 그런 소리를 하는 게냐? 에잉, 미란다 녀석에게 나쁜 물이 들었어."

투덜거리면서도 넬의 손은 멈추지 않았다.

"너도 돕지 못할까. 날이 저물어도 안 끝나겠다."

그 말과 함께 핀셋과 접시를 넘겨받은 미샤는 당황하면서도 벌레 채집을 도왔다.

옆에서는 라인이 사각사각 그림을 그리고 있었다. 곁눈질로 훔쳐 보자 막힘 없는 손으로 폐, 심장, 간, 뇌 같은 다양한 부위를 스케 치하는 중이었다. 마치 눈앞에 있는 걸 종이에 옮겨놓은 것처럼 정 확한 그림을 보고 미샤는 삼촌의 뜻밖의 재능을 하나 더 알았다.

마지막으로 내장을 원래 위치에 정중히 돌려놓고 봉합해서 원래 의 모습으로 다듬은 다음, 예쁜 자수가 놓인 하얀 옷을 입혔다. 자 신의 부적 주머니나 옷자락 무늬와 비슷한 자수에 미샤가 시선을 빼 앗긴 가운데 머리맡에 선 넬이 깊이 허리를 숙였다.

그리고 처음 듣는 언어로 노래했다.

독특한 음률에 고작 10초 정도밖에 안 되는 독창.

그게 끝나자 라인이 같은 구절을 겹치듯 노래했다. 이어서 한 명. 또 한 명.

그 자리에 있던 '숲의 백성' 전원의 목소리가 하나가 되고, 같은 구절을 몇 번 더 반복한 뒤 불쑥 노래가 끝났다.

침묵이 퍼진 그 순간 차르릉하는 시원한 소리가 울렸다.

어느새 꺼낸 건지.

넬은 여러 개의 금속판을 엮어놓은 끈을 끝에 매단 짧은 지팡이를 꺼내더니, 그걸 휘둘러서 차르릉 차르릉 맑은 소리를 냈다.

잠든 하나의 머리 위에서 소리가 울린다.

두 번, 세 번. 신기한 소리 뒤에 숨듯이 넬이 무언가를 읊고 나자 그 의식이 끝났다.

나중에 들은 바로 그건 '숲의 백성'에게 전해지는 특별한 장송가 였다.

질병 연구 협력자에게 감사를 전하고, 사후 세계에서 안녕하기를 기도하는 의미가 담겼다고 한다.

옷의 자수도 마찬가지로 죽은 사람을 지켜주는 의미가 있다고 한다.

물론 그때는 그런 의미가 있다는 건 몰랐지만, 미샤도 포함한 그 자리에 있는 전원이 엄숙한 분위기에 휩쓸려 노래가 낭랑히 이어지는 동안 그저 조용히 머리를 숙이고 있었다.

"아클은 한 번 삼킨 물고기를 새끼에게 먹일 때 알과 벌레도 같이 새끼에게 이동한다고 추정되지. 알을 낳을 때 이미 껍질에 붙어있기도 하고. 캘러스도 마찬가지로 산란할 때 퍼졌을 거다. 그리고 구애 행동으로 몸을 상대에게 비빈다고 하니까, 성체끼리는 그때 옮은 거겠지. 여기서 문제. 미샤야, 인간은 입에서 입으로 음식을 먹여주지 않지. '홍안병' 벌레는 어떻게 퍼지려고 했을까?"

마지막으로 넬이 던진 질문은 미샤의 마음에 오랫동안 남았다.

숲 변두리의
꼬마 마녀

Little witch
at the edge of the forest.

12 신약 개발

오늘치 약을 전부 투여한 뒤 휴게실에서 차를 마시던 미샤에게 넬이 불쑥 찾아왔다.

이번 치료의 중심인물인 넬은 '약 만드는 법은 가르쳐줬으니 여기서 내가 할 일은 더 없겠지'라며 거리로 나가 돌아다녔다.

본인 왈 '환경 조사'라고 하는데, 라인은 '공직자를 상대하는 게 귀찮은 것뿐이겠지'라며 부정했다.

본래의 현장 책임자가 자리를 비우는 바람에 현재 레드포드 쪽 책임자를 상대하는 역할을 떠안게 된 라인은 정신적 스트레스로 눈 밑이 살짝 거뭇해졌다.

그 얼굴을 보면 슬쩍 눈을 돌릴 수밖에 없는 미샤였다.

딱히 불가능한 난제를 떠안은 건 아니지만, 사교를 싫어하는 라인에게는 쉬지도 자지도 않고 계속 일하는 것보다 훨씬 고통스러운 모양이다.

"네 특기 분야잖냐."

며칠 만에 백기를 든 라인은 어떻게든 미란다에게 떠넘기려고 했는데, 레이어스 일로 '새치기'했던 게 거슬렸던 미란다는 절대 대신하려고 하지 않았다.

"연장자에게 맡길게. ……가끔은 관리일도 하면서 얼마나 힘든지 느껴보라고."

생긋 웃는 얼굴로 독설을 뱉고 고개를 돌려버리는 미란다에게 매달릴 여지는 없었다.

그런 자유인 넬이지만 변덕스럽게 미샤를 찾아와 시간을 보내고 떠나간다.

결코 작업을 방해하는 게 아니라 미샤가 쉬고 있을 때면 어디선가 나타난다.

마치 노린 듯한 타이밍에 분명 누군가가 알려주고 있는 거라고 미샤는 추측했지만, 물어볼 마음은 들지 않았다.

딱히 양심에 찔리는 일을 하는 것도 아니니 마치 감시당하고 있는 듯한 상황도 신경 쓰이지 않았다.

그보다 넬이 이야기해주는 어머니나 라인의 옛날이야기가 훨씬 중요했다.

파격적인 발상을 닥치는 대로 테스트하는 라인과 차근차근 축적하는 게 특기인 레이어스. 얼핏 정반대인 두 사람이 어릴 때부터 실패를 거듭하며 어른도 눈이 휘둥그레질 정도로 대단한 성과를 내는 이야기는 마치 동화를 듣는 것 같았다. 미샤가 봤을 땐 못 하는 게 하나도 없어 보였던 두 사람에게도 그런 식으로 연마하는 나날이 있었다.

'그러고 보면 엄마는 숲속 집에서도 다양한 실험을 했었지. 더 좋은 약을 만들기 위해 필요한 과정이라면서 조금씩 배합을 바꾼 약을 잔뜩 만들어선 어떤 게 가장 좋은지 찾았어……. 누구나 한 번에 성과를 손에 넣을 수 있는 게 아니야.'

게다가 '숲의 백성'의 장로인 만큼 넬은 박식했다. 약초 재배법 등에도 많은 조언을 들었는데, '그런 방법이 있었구나!' 하고 시야가 트이는 느낌을 몇 번이나 받았다.

골몰하기 쉬운 미샤에게 좋은 휴식이 되었기 때문에, 미샤와 교류할 때는 라인도 넬에게 일하라고 부르러 오지 않는다. 그래서 넬은 더욱 미샤와 시간을 보낸다는, 좋은 건지 나쁜 건지 알 수 없는 오묘한 상태가 되었다.

"넬 할아버지. 질문이 있는데요……."

그래서 미샤가 차를 마시며 조심스럽게 말문을 뗐을 때도 넬은 여느 때와 같은 질문 타임일 거라며 가벼운 마음으로 시선을 던졌다.

넬은 향상심이 있는 아이를 상대하는 걸 아주 좋아했다. 때로는 어른은 떠올리지도 못하는 착안점을 보여주기도 한다.

"'홍안병'은 기생충이 일으키는 병이잖아요. 처음에는 입으로 들어가서 체내에서 증식하고. 피를 따라 전신으로 퍼져서 최종적으로는 폐에 커다란 콜로니를 만드는 거고요."

"그렇지. 전신으로 뻗어있는 작은 혈관까지 벌레가 들어가서 붉은 줄 같은 흔적이나 흰자위가 붉게 변하는 현상이 일어나는 거고. ……뭐냐, 복습이냐?"

갑자기 '홍안병' 이야기를 시작한 미샤를 보며 넬은 의아한 듯 눈썹을 찡그렸다.

"네. 복습이에요. 그러니까 말기 환자의 벌레를 퇴치하려면 전신으로 퍼진 벌레를 구제하면서 동시에 그 콜로니를 때려 부수는 게 중요할 텐데, 폐에 듣는 약은 효능이 영 애매하다고 보거든요."

진지한 표정으로 말을 이어가는 미샤의 반짝반짝 빛나는 눈동자에서 무언가를 느낀 넬은 자세를 바로잡았다.

"그래. 전에 보여준 것처럼 폐에 있는 콜로니는 특수한 벽을 만들어서 알을 지키니까 지금 쓰는 약으로는 거의 효과가 없어. 그 결과 여러 번 투여해서 성충 수를 줄일 수밖에 없다는 게 현재 상황이지. 그런데? 무언가 떠올렸느냐?"

"전에 아는 사람이, 난로에 발라놓은 독약의 연기를 흡입해서 건강이 악화했었거든요. 마찬가지로 연기나 증기를 흡입해서 폐에 직접 약 성분을 전달할 수는 없을까요?"

미샤의 말에 넬은 작게 숨을 삼켰다.

경구로 약을 먹으면 아무래도 폐에 도착할 무렵에는 다른 곳에 흡수되어서 약효가 약해진다.

하지만 미샤가 제안한 방법이라면, 잘하면 효과가 확 달라질 것이다.

"한데 그러려면 약의 성분을 바꿔야만 하겠구나. 연구에 돌릴 여분은 있고?"

"……아직 미란다 씨에게는 말하지 않아서 모르겠어요. 하지만 폐의 콜로니를 없애서 알일 때 퇴치할 수 있다면 병의 종식이 많이 빨라질 거예요. 거기를 직접 공격할 방법이 있다면 시도할 가치는 있다고 봐요. 언제 도착할지 알 수 없는 약을 기다리기만 하는 건 안 된다고 생각해요. 도착했을 때 더 좋은 방법이 만들어져 있다면 바로 처방할 수 있잖아요."

주저 없이 곧은 눈동자에 넬은 피식 웃음을 흘렸다.

절망과 무력감에 짓눌려있던 게 고작 며칠 전이다. 하지만 눈앞의 소녀는 이미 제대로 앞을 보면서 더 높은 곳으로 가려고 발버둥치고 있다.

며칠 전에는 볼 수 없었던 눈 밑의 거뭇한 흔적은 미샤가 자는 시간도 아껴가며 문헌을 뒤졌다는 증거다.

넬은 찻잔을 비운 뒤 천천히 일어났다.

"거기까지 자신만만하게 말하는 걸 보면 약 개량도 생각해둔 게 있는 거지? 어디, 가 보자꾸나!"

"네!"

불쑥 걸어가는 넬의 뒤를 미샤가 허둥지둥 쫓아갔다.

그 후 넬과 함께 미란다를 찾아간 미샤는 자신의 발상을 이야기하고 새 배합을 연구하고 싶다고 주장했다.

그렇지 않아도 재고가 적은 약초를 연구에 돌린다는 말에 미란다는 난색을 표했지만, 넬이 설득을 도와주었다.

슬슬 추가 약이 도착할 전망이 보이고 그 타이밍에 지금보다 효과가 좋은 신약을 개발하는 건 미래를 생각했을 때 유익하다고 그럴싸하게 설명한 것이다.

결국 넬의 힘도 빌려서 미샤는 일부 약초를 연구에 융통할 수 있게 되었다.

하지만 정말 최소한의 양이니 절대 낭비할 수 없었다.

소량이라고 해도 그만큼 있으면 하루라도 오래 연명할 수 있는 사람이 있을지도 모른다.

미샤는 깊이 머리를 숙인 후 마치 보석이라도 되는 양 조심스레 약초를 받았다.

손바닥 위의 무게는 무엇과도 바꿀 수 없는 생명의 무게이자, 그걸 맡았다는 책임을 생각하면 다리가 떨릴 것 같았다.

미샤는 자신이 아니라 약초에 더 해박하고 의료 지식이 풍부한 어른에게 맡기는 게 좋을지도 모른다고 넬에게 호소했다.

하지만 넬은 고개를 저었다.

"발상을 떠올린 사람이 주축이 되어 연구하는 게 좋은 결과를 얻을 수 있는 법이지. 괜찮아. 막혔을 때는 상담해줄 테니까 걱정하지 말고 자유롭게 해보거라."

태평한 어조로 등을 떠밀자 미샤는 당혹스러워하면서도 그 임무를 받았다.

미샤는 무리해서 얻은 약초를 기반으로 새 조제법을 찾아내는 연구에 들어갔다.

공기 중에 약 성분을 얼마나 포함할 수 있는가. 게다가 그게 원하는 수준의 효과를 내기 위해 더 좋은 배합과 흡수법은 어떤 것인가.

미샤는 그동안 없었던 것을 새로 만들어내는 게 이렇게 힘든 일이라는 걸 처음 알았다.

지금까지 자신이 해 왔던, 병증에 맞춰서 약을 처방하는 행위는 어머니에게 배운 지식을 이용한 것뿐임을 깨닫고 입술을 깨물었다.

그렇다고 해서 한번 시작한 걸 이제 와서 그만둘 마음도 없었다.

이미 사용해버린 약초. 그건 누군가의 목숨을 붙여놓는 소중한 것이었다.

여기서 포기하면 정말로 낭비한 셈이 된다.

'내 어리석음이나 무력함을 곱씹는 건 나중에 해도 돼. 지금은 눈앞에 있는 문제가 먼저야.'

그래도 지금의 미샤에게 목표가 있다는 건 구원이었다.

머릿속이 그것으로 가득 차 있는 동안은 괜한 생각을 할 여유가 없기 때문이다.

의문이 생기면 최대한 자료를 뒤지고, 그래도 알 수 없다면 넬이나 라인을 붙잡아서 배웠다.

그 과정에서 미샤는 자신에겐 경험 말고도 기초가 되는 지식이 압도적으로 부족하다는 걸 통감했다.

넬은 한눈에 봐도 피로가 쌓인 얼굴로, 그래도 눈만큼은 힘을 잃지 않고선 의문을 들고 자신에게 들이미는 미샤를 재미있는 걸 본다는 눈으로 관찰하고 있었다.

도착하고 싶은 목적지는 보이는데 거기로 가는 길을 알 수 없어서 버둥거리고 있다.

그런데도 거의 직감만으로 차근차근 답에 다가가는 모습은 경탄할 지경이었다.

아니, 다음에는 어떤 아이디어를 떠올릴지 보고 있으면 가슴이 마구 뛰었다.

그렇기에 결정적인 답으로 이어지는 말은 절대 주지 않고 관찰하고 있었다.

'미란다나 라인이 알면 심보가 고약하다고 화낼 테지만…….'

사람의 목숨이 달린 상황에 확실히 심보가 고약하단 소릴 들을 법한 짓을 한다는 자각은 있었다.

하지만 결정적으로 약초가 모자란 지금은 설령 미샤가 원하는 조제법을 찾는다고 해도 현실적으로 처방할 수가 없다.

'뭐, 약초가 도착할 때까지 여유 부리는 것쯤은 용서해주겠지.'

기간 한정의 유흥.

그렇게 선을 그어 놓고 미샤를 바라보는 넬의 눈동자는 기쁨의 그늘 뒤에 차가운 빛을 머금고 있었다.

그것은 일족을 수호하기 위해 선별하는 자의 눈동자.

만약 미샤가 일족에게 도움이 안 된다고 판단하면 넬은 가차 없이 잘라낼 것이다.

'숲의 백성'은 일족의 결속을 무엇보다도 중시한다.

그런 의미에선 지금까지 **밖**에서 자란 미샤는 아직 일족의 인간이 아니다.

이 자리에 굳이 장로인 넬이 나타난 건, 절대 미지의 병인 '홍안병'에 대한 호기심만이 아니었다.

'어디, 꼬마 아가씨는 답에 도착할 수 있을까?'

"안 돼. 이러면 거의 효과가 없을 거야."

미샤는 떠오르는 모든 조제법을 휘갈긴 종이를 마구 구겨버린 뒤 책상 위로 상반신을 쓰러트렸다.

자는 시간도 아껴가며 자료를 뒤지고 고민을 거듭한 머리는 완전히 과로로 몽롱한 상태였다.

자신이 한심해서 맺히는 눈물을 닦을 기력조차 지금의 미샤에겐 남아있지 않았다.

처음 떠올린 계기가 된 독은 본래 특수한 광석으로, 일정 온도 이상의 열을 가하면 고체에서 액체, 그리고 기체로 변한다.

그걸 마시는 사이에 자기도 모르게 몸속에 독이 쌓이게 되고, 이윽고 죽음에 이른다. 원래는 다른 광석을 채굴하는 광산에서 부산물 같은 느낌으로 발견된 것이었다.

바위를 폭파해서 부술 때 생긴 열에 녹은 독을 자기도 모르는 사이에 마셨던 광부들이 원인 불명의 사망을 맞았다.

광부들만 앓는 수수께끼의 병으로 연구한 결과 발견되었다.

놀랍게도 젊은 시절 넬이 관여했던 사건이라고 한다. 추억이라는 듯 자세한 이야기를 들려주었을 때는 놀라서 눈이 휘둥그레졌다.

후우 한숨을 쉰 미샤는 눈을 꾹 감았다.

'뭐가 문제지.'

폐에 약을 보내고 싶으니까 그 광석의 독처럼 약을 흡입하게 하면 된다고 생각했다.

하지만 도무지 약 성분을 공기에 잘 실을 수가 없었다.

처음엔 단순히 약을 우려내서 김을 맡게 하는 방법을 시도했지만, 우리고 난 물이 훨씬 더 효과가 있었다.

약초 끓인 물이 아까우니까 설탕을 섞어서 먹였더니 효과도 있었고 먹기도 편하다며 쓴맛을 싫어하는 아이들이 환영했다.

그다음은 약초 배합을 바꿔서 기화하기 쉬운 조제법을 찾고 있는데 잘 풀리지 않았다.

가장 효과가 좋은 것도 기껏해야 그냥 먹을 때의 절반 정도.

이래서는 굳이 새 방법을 시도할 가치가 없다.

게다가 실험에 쓸 수 있는 약초의 양이 한정적인 이상 효과가 있을 법한 배합을 우선 책상 앞에서 음미한 뒤 소량으로 실험한다는 방법을 택했기 때문에 더욱 지지부진했다.

'이런 걸 하고 있을 바에야 환자의 땀을 한 번이라도 더 닦아주는 게 도움이 되지 않을까?'

미샤의 마음에 나약한 생각이 스쳤다.

넬이 추가 약을 수배한 지 이미 상당한 시간이 지났다.

아무래도 북방 국가의 정세가 수상해서 운송에 시간이 걸리는 모양이지만, 슬슬 추가분이 와도 이상하지 않을 것이다.

"……아~~~~~~, 진짜!!"

미샤는 불쑥 크게 소리친 뒤 책상 위로 팔을 휘둘렀다.

그 기세가 너무 셌던 나머지 난잡하게 쌓여있던 책과 자료 다발이 허공을 날며 책상 아래로 와르르 쏟아졌다.

그 결과 온갖 곳에 쌓이고 숨어있던 대량의 먼지가 확 치솟았다.

아무리 조급한 상태라도 조제실은 청결을 유지하지만, 여기는 미샤가 개인적으로 자료실로 사용하는 방이라 청소하려고 자료를 움직였다가 중요한 게 어디에 있는지 알 수 없어지면 곤란하다는 이유로 다른 사람이 들어오는 걸 거부했다.

그렇다면 직접 청소하면 되지만 지금 미샤에게는 그런 여유가 없었다. 빗자루를 들 시간에 자료를 읽고 싶다며 못 본 척하고 있었다.

그래서 먼지가 정말 많이 쌓였다.

덤으로 발작적으로 큰 소리를 낸 미샤는 숨을 뱉은 만큼 들이마실 필요가 있었고, 결과적으로 성대히 피어오른 먼지구름을 들이마시게 되었다.

"콜록! 콜록!"

미세한 먼지가 목구멍 속까지 들어간 건지 반사적으로 터진 기침에 미샤는 눈꼬리에 눈물을 매달고 심하게 콜록거렸다.

생각도 제대로 돌아가지 않는 그 상태에서 미샤의 뇌리에 무언가가 스쳤다.

'어? 잠깐?! 기침…… 왜? ……먼지에 기침이…… 먼지?'

"미샤, 무슨 일이야?!"

옆에 있는 조제실에서 약을 만들던 미란다는 갑작스러운 외침과 그 직후에 이어진 소음에 놀라서 미샤가 틀어박힌 방으로 달려왔다가 눈이 휘둥그레졌다.

난잡하게 어지러운 방 안에서 유일하게 깨끗한 책상에 매달린 미샤가 성대히 콜록거리고 있었다.

마지막으로 봤을 때는 책상 위에 펼쳐놓았던 책이며 자료 다발이 바닥에 흩어져 있고, 먼지가 뭉게뭉게 피어오르는 상황에 미란다는 여기서 무슨 일이 일어났는지 정확하게 알아차렸다.

'한참 막혀있었으니까.'

식사도 수면도 제대로 하지 않고선 귀신에 홀린 듯 몰두한 미샤를 지켜봤던 만큼, 연구가 잘 풀리지 않아 히스테리를 일으켰다는 걸 쉽게 상상할 수 있었다.

'그러고 보면 레이어스도 옛날에 비슷한 일이 있었던가.'

이런 상황에도 어딘가 그리움에 마음이 따뜻해지는 걸 느끼며 미란다는 한숨을 한 번 내쉬었다.

"괜찮아?"

미란다는 손수건으로 입을 막고 먼지가 뭉게뭉게 떠도는 실내로 들어가 우선 닫혀있던 창문을 열었다.

습기를 잔뜩 품은 미지근한 바람이 먼지가 가득 낀 공기를 날려보냈다.

그 후 어떻게든 기침이 잦아든 미샤에게 걸어가 등을 살며시 쓰다듬었다.

'많이 말랐어……. 뭔가 영양가가 있는 걸 억지로라도 먹여야

겠네.'

소녀다운 부드러움이 사라진 그 감촉에 미란다가 내심 결의하고 있을 때, 간신히 기침이 멎은 미샤가 몸을 벌떡 일으키고는 미란다의 팔에 매달렸다.

"미…… 란…… 다…… 씨……. 부탁…… 이…….."

조금 전까지 기침하는 바람에 아직 불안정한 호흡으로 필사적으로 무언가를 말하려는 미샤의 기세에 눌린 듯 한 걸음 뒷걸음질 치면서도 미란다는 어떻게든 버텼다.

"알았으니까 좀 진정해. 뭐라고 하는지 모르겠어."

어깨를 토닥토닥 두드리며 진정하도록 달래자 미샤는 호흡을 정돈하기 위해 몇 번 크게 심호흡을 반복했다.

조금 미지근하지만 퀴퀴하진 않은 신선한 공기가 폐 속을 채웠다.

"새 방법이 떠올랐어! 실험하게 해주세요!!"

아직 조금 눈물이 고인 눈으로 미란다를 똑바로 올려다본 미샤가 크게 외쳤다.

"약 성분을 공기 속에 잘 섞을 수 없다면, 그냥 그대로 흡입하면 되는 거예요."

미샤의 말에 한발 늦게 모인 넬과 라인 등 다른 사람들의 눈이 휘둥그레졌다.

"물론 지금 그대로는 안 되고요. 불순물을 제거하고 최대한 가늘게. 가능하면 밀가루보다 작게 만드는 게 이상적이에요. 흡입법도 생각해야 하지만……. 가느다란 대롱 같은 것에 담아서 최대한 한 번에 들이킬 수 있도록 하면 어떨까 하는데. ……뭐 이건 적당한 약초로 실험해볼게요."

미샤는 모여있는 면면을 곧은 시선으로 둘러보며 단언했다.

"또 해괴한 소릴 하는구나. 어쩌다가 떠올린 거냐?"

황당하다는 넬에게서 미샤가 시선을 슥 돌렸다.

계기는 먼지를 마셔서 기침할 때였다.

기침은 기관지에 들어간 이물질을 배출하기 위해 발생한다.

먼지를 마셔서 콜록거린다는 건 먼지가 기도로 들어갔다는 뜻이고, 즉 미세한 가루라면 호흡과 함께 들이마실 수 있다는 소리다.

그러고 보면 옛날에 빵을 만들려고 했다가 밀가루를 엎어서 마찬가지로 콜록거린 적이 있었다.

그렇다면 약초도 가늘게 빻으면 들이마실 수 있지 않을까?

"흡입했을 때 기침이 나오지 않는 방법을 찾을 필요는 있겠지만, 의외로 효과가 있을 것 같네요."

미샤가 계기를 얻었을 현장을 봤던 미란다는 미샤가 말하고 싶지 않아 하는 마음을 대충 눈치채고 쓴웃음을 지으며 화제를 돌리는 걸 도와주었다.

예민한 시기의 소녀가 방의 먼지가 흩날리는 환경에 있었다고 말하고 싶지 않은 것도 당연하다.

"……그래. 모르는 사이에 분진을 계속 들이마셔서 폐병을 앓기도 하지. 소량이라면 기침하지 않고 약제를 흡입할 방법도 있을 거다."

넬이 생각에 잠기듯 눈꺼풀을 반 내리고 중얼거린 그때 방문을 거칠게 노크하는 소리가 들렸다.

"뭐야. 급하게."

라인이 눈썹을 찌푸리면서 문을 열자 위병이 서 있었다.

"넬 님께 새가 급보를 가져왔습니다."

위병이 건넨 작은 편지통이 라인에게서 넬에게로 넘어갔다.

찢어지지 않도록 얇은 종이를 천천히 펼친 넬이 미간을 살짝 찌푸렸다.

"뭔데? 넬 영감님. 나쁜 소식이야?"

넬은 표정이 딱딱해진 라인에게 다시 종이를 건넸다.

그러면서 마찬가지로 불안한 표정을 짓고 이쪽을 바라보는 일동을 스윽 둘러보았다.

"약 운송을 맡긴 사람이 보낸 연락이다. 아무래도 거쳐오던 나라에서 전쟁이 일어나 육로를 쓸 수 없게 되었으니 트랜스에서 뱃길로 향하겠다는구나."

"……그 말은."

그 순간 다들 얼굴이 확 구겨졌다. 혼자 이해하지 못한 미샤는 고개를 갸웃거렸다.

"배로 오면 안 되는 건가요?"

레드포드로 오는 길에 탔던 배를 떠올린 미샤는 의아한 얼굴이었다.

육로로 산길을 가는 것보다 빨랐고, 상당히 쾌적했다.

"그 해역은 지금 시기엔 여름 폭풍이 많이 일어나거든. 특히 장거리를 가는 배는 대형 선박이 많아서 육지에서 멀리 떨어진 곳에서 항해하지. 그러면 폭풍을 만났을 때 항구로 도망치는 게 어려워지니까 난파할 위험이 커져."

바다에 대해 잘 모르는 미샤도 이해할 수 있도록 미란다가 구구절절 설명해주었다.

"상선 숫자도 없는 건 아니지만 상당히 줄었을 거야. 짐을 실어줄 배를 용케 찾았네."

마지막엔 미샤에게 하는 말이라기보다는 혼잣말에 가까운 의문이었다.

그런 미란다의 말에 넬이 어깨를 으쓱했다.

"자세히 쓸 여유는 없었던 것 같지만, 아무래도 화물선이 아니라 우연히 원양어업으로 나왔다가 들렀던 배가 태워주기로 했다는 모양이다. 항구에서 난처해하고 있었더니 우연히 만난 소년이 중재해주었다는구나."

"소년? 원양어업이라니, 어선이 짐을 날라주는 거예요?"

다들 고개를 갸웃거리는 와중에 라인이 미묘한 얼굴로 미샤를 바라보았다.

"뭔가 '숲의 백성'에게 빚진 게 있다는 모양인데? 미샤, 너 이번엔 뭘 한 거냐?"

"빚? 어선? 소년??"

문득 미샤의 뇌리에 아름답게 춤추는 소녀의 모습이 스쳤다.

'부모님이 어부라고 했던 것 같긴 한데………. 하지만 소년이라고?'

"아무튼 어선이라면 속도도 빠르니까 잘하면 4~5일에 도착할 테고 수수께끼도 풀리겠지. 그보다 미샤, 네가 할 일은 그때까지 약을 개량하는 것 아니냐?"

넬의 말에 미샤는 퍼뜩 정신을 차렸다.

"그때까지 네가 생각하는 방식을 정립해보거라."

히죽 웃는 넬을 향해 미샤는 고개를 끄덕였다.

13 약을 가져온 사람

그날.

미샤는 입항하는 배를 기다리며 항구에 서 있었다. 예정했던 것보다 빠른 사흘 뒤였다.

간절히 기다리던 약초를 실은 배가 항구에 도착한다는 소식과 함께 새가 날아온 덕분이다.

이번에야말로 전면적으로 협력해준 넬과 공동 연구를 거듭한 결과 약 개량이 어느 정도 잡힌 걸 노렸다는 듯한 타이밍이었다.

오랜만에 잠시 눈을 붙였다가 일어난 미샤를 기다리던 미란다가 떠밀듯이 마차에 태웠다.

마차가 덜컹덜컹 흔들리는 단조로운 진동에 재촉이라도 받듯 꾸벅꾸벅 졸며 항구에 토착한 미샤는 이 나라에 온 뒤로 처음 맡는 바닷바람에 눈을 좁혔다. 숨기지 않고 드러낸 백금빛 머리카락이 바람에 휘날렸다.

조금 습기를 머금은 바람을 맞고 멍하던 머리가 개운해졌다.

'어느 배일까?'

미샤가 가면 상대가 알아서 발견해줄 것이라는, 깃발 같은 임무를 받은 미샤는 달리 할 일도 없어서 하다못해 눈에 띄는 장소에 서 있었다.

"미샤 누나! 오랜만이야!"

갑자기 옆에서 폴짝 달려들어 끌어안는 바람에 미샤는 비틀거리면서도 가까스로 버텼다.

그쪽을 돌아보았다가 낯익은 미소를 발견하고 눈을 부릅떴다.

"켄트?! 왜 네가 여기 있는 거야? 할머니는?"

놀라서 외치는 미샤에게 켄트는 장난이 성공했다는 얼굴로 웃었다.

"할머니는 마을에서 잘 지내고 있어. 나는 상인 수행으로 캐러밴에 들어가서 여기저기 돌아다니는 중이었어. 그래서 북쪽 끝에 있었는데."

못 보던 몇 달 사이에 훌쩍 자란 것처럼 느껴지는 소년은 그렇게 말하고는 조금 탄탄해진 가슴을 폈다.

"누나가 갖고 싶어 하던 약초 가져왔다?"

미샤가 떠난 뒤 켄트도 한 번은 할머니와 함께 레이란 마을로 이사했다.

하지만 직물 산업 발달로 생활에 여유가 생겼다고 해도 기본적으로는 자극이 별로 없는 산속의 작은 마을이다.

태어났을 때부터 번화한 곳에서 살았고 조금 머리가 굵어진 뒤로는 살기 위해 좋게도 나쁘게도 매일 자극이 풍부한 생활을 했던 켄트는 금방 질려버렸다.

학교에 다녀봐도 똑똑한 할머니가 매일 글과 계산, 나아가 경리 기술까지 가르쳐준 켄트에게는 완전히 어린아이들의 소꿉장난 수준이라 이제 와서 배울 게 없었다.

할머니도 마을에 적응해서 건강이 회복된 것도 있기에 마을에 있을 필요성도 찾지 못하게 된 켄트는 마침 옷감 납품과 행상을 위해 나가는 일행에 참가하기로 하고 약 보름 만에 마을을 뛰쳐나왔다.

할머니는 촐싹거린다면서 기가 막힌다는 반응이었지만, 호기심이 강한 건 상인에게는 좋은 일이라며 등을 밀어주었다.

견습이 되어 동료와 함께 마차를 타고 가는 곳곳에서 상품을 매입하거나 판매하는 나날은 변화가 빠르고 배울 것도 많았다.

본래 눈썰미가 좋고 배짱이 두둑한 켄트는 행상에 적성이 맞은 건지 금방 적응했다.

처음에는 당황했던 야영 준비도 바로 익혔고, 지금은 혼자 모든 설치를 마치고 식사 준비까지 맡게 되었다.

산을 넘고 바다를 건너 국경까지 넘어가자 어느새 고향과 많이 멀어졌다.

가끔 향수에 젖을 때도 있지만 대체로 즐겁게 지냈다.

다만 슬슬 주변 정세가 위험해지기도 했으니 고향으로 돌아가자는 이야기가 나오기 시작했을 때, 켄트는 반가운 색을 발견했다.

'어린아이를 데려갈 수 없는 회담'이 있다며 자유시간을 받은 켄트가 홀로 항구를 어슬렁거리고 있을 때였다.

이 나라에서 가장 큰 항구는 다양한 나라의 배가 모여서 오가는 사람을 구경하기만 해도 즐거웠다.

낯선 이국의 말을 언젠가 배우고 싶다고 생각하며 적당히 흘려들으면서 걷던 도중, 문득 무언가가 시야에 파고들어 와 발을 멈췄다.

상선의 선주인 듯한 남자와 교섭하는, 아마도 남자.

선이 가는 몸은 망토를 푹 뒤집어써서 인상이 불분명하다.

상인은 신용과 예의를 중시한다. 교섭할 때 얼굴을 가리려고 하는 상대는 논외다.

그런 상대와 진지하게 교섭할 마음이 없다는 게 선주의 태도에서 확연히 보였다. 남자는 의욕 없는 선주에게 필사적으로 매달리는 모양이었지만, 솔직히 헛수고일 것이다.

하지만 무언가에 홀린 듯 켄트의 발은 그 두 사람에게 향했다.

후드 끝에서 살짝 흘러내린 머리카락이 소중한 친구와 같은 색이었기 때문이다.

자기를 소매치기하려고 했던, 부랑아가 되기 일보 직전인 소년의 이야기를 성실하게 듣고 문제를 해결해준 사람 좋은 약사 소녀.

켄트는 어린 나이에도 평생에 걸쳐 갚아도 다 갚을 수 없을 정도의 커다란 은혜를 느꼈다.

남자는 얼굴이 보이지 않을 만큼 후드를 깊게 눌러 썼지만, 어린아이의 작은 키 덕분에 아래쪽에서 들여다볼 수 있었다.

그 속에서 보인 녹색에 켄트의 마음이 떨렸다.

달리 존재하지 않는다는, 백금발과 녹색 눈동자의 조합.

환상이라고까지 불리는 일족을 이렇게 금방 또 만날 수 있을 줄은 몰랐다.

"형, 무슨 문제 있어?"

켄트는 남자의 손을 꾹 잡아당겼다.

갑자기 사이에 끼어든 소년의 존재에 두 어른은 순간적으로 긴장했다.

하지만 상대방이 해맑게 웃는 소년이라는 걸 확인하더니 바로 그 긴장을 풀었다.

"아무튼 형씨. 우리는 이미 받기로 한 짐으로 배가 꽉 찼어. 다른 곳을 찾아봐!"

자신에게서 시선이 떨어진 게 틈을 노린 듯 선주가 한 손을 살짝 들어 인사하고는 도망쳤다.

"앗……."

순간 그 뒤를 쫓아가려고 했던 남자는 포기한 듯 어깨를 축 떨궜다.

"형, 배편을 찾는 거야? 어디까지 가려고?"

켄트는 다시 남자의 손을 잡아당겨 자신을 쳐다보게 했다.

남자가 조금 난처한 듯 웃었다.

"레드포드 왕국까지 가야 해. 육로는 위험해 보여서 해로를 찾고 있는데, 이 시기는 어렵구나."

소소한 푸념처럼 흘러나온 말에 켄트의 미간이 확 구겨졌다.

이 시기의 바다는 폭풍이 잘 분다.

근처 항구라면 모를까, 레드포드 왕국까지 직행하는 건 어려울 것이다.

"조금씩 끊어서 가면 안 돼?"

조금 전까지 보이던 해맑은 미소가 사라지고 마치 어엿한 상인 같은 얼굴로 물어보는 켄트에게서 무언가를 느낀 건지, 남자는 어린아이를 상대하는 듯한 미소를 거뒀다.

"약을 기다리는 사람들이 있어. 아주 급해."

진지한 눈동자에 켄트는 잠시 생각에 잠겼다.

《레드포드 왕국》에 간다고 했던 미샤.

거기로 가야 하는 급한 약과 '숲의 백성' 청년.

이 둘을 연관 지어 생각하는 건 성급한 판단일까?

'하지만 누나는 사람이 좋으니까 분명 관련이 있을 거야…….'

켄트는 숨을 한 번 후우 내쉰 뒤 남자의 손을 잡아당겼다.

"우리 아저씨는 큰 캐러밴의 수장이야. 배편을 찾을 수 있을지는 모르겠지만, 소개해줄게."

갑작스러운 제안에 청년의 눈이 커졌다.

"왜?"

당연한 의문이었다. 켄트는 미샤보다 조금 연하지만 고운 녹색을 바라보며 싱긋 웃었다.

"전에 형이랑 같은 머리 색과 눈 색을 지닌 사람에게 도움을 받았거든. 그때의 보답. 상인은 의리가 있잖아?"

그렇게 시작한 레드포드행 선박 찾기는 대강 예상했던 대로 난항이었다.

이 시기의 바다는 정말로 예상하기 힘들어서, 섣불리 출항했다가 폭풍에 휘말려 난파할 위험이 크다.

따라서 여름 폭풍 시기인 두 달가량은 배의 수가 급감한다. 폭풍으로 배를 잃을 위험과 두 달 정도 장거리 항로를 취소하는 손해를 비교하면 후자가 가볍다. 폭풍이 치는 바다에서 난파하면 목숨까지 잃을 가능성이 크기 때문이다.

그런 가운데 출항이 정해진 배는 대부분 사정이 있어서 짐 예약이 꽉 차 있었다.

억지로 실을 수 없는 건 아니지만, 막상 폭풍을 만났을 때 배의 무게를 줄이려고 가장 먼저 배에 던져버린다고 하니 주저할 수밖에 없다.

확실하게 운반할 수 없다면 서둘러봤자 의미가 없기 때문이다.

어렵다는 건 알고 있어도 여기저기에서 거절당하고 나자 풀이 확

죽을 만도 했다.

원래 몸담았던 캐러밴은 그들대로 해야 하는 장사가 있어서 헤어진 켄트는 갈 곳 없는 속상함을 담아 항구에 정박한 배를 노려보았다.

"……이렇게 배가 많은데. 미샤 누나가 약을 기다리는데……."

자기도 모르는 사이에 입 밖으로 나간 말에, 옆에 있던 손이 켄트의 머리를 툭 쓰다듬었다.

"어쩔 수 없죠. 일이 잘 풀리지 않는 건 종종 있으니까요."

고개를 들자 후드 그늘 밑에서 녹색 눈동자가 위로하듯 바라보고 있었다.

그날 배를 찾던 '숲의 백성' 청년이었다.

토마라고 이름을 밝힌 청년은 말수가 적고 조용한 사람으로, 본인 입으로도 교섭을 잘 못한다고 자백했다.

평소엔 고향에서 잘 나오지 않지만, 장로의 부탁으로 고향 근처에 있는 약초 자생지에 가서 약초를 모아 레드포드로 가져가는 중이었다.

제 입으로 교섭을 못 한다고 하더니 여기까지 올 때도 제법 고난의 연속이었다고 한다.

이야기를 듣고 어린 켄트가 봐도 명백하게 부탁할 사람을 잘못 골랐다는 생각이 들었을 정도였다.

그래도 교섭을 못 한다지만 남에게 다 맡기는 건 미안하다면서 교섭 자리로 향하는 켄트를 따라오는 모습에 호감을 느꼈다.

"하지만 잘은 몰라도 중요한 약인 거지? 미샤 누나, 분명 난처해하고 있을 텐데."

온화한 눈동자가 바라보자 약한 마음이 툭 굴러 나왔다.

덩달아 눈물까지 나와서 시야가 일렁거리기 시작했을 때, 불현듯 뒤에서 목소리가 들렸다.

"잠깐, 꼬마야. 지금 미샤 누나라고 했어? 혹시 소녀 약사를 말하는 거니?"

파도 소리를 뚫고 들리는 굵직하고 큰 목소리에 놀란 켄트는 목소리가 들린 쪽을 홱 돌아보았다.

햇볕에 그을린 탄탄한 체격의 중년 남성이 이쪽을 빤히 보고 있었다.

"그 망토, 약사님이 흔히 입는 거잖아? 혹시 미샤 아가씨 친구야?"

"누나는 약사가 맞긴 한데………. 아저씨, 미샤 누나를 알아?"

자기보다 두 배는 더 굵어 보이는 굵직한 팔에 시선을 빼앗긴 켄트는 고개를 끄덕였다가 옆으로 갸우뚱 기울였다.

"그럼. 연한 금발에 녹색 눈을 지닌 귀여운 꼬마 숙녀잖아? 우리 딸이 전에 신세 졌거든."

씩 웃는 얼굴은 쾌활한 인상으로, 속이거나 나쁜 꿍꿍이는 전혀 없어 보였다.

"무슨 문제라도 있어? 아가씨의 친구라면 도와줄게."

밝은 목소리에 떠밀리듯 켄트는 무심코 현재 상태를 털어놓았다.

레드포드 왕국까지 급히 가져가야 하는 짐이 있다.

육로는 위험하니 짐을 날라줄 배를 찾고 있는데, 시기가 안 좋아서 좀처럼 찾을 수가 없다.

"뭐야, 그런 거였구나. 그렇다면 아저씨가 옮겨줄게."

팔짱을 끼고 이야기를 듣던 남자는 모든 설명이 끝난 뒤 아무것도 아니라는 양 그렇게 대답했다.

"어?"

너무 선뜻 돌아온 대답에 켄트는 입을 떡 벌렸다.

빨리 배를 찾고 싶다는 마음이 간절해서 환청이라도 들릴 줄 알았다.

"사실 우리 배는 상선이 아니라 어선이니까, 생선 냄새도 좀 나고 흔들릴 테지만 그래도 괜찮다면. 잠시 쉴 겸 놀다 돌아갈 생각이었던 거라 딱히 볼일이 있는 것도 아니거든. 바로 데려다줄 수 있어."

"감사합니다."

싱긋 웃으며 대답한 사람은 켄트가 아니라 지금까지 그림자처럼 조용히 켄트 뒤에 서 있던 토마였다.

망토의 후드를 벗고 머리를 숙였다.

어깨까지 기른 머리카락이 사르륵 흔들렸다.

"오오, 그 아가씨와 똑같이 예쁜 머리카락과 눈동자잖아! 친척이야?"

토마의 얼굴을 본 남자가 기뻐하며 외쳤다.

"아가씨는 이상한 남자들에게 납치당해서 죽을 뻔했던 우리 딸을 구해줬어. 우리 딸은 용신님의 무녀거든. 폭풍 같은 건 하나도 무섭지 않지. 마음 편히 맡겨!"

그는 뿌듯하다는 듯 말하며 토마가 내민 손을 마주 잡고는 붕붕 흔들었다.

"……누나 뭐 하는 거야? 다른 곳에서도 사람을 돕고 다니는 거야?"

너무나 갑작스러운 전개에 따라가지 못한 켄트는 싱글벙글 담소를 나누기 시작한 어른 두 명을 바라보며 힘없이 중얼거렸다.

그 후 남자가 보여준 배는 20명의 선원이 타는, 예상했던 것보다 더 훌륭한 배였다.

본래 잡은 물고기를 쌓아두는 수조 부분이 통째로 비어 있어서 이번에는 거기의 물을 빼고 짐을 쌓았는데, 다 싣고도 남을 만큼 공간이 컸다.

"아저씨, 괜찮아? 사실은 돌아가는 길에도 물고기를 잡을 예정이었지?"

켄트가 몰래 귓속말하자 남자의 눈이 살짝 커지더니 호쾌하게 웃었다.

"뭘, 이렇게 멀리 떨어진 곳에서 은인의 친척을 만난 것도 무언가 인연인 거지. 곤경에 처했을 때는 서로 돕고 살아야 하잖아! 애초에 은혜를 원수로 갚는 짓을 했다간 용신님께 버림받을걸."

껄껄 웃으며 켄트의 머리카락을 마구 헤집어놓은 뒤 남자는 바로 준비를 마치고 빠르게 출항했다.

본래 거기서 헤어졌어도 됐을 켄트는 막연히 헤어지기 아쉬워서 억지로 부탁해 같이 탔다.

황당해하는 캐러밴 일행의 배웅을 받으며 출항한 배는 마치 맞춰놓기라도 한 듯 순풍을 받으며 말도 안 될 만큼 순조롭게 나아갔다.

바다에 익숙한 남자들조차 무언가에 홀리기라도 한 것 같다며 고개를 갸우뚱거릴 정도로 빨랐는데, 배에 익숙하지 않은 켄트는 그 속도 때문에 위아래로 출렁거리는 배의 움직임에 멀미가 오고 말아서 거의 모든 시간을 침대 위에서 보냈다.

새파란 얼굴로 연신 토하고 수분조차 제대로 섭취하지 못하는 켄트를 보고, 어부 아저씨들은 이렇게 잔잔한 바다에서 멀미한다며 킬킬 웃으면서도 입을 헹구면 조금은 기분이 나아질 거라며 귀중한 물을 많이 먹여주었다.

게다가 보다 못한 토마가 멀미약을 조제하고 먹기 편한 음식을 만들어주는 등 이래저래 돌봐주지 않았다면 분명 마음이 꺾여서 바다에 뛰어들었을 것이다.

그 정도로 힘들었다.

그래도 셋째 날엔 간신히 몸이 익숙해진 건지 갑판에 나와 바다를 구경할 여유가 생겼지만.

머리카락을 살랑이는 바닷바람에 눈을 가늘게 뜨고 있었더니 옆에 누군가가 슥 다가와 서는 기척이 느껴졌다.

이 며칠 사이에 완전히 친숙해진 그 기척은 토마였다. 켄트는 돌아보지 않은 채 툭 중얼거렸다.

"내일이면 항구에 도착한대. 아무 데도 안 들렀다지만 이렇게 일찍 도착하는 건 기적이라고 아저씨들이 그랬어."

"네. 덕분에 지금까지 늦었던 만큼을 만회할 수 있었습니다. 감사한 일이죠."

온화한 목소리가 귀에 울렸다.

큰 소리를 내는 것도 아닌데 신기하게도 토마의 목소리는 귀에 잘 들렸다.

"'숲의 백성'은 다 그런 느낌이야? 누나도 그랬지만, 같이 있으면 차분해져."

생각하기도 전에 스르륵 나와 버린 말에 쿡쿡 웃는 소리가 돌아왔다.

"기쁜 말이긴 하지만, 다들 그런 건 아닙니다. 과격한 사람도 심술궂은 사람도 당연히 있죠. 인간이니까요."

"……그러게. 미안, 이상한 소리 했어."

재미있어하는 목소리에 켄트는 어쩐지 부끄러워져서 난간에 팔꿈치를 괴고 빨개진 뺨을 슬쩍 가렸다.

"신기한 인연이군요. 멀리 떨어진 장소에서 동포가 베푼 정이 지금 여기서 저를 도와주다니. 이렇게 사람의 인연은 이어져가는 거겠죠."

부드러운 목소리와 함께 다정한 손이 헝클어진 머리카락을 쓰다듬어주었다. 그 손길을 받으며 켄트는 멍하니 '역시 누나를 좀 닮았어'라고 생각하며 고개를 끄덕였다.

"그럼 나와 토마의 인연도 이렇게 이어진 거네?"

"……네. 켄트가 원한다면."

소소한 대화는 바닷바람이 전부 쓸어가 버려서 다른 누구에게도 들리지 않았다.

그 사실에 안심하며 켄트는 조금 웃었다.

"그렇구나. 이어졌다면 다행이야."

14 홍안병과의 싸움~종막

켄트에게서 약초를 운반하는 여행에 참여한 흐름을 들은 미샤는 기쁨과 미안함으로 무슨 표정을 지어야 할지 알 수 없었다.

미샤와 같은 머리카락과 눈동자 색을 보고 '숲의 백성'이라고 판단해서 도움의 손을 내밀어준 건 순수하게 기뻤다.

이야기를 들어 보니 이들의 도움이 없었다면 약이 도착할 때까지 더 시간이 걸렸으리라는 건 운송에 대해 아무것도 모르는 미샤라도 쉽게 예상할 수 있었기 때문이다.

그렇다고 해서 굳이 배를 타고 같이 따라오진 않았어도 되지 않나.

이 시기의 바다가 거칠다는 건 그 후 다른 사람에게도 몇 번이나 들었다.

주로 괜찮을지 안절부절못하는 미샤를 위로하기 위해 들려준 이야기였지만(위험한 시기이기 때문에 특히 능숙한 베테랑이 타는 배만 출항한다 등) 괜히 불안만 더 커졌다.

이번에는 우연히 폭풍을 만나지 않고 무사히 도착할 수 있었지만, 그런 행운이 일어날지는 아무도 알 수 없는 일이었다.

마찬가지로 짐을 실어주었다는 어선의 선장에게도 고마운 마음과 미안한 마음으로 가득했다.

딸을 구해준 보답이라고 했다지만, 미샤는 우연히 그 자리에 있었던 것뿐이고 딱히 대단한 걸 한 건 아니었다.

미샤 생각에 그건 행운에 행운이 겹친 결과였다.

다행히 아이리스는 돌아왔지만, 위험에 처했던 건 사실이다.

복잡한 표정으로 입을 다문 미샤를 향해 켄트가 난처한 듯 웃었다.

"누나가 해준 것처럼 우리는 자기가 할 수 있는 일을 한 것뿐이야."

"……하지만."

"정 신경 쓰이면 웃어줘. 그리고 고맙다고 하고, 열심히 했다고 칭찬해줘! 모처럼 노력했는데 그렇게 찡그리고 있으면 슬프단 말이야."

머뭇거리는 미샤에게 켄트가 뺨을 부풀리며 불만을 호소했다.

그 어린아이 같은 얼굴에 미샤는 간신히 진심으로 웃을 수 있었다.

켄트의 말은 전에 자꾸만 머리를 숙이는 마리안느와 켄트에게 미샤가 난감해하면서 설득했던 심정과 거의 같은 마음이었기 때문이다.

"그래. 정말 기뻐. 덕분에 많은 사람이 살 수 있게 되었어. 고마워, 켄트."

솔직하게 감사를 전한 뒤 미샤는 켄트를 꼭 끌어안았다.

그 몸이 몇 달 전에 비해 한결 커졌다는 걸 깨닫고 어쩐지 마음이 따뜻해졌다. 앞으로 몇 년 지나기도 전에 키도 추월당할 것이다.

"헤헤헤……."

기뻐하며 웃은 켄트도 미샤의 등에 꼭 팔을 감았다.

보호받기만 하던 자신이 미샤에게 도움을 주자 조금 성장한 느낌이 들었기 때문이다.

"뭐, 나는 장래에 대상인이 될 남자니까. 앞으로도 누나를 위해서라면 어디든 짐을 날라줄게."

"후후……. 그때는 잘 부탁합니다."

켄트의 말이 기뻐서 미샤는 조금 간지럽다는 듯 웃었다.

설마 두 사람의 평생에 걸쳐 지켜지리라는 건 꿈에도 예상치 못하고.

가져온 약초로 신속하게 약을 지어 환자들에게 나눠주었다.

미샤가 고안하고 넬과 함께 만들어낸 새 약도 시범적으로 투여가 시작되었다.

사실 이 약 개발도 난제의 연속이었다.

호흡과 함께 빨아들여야 하니 한계까지 작게 갈 필요가 있었다.

그래서 우선은 환약으로 완성한 걸 한층 빻아서 사용해보았는데, 통상적인 막자사발로 가늘게 빻는 것도 한계가 있었다. 애초에 말린 환약은 아주 단단해서 힘으로 뭉개는 것부터 무척 힘들었다.

그렇다면 소형 맷돌을 이용해서 갈고, 그걸 한층 빻아서 가늘게 분쇄하는 방법을 써봤으나 이상적인 굵기까지 빻으려면 시간이 걸리는 데다 약간의 자극에도 가루가 풀풀 날린다.

깜빡 숨을 내쉬어도 날아가 버리는데, 가루를 마셔서 기침이 나왔을 때는 모든 노력이 순식간에 수포가 되었다.

머리부터 가루가 범벅이 되어 망연해하는 미샤를 위로하는 미란다 옆에서 우연히 그걸 보고 있던 넬과 라인이 폭소했다. 그 소리에 다른 약사들이 무슨 일이냐고 살펴보러 왔다가 가루약을 뒤집어쓴 미샤를 보고 안쓰러운 표정을 지었다. 개중에는 두 사람만큼은 아니지만 웃는 사람도 있었다.

문득 미샤의 뺨을 타고 눈물이 또르륵 흘렀다.

피로와 수면 부족으로 한계에 가까웠던 미샤의 마음이 결국 비명을 지른 것이다.

이상적인 형태는 보이는데 좀처럼 도달하지 못하는 나날은 미샤의 마음을 확실하게 갉아먹었다. 여기에 소중한 약을 몇 인분이나 망쳐버렸다는 실패.

자신의 부족함이 속상하고 한심해서 도저히 참을 수 없었다.

입술을 깨물고 소리 없이 우는 미샤를 보더니 직전까지 웃던 넬과 라인이 허둥댔다.

"아이고야. 할아버지가 잘못했다! 울지 말거라!!"

"아니, 미샤. 진정해. 별일 아니니까. 다들 한 번은 거치는 길이야."

쩔쩔매면서 사과하는 넬과 얼핏 침착하게 달래는 라인. 그 모두에게 미샤는 눈을 질끈 감고 등을 돌렸다.

울 생각은 아니었는데 울어버린 자신이 부끄럽고 분했기 때문이다.

"……다 싫어. 다 미워……."

작은 등이 부들부들 떨리는 모습에 꼼짝없이 굳어버린 두 사람을 보고 미란다가 한숨을 쉬었다.

"쌍으로 심술부리니까 그렇지. 장로님, 나와쿠치를 사용하겠습니다."

"그건……."

미란다의 선언에 넬이 눈썹을 찌푸렸다.

나와쿠치란 '숲의 백성'이 개발한 소재로, 넬이 해부할 때 낀 장갑을 만든 원재료이다.

반투명하고 신축성이 있는 장갑을 만들 때 점액 형태의 나와쿠치를 손 모양 틀에 얇게 발라서 말린다. 최근에 만들어진 기술로 당연히 아직 **밖**에는 내보내지 않은 일족의 기밀에 해당한다.

"미샤가 만들고 싶은 약의 형태는 아직 원석이긴 해도 새로운 가능성을 품고 있어요. 일족에서 연구·발전시킬 가치가 있다고 판단하고, 그것을 위한 협력을 요청합니다."

싱긋 웃은 미란다였지만 눈은 웃고 있지 않았다.

열심히 하는 미샤를 귀여워하는 마음은 이해하지만, 두 사람은 명확하게 지나쳤기에 미란다는 진심으로 화가 났다.

"애초에 넬 님은 일족의 장로로서 이 병과 싸우는 걸 승낙하셨잖아요? 그런데 자기가 하고 싶은 일에만 힘을 빌려주고 탱자탱자 놀기만 하다니."

"아니…… . 놀기만 한 건 아니고 현장 조사나 현지의 목소리를…… ."

"그건 병의 종식이 보인 뒤에도 문제가 없다고 생각하는데 틀립니까? 아무리 봐도 신약 개발이 더 급선무잖아요?"

자유를 만끽했다는 자각이 넘쳐나는 넬은 우물쭈물 변명을 주워섬겼지만, 미란다가 칼같이 쳐냈다.

"평소엔 도망만 다니는 라인조차 협력하고 있는데!"

"뭐야. 이거 칭찬 아니지? 오히려 욕하는 거지?"

갑작스럽게 불이 튄 라인이 어깨를 움츠리며 고개를 갸웃거렸다.

"당연하지! 애초에 너도 미립자화 해결책은 눈치채고 있었을 텐데? 미샤를 단련하기 위해서일지도 모르지만 아무리 그래도 지나쳐! 쓰러질 때까지 몰아세울 생각이야?!"

"아니, 그러려는 건 아니고……."

분노가 가시지 않는 미란다의 기세에 눌린 라인이 웬일로 어물거렸다.

"아무튼 환자 수에 대응할 수 있을 만큼 약을 만들어야 하는데 이런 식으로는 도저히 시간에 맞추지 못한다는 건 명백합니다. 이 나라 사람이나 미샤가 신소재를 다루게 할 수 없는 거라면 두 사람에게 맡길 테니까 똑바로 일하세요!"

미란다는 척 삿대질을 한 뒤, 미란다의 기세에 놀라서 눈물이 멈춘 미샤의 등을 밀었다.

"저쪽에서 좀 쉬자. 약은 두 사람이 어떻게든 해줄 거니까 미샤는 약을 흡입하는 기구를 고안해봐. 애초에 이렇게 시간이 한정적인 상태에서 전부 미샤에게 개발하게 하다니 제정신이냐고."

방을 나가려는 미란다를 넬이 다급히 불러세웠다.

"아니 멈춰봐라, 미란다. 나와쿠치를 사용하겠다고 했는데, 이번에 나와쿠치를 아예 가져오지도 않았단 말이다. 지금부터 조달한다고 해도."

"무슨 말씀하시는 거예요? 넬 님의 가방 안에 장갑이 대량으로 들어있잖아요. 신나게 자랑하셔서 기억하고 있답니다."

미란다가 아주 즐겁다는 듯 싱긋 웃었다.

"열에 약한 나와쿠치는 뜨거운 물에 닿으면 녹아버리기 때문에 열소독이 불가능하다는 게 문제점이라고 한탄하셨죠? 그건 즉 한번 더 가열하면 본래의 점액으로 돌려놓을 수 있다는 뜻 아닌가요?

넬 님께서는 철저하시니까 당연히 그 방법도 알고 계시죠?"

"아니~~~. 모처럼 만들게 한 내 장갑이⋯⋯."

넬의 눈썹꼬리가 힘없이 내려갔지만, 미란다는 가차 없었다.

"틀은 있으니까 마을로 돌아가면 얼마든지 만들 수 있는걸요. 정 그러시면 미리 만들어두라고 새를 날려드릴 테니까, 빨리 냄비에 집어넣으시죠. 자, 가자. 미샤."

넬의 어깨가 축 내려가자 그 어깨를 라인이 툭 두드렸다.

그 모습을 뒤로하며 미샤는 몰래 '미란다 씨 최강이구나' 하고 마음속으로 중얼거렸다.

그 후 바로 반투명한 뚜껑이 달린 큼직한 막자사발이 완성되었다.

중앙에 뚫은 구멍에 막자를 꽂아서 사용하는 건데, 빈틈없이 딱 달라붙는 데다 움직여도 쭉쭉 늘어났다 줄어들었다 해서 움직임을 방해하지 않았다.

작업을 마치고 날리던 약제가 가라앉는 걸 기다린 뒤 살며시 뚜껑을 열면 곱게 분쇄된 약이 나타난다. 물론 재사용이 가능하니까 덜 빻은 것 같으면 다시 뚜껑을 덮으면 된다.

"더 개량할 여지는 있지만 우선 이걸로 충분하겠지."

조금 심통이 난 듯 중얼거리는 넬이었지만, 미샤가 존경 어린 시선을 보내자 순식간에 기분이 풀렸다.

"그렇지? 우선은 작업할 때 막아두면 되겠다고 생각해서 시도해보았는데, 나와쿠치의 신축성을 이용하니 밀폐도가 더 올라가더구나."

넬은 개발공정을 자랑하려고 싱글벙글 이야기하기 시작했지만,

미란다가 웃는 얼굴로 '그럼 그걸 두 개 정도 더 만들어주세요'라며 틀어막았다.

넬의 소중한 장갑은 하나도 남김없이 녹아버렸다는 걸 여기에 기록해둔다.

한편 약을 흡입하기 위한 기구 개발도 병행하며 진행했다.

빨아들이는 힘이 약한 노인이나 어린아이라고 해도 무리 없이 흡입하려면 어떻게 해야 하는가.

다양한 논의를 거듭했는데, 최종적으로 어린아이들이 가지고 노는 장난감 피리에서 힌트를 얻었다.

속이 빈 수초 줄기를 적당한 길이로 잘라서 부는 간단한 구조인데, 이 마을의 아이들이라면 다들 자기 것을 하나씩 갖고 있다. 줄기의 길이를 바꾸거나 중간에 뚫은 구멍을 막으면 소리가 달라지니까 각자 자기만의 피리를 만든다. 미샤는 유우와 테토가 그렇게 말하며 보여주었던 걸 기억하고 있었다.

어린 아나도 간단히 불 수 있을 정도로 가늘고 작은 피리.

불 수 있다는 건 당연히 빨아들일 수도 있다는 뜻이다.

미샤는 잘게 부순 가루라면 가느다란 줄기 속에서도 잘 넘어갈지도 모른다고 생각했다.

타원형의 용기에 가늘고 긴 대롱을 꽂은 다음 끄트머리를 입에 물고 힘껏 빨아들이면 안에 든 약이 빨려 올라간다.

약제가 잘 흡입되도록 다듬기까지 상당히 고생했다. 수도 없이 콜록거리며 눈물이 그렁그렁해졌던 것도 지금은 좋은 추억이다.

실험에 쓰는 가루는 인체에 해가 없는 것을 썼다지만 사례에 들리면 당연히 고통스럽다.

그래도 과감하게 실험을 반복하는 미샤를 보다 못한 주위의 시녀와 환자 가족들이 도와주었다.

그 과정에서 사레에 들리지 않고 약을 흡입하는 요령을 발견해서 처음 하는 사람도 잘 흡입할 수 있게 된 것도 기쁜 오산이었다.

그렇게 고생한 보람이 있었는지 실험적으로 투여한 약이 극적인 효과를 보여주었을 때는 모두와 함께 얼싸안고 기뻐했다.

조금씩 개선되고 있다지만 두 번, 세 번씩 병증이 좋아졌다 나빠지기를 반복하는 모습을 지켜보는 가족도 힘들었을 것이다.

자신들이 조금이라도 도움이 되었다는 사실은 실험에 관여한 사람들의 자부심이 되었다.

"애초에 잘 생각해 보면 수증기만 마셔봤자 효과가 어중간했던 이유의 힌트는 있었단 말이지."

"힌트?"

약초를 막자사발로 갈면서 흘린 미샤의 중얼거림에, 마찬가지로 옆에서 열심히 손을 움직이던 미란다가 고개를 갸웃거렸다.

추가 약초가 도착해서 시간이 있는 사람들이 한꺼번에 처리하는 중이었다.

"응. '홍안병'의 약을 만들기 위한 주원료인 약초를 처리하는 방법은 꽤 번거롭잖아?"

주성분이 되는 약초는 북방 끝에 있는 원생림에서 채집할 수 있는 양치류 비슷한 식물로, 현지에서는 '답답이풀'이라고 불렸다.

레드포드로 운반된 답답이풀은 바짝 말려 있었다. 햇볕에 말려서 단숨에 한계까지 수분을 제거한다는데, 미샤가 아는 약초 처리와 비교하면 그 시점에서 상당히 특이했다.

그것을 대략 2센티미터 정도 길이로 잘라 냄비에 넣고 끓여야 하는데 이게 또 오래 걸린다.

약불로 1시간. 약초가 물에 잠긴 상태를 유지해야 하므로 물을 계속 부어줄 필요가 있다.

물이 진한 갈색이 되면('앤디 털 색처럼'이라고 표현했는데, 아쉽게도 미샤는 뭔지 몰랐다. 그 지역에 사는 작은 들쥐라고 한다) 이번에는 수분을 날리는데, 불 조절이 까다롭다. 방심하면 금방 태워버리고 만다.

막대로 눌러도 물기가 나오지 않을 정도로 수분을 빼면 이번에는 막자사발에 옮겨서 찧는다.

섬유가 보이지 않게 되었을 때 비로소 다른 재료를 넣고 한층 찧은 뒤, 환약으로 뭉치면 드디어 완성이다.

작업 공정 자체는 그리 어렵지 않아서 현지인은 거의 눈대중으로 만든다고 한다.

다만 시간이 하염없이 걸린다.

끓이는 과정도 그렇지만, 약초 자체가 본래 섬유질이고 단단해서 으깨는 게 힘들다.

비교적 부드러워 보이는 잎 부분만 사용하면 될 것 같지만, 줄기와 뿌리도 전부 쓰지 않으면 좋은 효과를 얻을 수 없다고 원주민들이 신신당부했다고 한다.

이번에 약초에 여유도 생겼으니 검증을 위해서 각 부위로 만든 걸 테스트해보았는데, 정말로 효과가 없었다. 그 후로는 다들 묵묵히 약초를 끓이고 찧는 나날을 보내는 중이다.

참고로 작업 공정이 귀찮고 싫증이 난다면서, '속이 답답해지는 풀'이라 '답답이풀'이 되었다고 한다.

처음 들었을 때 미샤는 너무 대충 붙인 거 아니냐며 웃었지만, 미란다는 이름의 유래 같은 건 거의 그런 식이라며 어깨를 으쓱했다.

작업 자체는 어렵지 않다 보니 약사나 견습조차 아닌, 조금이라도 의료 지식이 있는 사람을 총동원해서 만들었지만 팔이 아프다고 쩔쩔매는 사람이 속출했다. 하지만 그래도 그만두는 사람은 없었다.

속수무책으로 환자를 보내야 했던 나날을 생각하면 막자사발을 너무 써서 팔이 부들부들 떨리는 것쯤은 사소한 일이었다.

설령 식사할 때 포크를 자꾸만 떨어트리는 사태가 발생한다고 해도 사소한 일이었다.

급기야 도와주러 왔던 성의 메이드가 음식을 먹여주다가 둘이 좋은 분위기가 되었다고 행복해하는 사람까지 나타나는 바람에 동료에게 걷어차이기도 했다. 다들 다리는 멀쩡했다.

"그래. 약초 하나를 처리하는 데 이렇게 시간이 걸리는 건 드문 일이지."

약초에 따라서는 흠집이 나면 안 돼서 채집할 때 시간이 걸린다거나, 그늘에서 천천히 말려야 하는 등 밑처리에 시간이 걸리는 게 있기도 하고 육성 환경이 특수해서 발견하기 힘든 것도 있지만 이렇게 끓이고 굽고 하면서 시간이 걸리는 건 거의 없다. 아니, 미샤는 처음이었다.

"즉 그렇게까지 해서 식물의 모든 부분을 사용하는 게 중요하니까, 약초를 끓여서 수증기를 맡는 정도로는 필요한 약효를 얻지 못하는 게 당연한 거였더라."

수증기를 마시는 방법으로 얻을 수 있는 효과는 희박했고, 끓여서 나온 물을 마시는 게 더 효과가 좋았다.

그래도 효과는 절반 정도였지만⋯⋯.

즉 남은 절반의 효과는 다 우려내서 텅 비었다고 생각했던 약초 부분에 있었단 뜻이다.

"어떻게든 모든 부분을 섭취할 필요가 있었어. 그래서 미세한 가루가 될 때까지 빻은 약을 흡입하는 방법으로 효과가 보인 거야."

넬의 장갑을 희생한 특제 막자사발은 결국 3개까지 만들고 동이 나버렸다.

곱게 빻는 작업은 끈기와 시간이 걸리고, 투여에 필요한 만큼 작게 분쇄되었는지 판단하기 어렵다는 이유에서 '숲의 백성' 일족이 담당하고 있었다.

그것 말고도 특수한 재료인 막자사발의 뚜껑 부분을 너무 많은 사람이 만지게 하고 싶지 않은 모양이었다. 미샤도 정말로 다른 일손이 없을 때가 아니면 그 작업을 맡는 일이 없었다.

미샤가 그쪽으로 힐끗 시선을 주었을 때, 불현듯 노래가 시작되었다.

'숲의 백성'이 약을 빻으면서 노래하고 있었다.

평온한 멜로디에 맞춰서 막자를 움직이는 소리가 흘렀다.

"⋯⋯이 노래."

문득 그 노래에 귀를 기울이고 있던 미샤는 눈을 깜빡였다.

"이 노래가 왜?"

"이거…… 엄마가 약 만들 때 자주 흥얼거렸어. 원래는 어떤 노래 냐고 물어봐도 그런 노래를 불렀냐면서 의아해하더라고. 하지만 집중했을 때나, 그럴 때면 아주 작은 소리로 흥얼거렸는데……."

노래에 실린 가사는 미샤가 모르는 언어였다. 하지만 미샤는 이 노래를 분명히 알고 있었다.

숲속의 집에서 비가 오거나 하는 날에 묵묵히 약을 만들다 보면 들리는 콧노래.

희미하게 들리는 빗소리와 약을 가는 소리. 그 속에 뒤섞이듯 어머니의 작은 콧노래가 흘렀는데, 미샤가 물어보면 어머니는 그 사실을 조금도 기억하지 못했다.

무척 신비하고, 하지만 말을 걸면 멈춰버리는 그 노래를 듣고 싶어서 미샤는 얌전히 귀를 기울이게 되었다.

"그래……. 레이어스가 무의식중에 불렀다면, 라인이 계속 만나러 갔던 게 자극이 되어서 암시가 조금씩 풀렸던 건지도 모르겠네."

"암시?"

작게 굴러나온 미란다의 말에 미샤는 고개를 갸웃거렸다.

"일족을 떠날 때 다양한 제약을 받게 되는데, 그중에 약을 사용해서 암시를 거는 게 있어. 자신이 북쪽 시골 마을에서 자랐다는 건 알지만, 그 마을이 어디에 있는지 마을의 이름이 뭔지는 몰라. 그런 식으로 일족의 비밀과 관련된 기억을 떠올리지 못하게 되는 거야."

생각지도 못한 말에 미샤는 숨을 삼켰다.

"그럼 엄마에게서 '숲의 백성'에 대해 들은 적이 없었던 것도?"

미샤는 숲을 나온 뒤에야 부모님에게서는 부자연스러울 정도로 어머니의 고향 이야기를 들은 적이 없었다는 걸 깨달았다. 예를 들어 어머니의 부모님 이야기나 어린 시절의 추억 같은 것도.

"그래. 기억은 있지만 마치 안개가 낀 것처럼 뚜렷하게 떠올리지 못한다고 해. 예를 들어 이름은 기억나도 얼굴은 흐릿한 거지. 만약 나와 마을 어딘가에서 스쳐 지나가도 내가 먼저 말을 걸지 않는 한 레이어스는 나를 알아보지 못했을 거야."

미란다는 조금 쓸쓸하다는 듯 대답했다.

"하지만 그러면 왜 삼촌은 알았던 건데?"

몇 년에 한 번씩 숲속 집을 찾아왔던 라인을 떠올린 미샤는 고개를 갸웃거렸다.

"말을 걸고 이름을 대면 인식할 수는 있다고 해. 전부 잊어버릴 만큼 강한 암시는 아니니까. 대신 헤어지고 한 시간 정도 지나면 또 얼굴은 흐릿해지지. 하지만 라인은 몇 번이나 잊혀진들 아랑곳하지 않고 다녔을 거야. 하룻밤 자고, 다음 날 아침에 '네가 누구였더라?' 하고 물어봐도 몇 번이나 '네 오빠인 라인이야'라고 대답하면서……."

그건 얼마나 마음을 후벼파는 시간이었을까. 미란다는 상상했다.

설령 암시의 영향이었다고 하지만 가까운 사람이 자신을 의심하며 누구냐고 묻는다.

'알고 있었다고 해도 나였다면 못 견뎠어.'

하지만 라인은 그걸 극복했다.

몇 번이나. 고작 한 시간 정도 얼굴을 보지 않았다고 자기가 누구인지 알아보지 못하는 동생에게 끈기 있게 계속 이름을 대면서.

"이름을 말하면 퍼뜩 깨달았다는 얼굴로 '맞아. 오빠 얼굴이 이렇게 생겼었지'라면서 웃었다더라. 처음에는 울 것 같았대. 하지만 몇 번이나, 며칠이나 반복하는 사이에 웃음이 나오게 되었다는 거야. 일족의 약은 역시 대단하다면서."

그렇게 레이어스가 웃을 수 있게 될 때까지 다녔던 라인은 어떤 기분이었을지 상상해 보았지만, 미란다는 알 수 없었다.

가슴이 미어졌을지도 모르고, 어쩌면 얼마나 자주 다니면 암시를 이길 수 있을지 즐겼을지도 모른다.

다만 계속 반복하는 사이에 레이어스는 시간이 지나도 라인의 얼굴을 잊어버리는 일이 없어졌다는 건 사실이다.

미샤는 그런 일이 있었다는 걸 눈치채지도 못했으니까.

"모든 걸 버린다는 게 그런 거였어?"

미샤가 상상했던 것보다 훨씬 괴로운 상황이었다.

기껏해야 다시는 고향 땅을 밟을 수 없다거나, 연을 끊는다거나, 그런 것인 줄 알았다.

하지만 레이어스는 디노아크와 함께 있고 싶어서 기억의 일부를 버리는 걸 선택했다.

"이 노래는 옛날부터 일족 내에 전해지는 노래인데, 약을 만들 때 심심풀이로 흥얼거리는 일이 많아. 일족 특유의 언어로 부르는 데다 내용도 일족의 성립이나 마음가짐에 관한 거라 암시 범위에 걸렸나 봐. 라인이 계속 다니는 사이에 암시가 느슨해져서 무의식일 때라면 흥얼거릴 수 있었을지도 몰라. 그래서 미샤가 물어봐도 노래했던 걸 기억하지 못했던 거겠지."

문득 미샤의 뇌리에 레드포드로 오는 여행 도중 만났던 소녀가 떠올랐다.

"전에 미란다 씨가 말했던, 암시에 사용하는 향이라는 게."

미샤의 눈이 놀란 듯 살짝 커졌다가 희미하게 웃었다.

"용케 기억하네. 그 향을 개량해서 만든 약이라고 해."

작은 목소리로 속삭이듯 노래하는 가사의 의미는 알 수 없다.

하지만 약을 만들 때 습관처럼 부르는 노래라면, 레이어스에게 소중한 추억의 노래였을 것이다.

무의식중에 콧노래로 흥얼거릴 정도로.

미샤는 그 노래를 불러보고 싶었다.

"나중에 가르쳐줄래?"

"……그래, 나중에."

미란다는 작게 웃은 뒤 미샤의 찰랑찰랑한 머리카락을 살며시 쓰다듬었다.

레이어스와 함께 노래하고 약을 만들었던 과거를 떠올렸다.

항상 곁에 있을 미래를 믿어 의심치 않았던 어린 미란다.

그 미래는 이미 이뤄지지 않지만, 새로운 미래는 만들 수 있다는 걸 어른인 미란다는 알고 있다.

"그때는 같이 부르자."

"응."

지금은 의미를 모르는 그 노래를 들으며 미샤는 멈췄던 손을 움직였다.

음악에 맞춰서 약을 빻는 소리가 울린다.

그것은 생명을 구하는 노래였다.

하지만 살아난 많은 목숨 뒤에는 제때 맞추지 못해서 손가락 사이로 빠져나간 목숨도 당연히 있었다.

아무리 뛰어난 약이 개발되었다고 해도 그걸 투여하지 못하면 의미가 없다.

약의 특성상 본인이 직접 흡입할 수 없는 환자, 즉 의식을 잃은 중환자에게는 투여할 수 없었기 때문이다.

게다가 뇌까지 벌레가 파고들어서 조직이 파괴된 사람을 구할 방법은 없었고, 하다못해 통증을 느끼지 않도록 진통제와 마취약을 처방해서 간병하는 게 고작이었다.

많은 중환자가 가족이 지켜보는 가운데 조용히 숨을 거두었다.

장송의 종이 울리는 가운데 구덩이 속으로 관이 천천히 내려간다. 미샤는 그 모습을 조금 떨어진 장소에서 바라보고 있었다.

구덩이 주위를 에워싼 사람들 속에서 익히 아는 작은 모습을 발견하고 가슴이 아팠다.

눈물을 뚝뚝 흘리면서 할머니의 이름을 부르는 모습은 동정을 유발했다.

그건 얼마 전 자신과 같았다.

미샤는 가까운 사람을 잃은 아픔을 누구보다도 알고 있었다.

주먹을 꽉 움켜쥐고 그 모습을 눈에 새기듯이 계속 바라보았다.

아무리 손을 써도 구할 수 없었을지도 모른다.

하지만, 어쩌면.

그때 어디에 있는지도 모르는 '숲의 백성'을 찾는 걸 포기하지 않았다면 구할 수 있었을지도 모른다.

그건 신만이 아는 노릇이었다.

하지만 미샤는 결코 이 광경을 잊지 않겠다고 맹세했다.

분명 떠올릴 때마다 가슴이 아플 것이다.

자신의 미숙함에 짓눌려 후회로 몸부림칠 것이다.

하지만 앞으로 약사로서 살아갈 것이라면, 이건 절대로 잊어선 안 되는 아픔이라며 마음에 새겼다.

설령 그게 남들이 봤을 땐 자기만족에 불과하다고 해도.

뎅, 뎅.

오랜만에 보는 파란 하늘에 맑은 종소리가 울려 퍼진다.

간신히 비의 계절이 끝났으니 본격적인 더위가 올 것이다.

죽은 사람은 그녀만이 아니다.

교회의 신부들은 쉴 새 없이 돌아다녔다.

죽은 사람들이 길을 헤매는 일 없이 안식의 땅에 도달할 수 있도록.

그리고 남겨진 사람들의 슬픔을 조금이라도 달랠 수 있도록.

미샤는 살며시 눈을 감고 마음속으로 기도를 외었다.

뎅, 뎅. 뎅, 뎅.

종소리가 그저 청아하게 울렸다.

15 각자의 미래

왕성에서 가장 높은 탑의 옥상은 망루의 형태를 하고 있다.

수도를 한눈에 볼 수 있는 그 장소에서 미샤는 가만히 아래쪽을 내려다보고 있었다.

너무도 높은 장소에서 내려다보는 수도는 마치 장난감 마을처럼 보였다.

반듯한 체스판처럼 뻗은 길 위를 오가는 마차와 사람도 마치 콩알처럼 작았다. 하지만 바쁘게 오가는 모습에서는 활기가 보였다.

장마와 함께 수도를 덮쳤던 병의 정체가 밝혀지고 종식을 맞이한 지도 한 달이 지나려 하고 있었다.

아직 더위는 계속되고 있지만 아침과 밤에 부는 바람에선 조금씩 선선함을 느끼게 되었다.

그 사실에 계절의 변화를 느꼈다.

'어쩐지 이상한 느낌.'

수도 출입 규제도 보름 전에 풀려서 거리는 과거의 떠들썩함을 되찾아가고 있다.

멀리 보이는 시장의 규모도 본래의 크기를 되찾은 것처럼 보였다.

그곳에는 이미 어두운 병의 그림자가 보이지 않는다.

병의 정체가 밝혀지면서 약을 손에 넣자 '홍안병'은 죽음의 병이 아니게 되었다.

그러나 목숨은 건졌어도 병의 영향으로 기관지나 폐, 간 등에 후유증이 남은 사람도 많았다. 이들은 앞으로도 후유장해와 싸워야만 하는 나날이 기다리고 있다.

죽은 사람들도 있으니 '살아있는 것만으로도 행복'이라고 말한다면 그렇긴 하다.

하지만 하루하루를 살아가다 보면 전과 같지 않은 몸에 답답함을 느끼기도 할 것이다.

미샤는 그런 사람들의 고통이 조금이라도 경감되길 바라며 솔선해서 사후 처리를 위해 동분서주했다.

기능부전이 일어난 장기의 개선과 보조를 촉진하는 약을 찾고, 기관지 염증을 달래는 약을 상비약으로 지정해서 정기적으로 환자에게 지급되도록 수배했다.

심지어 금전적인 부담을 조금이라도 줄일 수 있도록 나라에서 보조해주는 법률 입안에까지 조금이나마 관여했다.

그 외에도 앞으로 '홍안병'이 일어나지 않도록 하는 대책, 원래 손 대고 있던 약초원 개선 등 숨 쉴 새도 없이 분주한 나날을 보냈다.

다행히 '한 번 도와준다고 선언했으니까'라며 '숲의 백성' 일족도 계속해서 협력해주었다.

사실은 켄트와 함께 약을 가져다준 '숲의 백성' 토마가 '홍안병'의 기반이 되는 병을 연구했던 **괴짜**였다.

원래 '홍안병'만이 아니라 그 지역에서만 보이는 특이한 병을 연구·해명해서 신약을 만드는 게 목적이었다고 한다.

레드포드 왕국에서 일어난 감염증이 자신이 연구하던 원주민의 풍토병과 흡사하다는 걸 깨닫고 최근 몇 년 동안은 거기에만 매달렸었다.

그리고 올해 레드포드 왕국의 기상 정보가 지난번 '홍안병' 발생 상황과 비슷하다는 걸 알아차린 그는 마을 장로들에게 어쩌면 병이 재발할지도 모른다고 호소했다.

그러자 장로 중에서 가장 호기심이 왕성하고 행동력이 좋은 넬이 상황을 확인하겠다면서 뛰쳐나갔다. 허둥지둥 같이 가려고 한 토마에게 '원주민과 교류가 있는 건 너뿐이니까 추가 약초를 찾아와라' 하고 떠넘기고…….

"하고 싶은 말만 하고 연구 결과를 정리한 종이를 빼앗아 노도와도 같은 기세로 가버리시는 바람에 막을 새도 없었죠……. 뭐, 현지인들과 면식이 있는 사람이 저뿐인 것도 맞으니 어쩔 수 없지만요. 그 후 운송 수배 보조자 정도는 마련해주셨다면 좋았을 텐데요."

해탈한 눈빛으로 중얼거리는 토마의 어깨를 미란다가 안쓰러워하며 툭 두드렸다.

수도의 발증 예상 인원수를 생각하면 말린 약초라고 해도 마차 한 대로는 부족한 양이다.

현지에서는 흔하게 볼 수 있어서 쉽게 채집할 수 있는 약초라지만 한 번에 그만한 양을 마련할 수는 없었고, 준비가 되는 대로 보낼 수 있게 루트를 확보하면서 하는 여행은 기본적으로 연구직인 토마에게는 고생의 연속이었다.

그래도 고생 끝에 도착한 왕국에서는 자신의 연구 결과가 도움이 된 걸 볼 수 있어서 크게 만족했다.

더불어 나라의 요청으로 이 땅에 머무르며 이후 연구 지휘 역할을 맡게 되었으니 토마에게는 좋은 결과였다고 할 수 있었다.

마을에서는 자기 연구에만 시간을 쏟기는 어렵다.

연구 비용은 한정적이고, 생활하기 위해서는 마을의 규정을 따라 소화해야 하는 과제도 있다.

그렇다고 마음대로 밖에서 후원자를 찾는 것 또한 마을의 규정이 가로막아 이런저런 제약이 발생한다. 그렇다고 아예 일족에서 빠져나오면 마을에 있는 다양한 연구기구나 지식을 포기해야 한다.

그런데 마을의 허가도 받고, 국가라는 후원자 아래에서 자금 고민 없이 연구에 몰두할 수 있다. 세부 조건을 설정할 필요는 있지만 연구자에게는 상당히 축복받은 환경이 되었다.

"이번 흡입법은 획기적이지만 의식이 없는 사람에게 투여하는 건 어려우니까 그걸 개량하고 싶단 말이죠. 그리고 가능하다면 약효를 액상화하고 싶습니다. 그러면 직접 혈관에 약을 투여할 수 있으니 효과가 한층 향상될 거예요. 병후 경과도 궁금하고, 기생충이 새와 인간의 어느 장기에 기생하냐에 따라 모습이 달라진 것도 신경이 쓰이고요. 이 단기간에 진화했다고 한다면 대단한 일이고, 그 외에도 이래저래 조사하고 싶은 게 많이 있습니다."

줄줄이 늘어놓는 토마의 얼굴에 황홀한 미소가 번져 있어서 조금 무서웠다.

'얌전해 보였지만 토마 씨도 넬 할아버지와 동류인 것 같아. 아니, 숲의 백성은 다 이런 느낌인 건가?'

라인도 본인의 전문 기술을 단련하려고 이 나라 저 나라를 방랑한다고 말했던 걸 떠올린 미샤는 먼 산을 보았다.

'뭐, 열심히 하는 연구자가 있다는 건 나라에는 행복이지. 토마 씨도 행복해 보이니까 상호이득인 셈인가.'

재료를 손에 넣기에도 최적이라며 약초원에 연구소를 병설하는 게 정해지자 본인이 받은 방을 룰루랄라 개조하는 토마를 바라보며 미샤는 스스로를 설득했다.

토마가 자신의 욕망을 이루기 위해 약초 재배법에도 힘을 빌려준다고 하니 그쪽도 안심이다.

게다가 켄트는 어느새 나라와 정기적으로 약을 수송하는 계약을 체결했다.

'홍안병' 약도 그렇지만, 수도의 약초 유통이 썩 좋지 않기 때문에 그걸 개선하기 위해서도 손을 들었다고 한다.

어른들 사이에서 한 걸음도 물러나지 않고 자기에게 유리한 계약을 맺으려고 분투하는 모습이 제법 볼만했다는 이야기를 나중에 라인에게서 들은 미샤는 어안이 벙벙해졌다.

어린 소년은 어느새 상인으로 착실히 성장한 모양이었다.

죽음의 공포에서 벗어난 수도의 주민들도 슬픔에서 고개를 들고 천천히 앞을 향해 걸어 나갔다.

다행히 후유증도 없이 완쾌한 아나와 함께 유우와 테토를 만났을 때를 떠올린 미샤의 입술에 조금 쓴웃음이 번졌다.

"구해줘서 고마워."

천진한 미소를 되찾고 머리를 꾸벅 숙인 아나의 손을 좌우에서 꼭 붙잡은 유우와 테토는 조금 긴장한 모습이었다.

세 아이 중 아나만 병에 걸렸던 이유는 놀랍게도 할머니 메리에게 있었다.

캘러스의 생간은 예로부터 주민들이 정력제로 익히 먹어왔다.

메리가 아파서 앓아누웠을 때 할아버지는 기력이 솟아나라며 습관대로 할머니에게 생간을 주었지만, 메리는 가족 중에 가장 어려서 체력이 약한 아나를 걱정해 몰래 반씩 나눠 먹었다고 한다.

사랑하는 할머니가 비밀이라고 소곤거리자 착한 손녀인 아나는 절대 주위에 말하지 않았기 때문에, 아무도 눈치채지 못한 채 같은 일이 몇 번이나 반복되었다고 한다.

그렇게 저항력이 약한 어린 몸속에서 기생충이 맹위를 떨쳤다.

전부 어린 손녀를 위하는 할머니의 다정함 때문이었다.

게다가 할아버지는 몸이 약해진 할머니에게 '독'을 주었다는 사실을 알고 심한 충격을 받았다고 한다.

몰랐다고 하지만 사랑하는 사람을 도우려고 한 행동이 그 사랑하는 사람의 목숨을 빼앗고 말았다.

이 얼마나 아이러니한지.

남매의 할아버지처럼 남은 가족 중에는 우울감을 호소하는 사람이 많았다.

'정신적인 고통도 돌보는 걸 추가하는 게 좋겠어.'

사람은 설령 몸이 건강해도 마음이 너무 아프면 죽음을 선택해버리기도 한다.

힘이 되어주는 사람이 가까이 있다면 다행이지만, 그렇지 않은 경우엔 새로운 문제가 발생할 것이다.

얼핏 괜찮아 보여도 시간이 지난 후 문득 떠올리고는 고통스러워지기도 한다.

본인의 경험으로도 뼈저리게 실감하던 미샤는 주위에도 멘탈 케어의 중요성을 강조하고 다녔다.

보이지 않는 상처일수록 가볍게 여기다 어느새 손 쓸 수 없이 중증화하기 마련이다.

유우와 테토의 어색한 미소가 그 사실을 무엇보다 강하게 보여주고 있었다.

어리기 때문에 본인의 속내를 잘 알지 못해서, 왜 이전처럼 순수하게 미샤를 반기며 다가갈 수 없는지 당황해하고 있다.

할머니가 죽은 건 미샤 때문이 아니다. 누가 말하지 않아도 두 사람 다 그런 건 이해하고 있다.

하지만 마음속 깊은 곳에서는 **약사**인 미샤가 할머니를 구해주지 않았다며 분노를 느끼고 있었다.

다른 사람이 보면 부당하다고 할 수 있는 감정이자, 두 사람도 그런 일로 미샤를 비난하는 건 생각지도 못했을 것이다.

하지만 이성과 감정은 다르다.

사랑하는 할머니가 죽었다.

소중한 동생이 살았다.

비교할 수 없는 소중한 존재이지만 명확하게 갈려버린 운명에 어린 두 사람은 혼란에 빠졌고, 감정을 분출할 곳을 찾고 있었다.

'욕해도 괜찮았는데……….'

미샤는 바람에 흩날리는 긴 머리카락을 손으로 누르며 멍하니 생각했다.

하지만 부당한 감정을 타인에게 부딪칠 수 없을 만큼 유우도 테토도 '반듯하게' 자란 아이였다.

그 결과 흔들리는 감정은 갈 곳을 잃어버렸고, 두 사람은 복잡한 미소를 짓고 말았다.

그게 '어른'이 된다는 것이라면, 그럴지도 모르지만⋯⋯⋯.

"이런 곳에 있었나."

이리저리 흘러가는 생각을 멍하니 내버려 두고 있던 미샤는 불현듯 뒤에서 날아온 목소리에 정신을 차렸다.

익숙한 목소리에 뒤를 돌아보자 예상했던 얼굴이 그곳에 있었다.

"라이언 님."

"음, 바람이 시원하네."

느릿한 걸음으로 옆에 선 라이언이 눈을 가늘게 휘며 기분 좋다는 듯 바람을 맞았다.

그 옆얼굴을 잠시 바라본 후 미샤는 입술에 미소를 그리더니 아무 말도 하지 않고 시선을 앞으로 던졌다.

지난 한 달 동안 미샤도 바빴지만, 옆에 있는 청년은 그 이상으로 다망함의 극치였을 것이다.

'홍안병'에만 집중할 수 있는 미샤와 다르게 일국의 왕인 라이언에게는 추가로 나라를 운영하는 정치가 두 어깨에 달려있기 때문이다.

오히려 수도라고는 하나 도시 하나에서 일어난 병은 특효약이 발견된 지금에 와서는 사소한 일에 불과할지도 모른다.

그래도 아까 바라본 옆얼굴에서 눈 밑에 진하게 남은 다크서클과 피로의 그림자를 발견하자 미샤는 아무런 말도 할 수 없었다.

본래대로라면 이런 곳에 있을 바에야 영양가 있는 음식이라도 먹고 한 시간이라도 자라고 하고 싶었다.

그래도 바쁜 그가 왜 미샤를 찾아서 굳이 이런 곳까지 온 건지 생각하면 가슴이 조금 따뜻해졌다.

물론 그 감정을 말로 표현할 방법을 아직 모르는 미샤는 결국 입을 다물었고, 두 사람은 조용히 성 밖 아랫마을을 내려다보았다.

"언제 떠날 거야?"

라이언의 입에서 불쑥 흘러나온 말은 여느 때의 그답지 않게 바람에 지워질 것 같이 작은 목소리였다.

"……아침 일찍이요. 나중에 요청을 드려서 인사하러 갈 생각이었어요."

하지만 옆에 서 있는 미샤의 귀에 들리기엔 충분한 크기였기에, 미샤도 괜히 비슷한 크기로 작게 대답했다.

"그래. ……사실은 붙잡고 싶긴 해. 하지만 '홍안병'도 정리가 된 지금 그런 걸 바랄 수도 없겠지."

"토마 씨는 남으니까요."

두 사람은 시선을 성 아랫마을에서 떼지 않은 채 조용한 목소리로 대화를 이어갔다.

내일 '숲의 백성'은 이 성을 떠난다.

그들과 함께 미샤도 일족 품으로 가는 게 정해졌다.

원래 한 나라에 힘을 싣는 걸 싫어하는 일족이다.

이만한 인원이 한곳에 모여 협력해준 것도 이례적인 일이다.

전부 미샤가 여기에 있었기 때문임을 누가 말하지 않아도 다들 알고 있었다.

이 이상 미샤가 이 나라에 머무르는 게 위험하다는 것도.

'숲의 백성'을 움직인 '미샤'라는 존재를 본인의 욕심을 위해 노리는 인간이 반드시 나타날 것이다.

하지만 사실은 그런 정치적인 이유 같은 게 아니라, 미샤 본인이

원해서 여행을 떠나기로 했다.

이번 일로 미샤는 자신의 미숙함과 오만함을 뼈저리게 통감했다.

그리고 목표로 삼은 경지에 도달하는 데 필요한 지식을 손에 넣으려면 세상 어디보다 적절한 장소가 있으며, 자신이 원하기만 한다면 거기에 갈 수 있다.

분명 그건 다른 약사가 아무리 바라도 얻을 수 없는 특권이자 지금은 죽은 어머니가 마지막으로 준 선물이라고도 할 수 있었다.

아쉬움이 없는 건 아니다.

병은 종식되었다지만 그 후 자잘한 처리는 아직 산더미처럼 많고, 약초원이나 라라이아의 건강 문제도 있다.

이 나라에서 만난 많은 친절한 사람들도 마음에 걸리고, 고향에 있는 아버지와도 더욱 멀어지고 말 것이다.

"여러모로 어중간해지고 말았지만요."

미안해하는 미샤의 말에 라이언은 피식 웃었다.

"……뭐 '홍안병'에 대해서는 토마 님이 열심히 해주실 테고, 다른 일도 이래저래 손을 써 주었잖아?"

라이언은 지난 한 달 동안 바쁘게 돌아다니는 작은 등을 여기저기에서 목격했다.

하도 한눈팔지 않고 정신없이 돌아다니는 바람에 말을 걸 새도 없었지만.

"그러니까 괜찮아. 그래도 여기에 잡아두고 싶어 하는 건…… 그냥 내 욕심이지."

조금 씁쓸함을 머금은 라이언의 말에 미샤가 어리둥절해서 고개를 갸웃거렸다.

전혀 이해하지 못한 어린 표정에 라이언은 난처한 듯한 미소를 지었다.

"이걸 받아. 무슨 일이 있을 때 조금은 도움이 될 거다."

그렇게 말한 라이언은 새끼손가락에 끼고 있던 작은 반지를 미샤에게 건넸다.

아름다운 금색 반지에 작은 파란색 돌이 박혀 있다.

그것 말고는 별다른 장식이 없는 반지 안쪽에 라이언을 가리키는 문장이 새겨져 있었다.

이 문장을 보여주면 레드포드 국내는 물론이고 관련이 있는 타국에서도 상당한 편의를 누릴 수 있다. 라이언, 나아가 레드포드 왕국이 뒤에 있다는 걸 알려주는 것이었다.

그런 거창한 의미가 있다는 건 조금도 모른 채, 미샤는 겉보기엔 심플하고 작은 반지를 아무 생각 없이 받고 말았다.

미샤의 손가락에 직접 반지를 끼워준 라이언은 그 사실에 피식 웃었다.

"······그래. 이 반지가 이 손가락에 딱 맞을 만큼 자라면 한 번 더 만나러 와 줘."

"네. 라이언 님이 허락해주신다면 또 만나러 오겠습니다."

반지를 낀 손가락의 바로 옆 손가락을 살며시 쓰다듬으며 속삭이는 라이언에게 미샤는 천진하게 웃으며 기쁘게 고개를 끄덕였다.

"죄송합니다, 미샤 님. 라라이아 님께서 시간을 달라고 하시는데요······."

그때 라라이아의 시녀가 라이언의 반응을 살피면서도 면목 없다는 듯 말을 걸었다.

"아, 벌써 그런 시간이군요. 바로 가겠습니다."

원래 약속이라도 해두었던 모양이다.

라이언에게 꾸벅 머리를 숙인 뒤 미샤는 시녀와 함께 빠른 걸음으로 떠나갔다.

혼자 옥상에 남은 라이언은 그 작은 등을 배웅한 뒤 시선을 하늘로 올렸다.

"……저건 절대 못 알아들은 반응이네."

큭큭 웃음이 새어 나왔다.

미샤에게 선물한 반지는 안쪽에 각인된 문장도 그렇지만, 그 색에도 의미가 있다.

금색과 파란색.

그것은 라이언 본인을 가리키는 색이다.

더욱 말하자면, 저 반지는 라이언이 태어났을 때 부모님이 아이가 건강히 성장하길 기원하며 맞춘 것이었다.

"블루하이츠 왕국에는 그런 습관이 없나?"

레드포드 왕국에서는 제법 일반적으로 알려진 풍습이고, 그 반지를 다른 사람에게 선물하는 게 어떤 의미인지도 유명하다.

동성이라면 변함없는 우정을. 그리고 이성이라면…….

"어디, 일이나 할까."

마지막으로 크게 기지개를 켠 라이언은 집무실로 돌아갔다.

『잘 지내? 드디어 편지를 보내네.

캐로와 헤어진 뒤로 수도에서는 큰 병이 유행해서 아주 난리였어.

그 시기에 수도에 장기간 머물렀던 사람들에게도 최대한 연락해서 만에 하나 발병했다면 약을 보내달라고 했으니까 어쩌면 연락이 갔을지도 모르지만, 캐로는 괜찮았어?

어떻게든 약을 만드는 데 성공해서 수도도 안정되었어. 그런데 어쩌다 보니 나도 수도를 떠나게 되었지 뭐야. 엄마의 고향으로 약사 공부를 하러 가게 되었거든.

이렇게 될 줄은 생각지도 못해서 나도 놀랐는데, 약사로서 내 미숙함을 뼈저리게 느꼈으니까 열심히 배울게.

캐로는 어른이 되면 뭐가 되고 싶은지 정했어?

캐로는 머리도 좋고 강단이 있으니까 뭐든 될 수 있을 거야.

우리 둘 다 열심히 하자.

아무튼, 그래서 국립도서관에서 편지를 주고받는 건 힘들어졌어.

고민하는 나에게 라라이아 님이 내 전서조를 캐로에게 데려다준다고 하셔서 받아들였어.

새끼일 때부터 내가 키운 전서조인데 카인이라고 해.

똑똑한 아이라서 여기가 캐로의 집이라고 가르쳐주고 하늘로 날려 보내면 한 번 만에 외울 수 있으니까 안심해.

이러면 직접 캐로에게 편지를 전달해줄 수 있어. 캐로도 답장을 카인에게 달아서 보내줘. 카인은 신기하게 내가 어디에 있어도 찾을 수 있으니까 괜찮아.

그럼 답장 기다릴게.』

자신이 선물한 편지지에 적힌 내용을 한 번 더 읽어본 카롤루스는 작게 한숨을 쉬었다.

"미샤, 너무 생략했잖아. 얼마나 난리였는지 전혀 전해지지 않는다고."

수도에서 '홍안병'이 재발했을 때 카롤루스는 수도로 돌아가려고 했지만 주위 사람들이 온 힘을 다해 저지했다.

현재 왕가의 피를 이어받은 인간은 세 명.

그중 두 명이 수도에 있는 이상 피를 남긴다는 의미로도 카롤루스를 위험에 가까이 가게 할 수는 없었다.

그런 건 당연히 알지만, 그래도 소중한 사람들이 수도에 있는데 안전한 장소에서 보호받기만 하는 자신이 답답해서 이를 갈았다.

그런 카롤루스에게 그가 몸을 의탁한 땅의 영주인 전 재상이 수도 밖에서만 할 수 있는 일이 있다고 알려주었고, 카롤루스는 외부 지원을 돕게 되었다.

그 일환으로 카롤루스는 수도가 얼마나 난리였는지도, 미샤가 얼마나 고생했는지도 다른 사람을 통해 들은 거긴 해도 꽤 정확하게 파악하고 있었다.

가능하다면 약을 받기 위해 왕가의 배를 띄우고 싶었을 정도였지만, 중간에 어긋나게 될 우려가 커서 거기까지 손을 대진 못했다.

하다못해 굶주리진 않도록, 주변에서 입수할 수 있는 약이 동나는 일은 없도록.

지금까지 카롤루스는 표적이 될 위험을 고려해서 얼굴을 노출하지 않았다. 그러나 지금 그 명성을 사용하지 않으면 언제 쓰겠냐는 양 전 재상과 함께 각지를 돌아다녔다.

물론 어머니를 필두로 반대하는 사람은 있었지만 '나라를 지키기 위해 목숨을 바친 아버지께 부끄러워서 고개를 들 수 없는 한심한 내가 되고 싶지 않아!'라며 뿌리쳤다.

국난 시기에 태어난 '숨겨진 왕자'의 효과는 어마어마했다. 선왕의 모습을 무척 닮은 어린 왕자 앞에서 사람들은 할 수 있는 모든 협력을 아끼지 않았다.

아버지나 삼촌이 쌓아 올린 위광을 빌리는 행위는 카롤루스의 높은 자존심에 상처를 냈으나, 그보다 소중한 사람들을 구하고 싶었다.

"나라나 국민 같은 건 잘 모르겠어. 하지만 나는 내 가족이나 친구들이 웃었으면 해."

연이은 이동으로 안색이 나빠지면서도 가슴을 편 카롤루스에게 전 재상은 그저 말없이 신하의 예를 갖추었다.

"자, 카인. 여기가 내 집이야. 잘 기억하고 미샤에게 편지 잘 전해줘."

직접 지붕 위에 선 카롤루스는 옆에 대기하고 잇던 종자의 팔에서 카인을 받았다.

묵직한 전서조와 눈을 마주치고 진지하게 말을 걸었다.

그런 카롤루스에게 카인은 갸우뚱 고개를 기울였다.

의외로 귀여운 동작에 카롤루스가 조금 웃었다.

"'캐로의 집'이야. 기억했어?"

한 번 더 천천히 입에 담자 동그란 눈으로 가만히 응시하던 카인이 대답하듯 날개를 펄럭 펼쳤다.

"대단하네. 정말로 말을 알아듣는 것 같아. 똑똑하구나."

마지막으로 그 목을 살며시 쓰다듬은 후 카롤루스는 크게 팔을 휘둘렀다.

그 반동을 이용해 카인이 넓은 하늘로 날아올랐다.

"조심해서 가!"

크게 외치는 카롤루스 위에서 한 바퀴 원을 그린 뒤 카인은 푸른 하늘 속으로 멀어져갔다.

금세 작아진 카인의 모습이 보이지 않게 될 때까지 카롤루스는 그저 조용히 지켜보았다.

"근데 이 방법이면 내가 미샤에게 먼저 연락하진 못하잖아."

이미 그림자조차 보이지 않게 되어 그저 파랗기만 한 하늘을 바라보며 카롤루스는 입술을 삐죽였다.

하지만 여행하는 중인 미샤의 위치를 파악할 방법이 달리 있는 것도 아니다.

카롤루스의 집에 있는 전서조 담당자에게 들어 보면, 본래는 몇 개의 거점을 오가도록 훈련하는 거라 여행하는 인물을 목적지로 삼을 수 없다며 신기해했으니 카인이 얼마나 대단한 건지 알 수 있었다.

"어쩔 수 없지. 다음에 카인이 왔을 때 미샤에게 지지 않을 만큼 성장해있도록 노력이나 할까."

카롤루스는 팔을 하늘로 쭉 뻗어서 크게 기지개를 켠 다음 교육 담당이 기다리고 있는 방으로 돌아가고자 발걸음을 돌렸다.

의도한 건 아니었지만 그건 머나먼 하늘 아래에서 삼촌이 한 것과 똑같은 동작이었다.

출발은 아직 해가 다 뜨지도 않은 이른 아침이었다.

인사는 어제 전부 끝마친 미샤는 아직 사람이 많지 않은 왕성을 살며시 뒤로했다.

성대한 배웅 같은 건 원하지 않는다며, 마치 몰래 떠나는 듯한 그 모습은 절대 역사의 무대에 서려고 하지 않는 '숲의 백성'다웠다.

소리를 거의 내지 않고 조용히 걷는 일행의 속도는 제법 빨라서 금방 왕성이 멀어졌다.

배웅을 거절당한 사람 중 많은 이가 숨을 죽이고 창문에서 그 광경을 지켜보았으나, 새 여행에 흥분한 미샤는 눈치채지 못했다.

대신 일행의 맨 뒤에서 따라가던 라인이 쓴웃음과 함께 가볍게 손을 들었다.

'숲의 백성'의 마을로 돌아간다고 하니 하다못해 국경까지는 배웅하고 싶다는 제안도 넬이 일행을 대표해서 거절했다.

라이언이 미행을 붙이지는 않을 테지만, 욕망에 사로잡힌 사람은 어디에나 있기 마련이다.

조심해서 나쁜 것 없다.

그 경계심이야말로 작은 일족에 불과한 '숲의 백성'을 오랜 세월에 걸쳐 지켜왔다는 걸 일족은 잘 알고 있었다.

같은 이유로 미샤에게는 항구에서 배를 탄다고 알려주었지만, 실제로는 몇 명씩 흩어져서 각자 귀향하게 된다.

미샤에게 진실을 알리지 않은 건 존재는 인지했어도 아직 일족으로 인정한 게 아니라는 의사 표명이기도 했다.

미샤가 무사히 일족으로 인정받을 수 있을지는 앞으로 여행하면서, 그리고 고향에 도착한 뒤 생활하면서 미샤가 직접 보여주고 정해질 것이다.

더욱 말하자면 그중 몇 명이 순순히 고향으로 향할지는 넬도 알 수 없었다.

무엇보다 일족을 사랑하지만, 그와 비슷한 만큼 자유를 사랑하는 게 자신들 '숲의 백성'이다.

"자, 돌아가자꾸나."

작은 중얼거림.

그 중얼거림도 그제야 밝아오기 시작한 하늘로 빨려 들어갔다.

16 그리고 새로운 시작

"아저씨, 이 사과 얼마야?"

길거리에 펼쳐놓은 천 위에 상품인 채소와 과일을 올려놓던 남자는 갑자기 들린 목소리에 고개를 들었다.

거기에는 언제 나타난 건지 모를 아담한 소녀가 남자의 눈앞에 쪼그려 앉아있었다.

부드러운 흙색으로 물들인 로브를 머리에 푹 뒤집어쓰고 등에는 커다란 가방을 멨다. 손에는 몸에 안 맞아 보이는 커다란 지팡이를 들고 있다. 지팡이의 구부러진 끄트머리에는 불이 꺼진 작고 낡은 램프가 매달려 있었다.

아마도 이 가도를 여행하는 사람인 모양이다.

로브의 그림자 밑으로 선명한 녹색 눈동자가 붙임성 있는 미소를 머금고 이쪽을 물끄러미 바라보고 있었다.

"꼬마 아가씨 혼자야?"

똑바로 바라보는 눈동자에 어딘가 근질근질한 듯한 어색함을 느끼면서 남자는 고개를 살짝 갸웃거렸다.

눈앞의 소녀는 혼자 여행하기에는 다소 어려 보였기 때문이다.

물론 많은 여행자가 지나가는 이 시장에는 혼자 여행하는 어린아이도 드물긴 하지만 없지는 않았다. 그러니 여느 때였다면 이런 말을 걸지도 않았다.

하지만 어째서인지 이 소녀에게는 손을 내밀어주고 싶어지는 무언가가 있었다.

소녀는 어리둥절한 듯 갸웃거리더니 고개를 크게 도리질한 뒤 어떤 방향을 가리켰다.

"삼촌이랑 같이 다녀. 저쪽에서 딴 거 사는 중이야."

오가는 인파 속에서 소녀가 가리킨 쪽을 살피자 삼촌인 듯한 검은 로브의 뒷모습이 보였다.

그곳은 보존식과 조미료를 다루는 노점인데, 아마도 여행할 때 먹을 식량을 보충하는 모양이었다.

남자는 무의식중에 긴장했던 어깨에서 힘을 빼고는 그제야 눈앞의 작은 손님에게 씩 웃어주었다.

다소 험상궂은 편인 남자의 웃음은 안심보다 산적을 만난 듯한 두려움을 준다는 평이 자자했는데, 소녀는 아무렇지도 않은 듯 남자가 진열한 다른 과일에도 시선을 주었다.

"저 오렌지도 살래. 당분간은 안 상하고 버틸 수 있지?"

"사과와 오렌지 말이지? 오늘 첫 손님이니까 이 복숭아도 서비스해줄게."

작은 손가락이 가리킨 과일을 소녀가 내민 주머니 안에 넣은 뒤, 동전을 받을 때 너무 푹 익어서 상품으로 내기에는 부적합했던 복숭아를 하나 안겨주었다.

"고마워, 아저씨!"

제 손바닥만큼 커다란 복숭아에 눈이 휘둥그레진 소녀가 환하게 웃더니 그 자리에서 바로 깨물었다.

부드러운 과육을 크게 깨물어 먹고는 달콤한 과즙에 발을 동동 구르는 걸 보면 마음에 든 모양이다.

그 귀여운 반응에 남자는 자신의 얼굴 근육이 부드럽게 풀리는 걸 느꼈다.

조금 전에 지었던 영업용 미소가 아니라 진심에서 나온 미소는,
………그래도 역시 산적 같았다.

"미샤, 얌전히 있으라고 했지?"

맛있게 복숭아를 먹는 소녀 뒤로 불쑥 길쭉한 그림자가 섰다.

아무래도 장을 다 본 보호자가 데리러 온 모양이었다.

"보이는 곳에 있었잖아?"

무슨 소릴 하냐는 듯 뒤를 돌아보는 소녀의 머리를 청년이 황당하
다는 얼굴로 쿡 찔렀다.

"주인아저씨, 일행이 방해해서 미안해."

그러면서 작은 머리를 꾹꾹 쓰다듬는 청년의 눈은 소녀와 같은 아
름다운 녹색이었다.

"아니야. 방해라니 천만에. 오히려 꼬마 아가씨가 손님을 불러
줬지."

남자는 고개를 저으며 어깨를 으쓱했다.

그 말대로 조금 전까지 아무도 없던 노점 앞에는 몇 명의 손님이
보였다.

천진난만하게 과일을 먹는 소녀의 모습에 '그렇게 맛있나?' 하면
서 발을 멈춘 모양이다. 다들 과일을 사서 바로 먹으며 떠났다.

"으! 라인 삼촌, 아파."

목이 어질어질해질 정도로 쓰다듬을 당하던 소녀가 결국 참을 수
없게 된 건지 작게 소리치고는 그 손에서 도망쳤다.

그러자 흉악한 손에서 도망친 반동으로 소녀가 쓰고 있던 후드가
훌렁 벗겨지고 그 안에서 아름다운 백금색 머리카락이 나타났다.

아침 햇빛을 받아 각도에 따라서는 은색으로도 보일 만큼 옅은 색상. 반짝반짝 빛나는 머리카락은 신기하게도 다양한 색이 보이는 것 같아서 남자는 눈을 가늘게 떴다.

"오! 예쁜 머리카락이야."

무심코 감탄을 흘리자 소녀가 쑥스럽다는 듯 웃었다.

"감사합니다. 아저씨, 바이바이."

재빨리 후드를 다시 쓴 소녀는 작게 손을 흔들고는 보호자인 듯한 청년의 재촉을 받으며 떠나갔다.

……그런 줄 알았는데, 청년에게 뭐라고 말하더니 허둥지둥 돌아왔다.

"저기 아저씨, 배 아프지? 이대로 두면 더 아파지거든? 괜찮으면 복숭아를 준 보답으로 이거 줄 테니까 먹어."

그렇게 말하면서 건넨 것은 얇은 기름종이에 감싼……

"환약?"

"맞아. 삼촌은 약사거든. 삼촌이 만든 약은 아주 잘 들어."

갑작스러운 선물에 어안이 벙벙해져서 환약을 쳐다보는 사이에 소녀는 다시 손을 흔들어 인사하고는 발을 멈추고 이쪽을 보는 청년에게 달려갔다.

"아, 밥 먹은 뒤에 두 개씩, 다 먹을 때까지 먹어~~."

일행에게 도착한 소녀가 큰소리로 외치더니 이번에야말로 등을 돌리고 가버렸다.

그 크고 작은 두 개의 뒷모습이 인파 속으로 파묻혀 보이지 않게 될 때까지 남자는 멍하니 두 사람을 바라보았다.

"아저씨 운 좋네. 저 남자 유능한 약사인 것 같더라. 어제 같은 여관에서 묵었는데, 여관 주인에게 약을 준 건지 주인이 엄청 효과 좋았다면서 연신 고마워하더라고."

가게 앞에 서 있던 손님의 목소리에 정신을 차린 남자는 손바닥 위 작은 꾸러미에 시선을 주었다.

이 마을에도 약사는 있지만 제법 가격이 나가다 보니 서민은 정말 힘들어졌을 때가 아니면 약에 손을 대지 않는다.

남자도 얼마 전부터 위의 상태가 안 좋아서 고민하긴 했으나 '뭐, 아직은 참을만하니까⋯⋯'라며 지켜보는 중이었다.

소녀에게 줬던 복숭아도 이거라면 먹을 수 있을 것 같다며 본인의 점심용으로 가져온 것이었다.

"팔 수도 없는 복숭아가 약으로 변신했어."

작게 중얼거린 남자는 약을 소중히 품에 넣었다.

'뭐랬더라⋯⋯. 어릴 때 아버지가 잘난 체하는 얼굴로 설교했었 지. 나 자신을 위해 남에게 친절히 대하라고. 그땐 뭔 소린지 모르 겠다며 웃었는데⋯⋯.'

돌아가면 아들에게 아버지의 말과 함께 오늘 일을 가르쳐줘야겠 다고 다짐한 남자는 내일 먹고살 돈을 벌기 위해 고개를 들었다.

"아까 그 아저씨, 약 제대로 먹어줄까?"

주머니에서 꺼낸 사과를 건네며 미샤는 옆에서 걷는 라인올 올려 다보았다.

"글쎄. 보아하니 위염 증상도 상당히 진행된 것 같으니까 먹지 않 을까?"

가볍게 대답하면서도 사과를 깨물어 먹고는 달다며 만족스럽게 웃었다.

"그렇구나. 그럼 됐고."

자기가 먹을 사과도 꺼낸 미샤는 잠시 생각한 뒤 주머니에 돌려놓았다.

조금 전에 먹은 복숭아의 단맛이 아직 혀에 남아있어서 조금 더 그 행복한 여운을 즐기고 싶었기 때문이다.

미샤는 어제 낮에 지나가다 본 시장에서 청과점 남자를 발견했을 때부터 자꾸 그가 마음에 걸렸다.

안색이 나쁘고 초췌한 모습.

무의식인 건지 감싸듯이 복부에 놓인 손 위치로 보아 위에 문제가 있는 것 같다고 예상했다.

이따금 찌푸리는 얼굴을 보니 통증도 강한 것 같다고 생각하면서 보고 있었더니 심부름하던 중인 듯한 소년이 그 아저씨의 가게 앞에서 성대히 넘어졌다.

미샤가 놀라서 작은 비명을 지르고 소년의 얼굴이 확 구겨진 순간에는 재빨리 일어난 남자가 소년을 부축하고 있었다.

조금 전까지 움직이는 것도 힘들다는 듯 배를 문지르고 있었는데 눈 깜짝할 사이에 일어난 일이었다.

약간 험상궂은 얼굴로 어색하게 웃으며 소년을 위로하고 여기저기 떨어진 짐을 주워주었다.

울음을 그친 소년에게 뭐라고 말하며 상품 중에서 작은 오렌지를 하나 들려주었다.

아마도 울음을 그친 걸 '대단하네'나 '강하구나'라면서 칭찬했을 것이다.

눈물을 훔친 소년은 웃으면서 꾸벅 인사하고 떠나갔다.

그건 참으로 가슴이 따뜻해지는 광경이었다.

소년을 배웅하고 상품 안쪽으로 돌아간 뒤 남자가 웅크린 모습을 보지 않았다면.

'급격히 움직여서 몸이 놀란 거겠지. 아니, 저건 가만히 앉아있기만 해도 아플 정도로 증상이 심각해진 거 아니야?'

잠시 얼굴을 일그러트리고 배를 누르고 있던 남자가 간신히 통증이 진정된 건지 느릿느릿 고개를 들었다. 파리한 얼굴로 가게를 계속 보는 남자의 표정은 조금 공허해 보였다.

그쪽을 보는 사이에 먼저 가버린 삼촌의 등을 허둥지둥 쫓아가며 미샤는 어떻게 해야 그 아저씨에게 약을 줄 수 있을지 고민했다.

그리고 오늘 장을 보는 김에 간단한 계획을 세우고 실행했다.

입에 남은 부드러운 단맛을 즐기며 미샤는 아저씨의 웃음을 떠올렸다.

만족스럽게 식사하는 것도 어려웠을 것이다.

가까이 가 보자 뺨이 홀쭉하고 구취도 느껴졌다.

원래도 안 좋던 인상이 한층 나빠지면서 얼핏 산적처럼 보였지만, 자상하게 휘는 눈은 온화했고 아저씨의 착한 성품이 전해져서 조금도 무섭지 않았다.

분명 어제 그 소년도 같은 기분이었을 것이다.

"잘 나았으면 좋겠다."

미샤는 콧노래를 흥얼거리며 라인 옆에 섰다.

"그 정도면 약 먹고 얌전히 쉬면 낫겠지. 아무튼 내 특별 조제법이니까."

흐흥 코웃음을 치며 가슴을 편 라인은 심지만 남은 사과를 수풀에 던졌다.

"자, 노숙하고 싶지 않으면 빨리빨리 걷자. 다음 마을까지 산 하나를 넘어야 해."

"네~."

미샤의 씩씩한 대답이 들린 후 두 사람은 가벼운 발걸음으로 이른 아침의 산길을 나아갔다.

'숲의 백성'의 고향으로 향하는 여행은 미샤가 생각했던 것보다 더 느긋했다.

왕성을 출발하고 잠시 지나자 먼저 미란다가 이탈했다.

"서쪽에서 좀 문제가 생긴 것 같으니까 갈게."

아무렇지도 않게 손을 흔들고 떠나려는 미란다의 손을 미샤가 허둥지둥 붙잡았다.

"문제라니 무슨 문제? 같이 마을로 돌아가는 거 아니야?"

영락없이 같이 여행할 줄 알았던 미샤는 이해할 수 없어서 눈을 크게 떴다.

"내 일은 마을 밖으로 나간 일족을 보조하는 거라고 전에 말했지? 부르면 가야 해."

너무 놀라서 눈물이 맺힌 미샤를 보며 미란다는 조금 난처한 얼굴로 대답했다.

"미샤는 이제 라인과 같이 있으니까 내가 없어도 괜찮지?"

"그렇…… 긴 하지만."

다독이는 말에 미샤는 풀이 죽어 어깨를 떨궜다.

여행 도중에 우연히 만난 뒤로 계속 곁에서 이래저래 돌봐주었던 존재가 갑자기 사라진다는 쓸쓸함에 고개를 들 수가 없었다.

그런 미샤의 머리를 라인이 거칠게 쿡쿡 찔렀다.

"다시는 못 만나는 것도 아니니까 떼쓰지 마, 미샤. 어차피 또 마을에서 만날 텐데."

"그런 거야?"

라인의 말에 휙 고개를 든 미샤는 매달리듯 미란다를 보았다.

울먹울먹해진 커다란 눈동자를 향해 미란다가 자애롭게 웃었다.

"당연하지. 누구랑 다르게 나는 1년에 한 번은 보고하러 돌아오거든. 금방 만날 수 있어."

자상하게 머리를 쓰다듬자 미샤는 그제야 잡고 있던 미란다의 손을 놓았다.

"맞다, 잊고 있었네. 이거 줄게."

문득 생각났다는 듯이 미란다가 로브의 안주머니에서 장식 술을 꺼내 미샤의 지팡이에 묶었다.

원래 달려있던, 조금 색이 바랜 장식 술 옆에 선명한 녹색과 파란색으로 만든 새 장식 술이 흔들렸다. 그걸 보며 미란다는 눈을 살짝 가늘게 뜨고는 만족스럽게 고개를 끄덕였다.

"이건 미샤를 위해. 부적이야. 네게 행복이 찾아오기를."

"응. 미란다 씨도 또 만날 때까지 건강하게 잘 지내."

미샤의 이마에 살며시 입 맞춘 뒤 미란다는 떠나갔다.

그 후에도 한 명이 빠지고, 두 명이 빠지고. 어느새 인원이 절반으로 줄어들었을 때 비로소 라인에게서 진짜 여행 일정을 듣게 되었다.

처음에는 항구에서 배를 타고 이동한다고 들었는데, 교란을 위해서도 한 명 혹은 두 명이 한 팀으로 행동한다.

애초에 사실은 마을로 돌아가는 건 장로와 미샤와 라인 정도라고 한다.

"원래 이 근방을 어슬렁대던 녀석들이 긴급 소집된 느낌이었거든. 그때까지 있던 장소로 돌아가거나 또 다른 곳을 어슬렁대거나 둘 중 하나겠지."

시원스러운 라인의 대답에 미샤는 눈을 부릅떴다.

다 함께 마을에서 온 줄 알았기 때문이다.

"그렇게 많은 '숲의 백성'이 다양한 장소에 있는 거야?"

"뭐, 어느 정도는. 자기가 연구하는 약이나 수법의 실험과 검증은 마을에선 할 수 있는 게 한정적이거든. 무엇보다 약이든 치료법이든 환자가 없으면 뭘 할 수가 없잖아?"

예상했던 것보다 더 활동적인 일족 이야기에 미샤는 눈을 연신 깜빡였다.

"그런 것치고는 일족의 소문을 거의 못 들었는데."

"그야 굳이 자기가 '숲의 백성'의 일원이라고 선전하고 다닐 리가 없잖냐. 문제만 생길 뿐이지."

"그건, 그렇지만……."

당연하다는 듯한 대답에 미묘함을 느끼면서도 미샤는 말문을 흐렸다.

"여행 약사는 그리 드문 것도 아니니까. 일족을 분간하는 방법은 머리카락과 눈동자 색, 그리고 탁월한 의료 기술이라는 애매모호한 기준이고. 현실적으로 자기가 힘들어할 때 도와준 상대를 해치려는 인간은 별로 없거든."

라인은 그런 미샤의 반응에 웃으며 부드러운 머리카락을 쓰다듬었다.

그 후 미샤와 라인, 그리고 넬 세 명만 남았을 때 마지막 서프라이즈가 기다리고 있었다.

"오, 아가씨. 오랜만이야~~."

길가에 정차한 소형 황마차 옆에 샤이딘이 서 있었다.

"어~~? 샤이딘 씨, 왜 이런 곳에?!"

놀라서 눈이 휘둥그레진 미샤에게 샤이딘은 장난이 성공한 어린아이 같은 얼굴로 웃었다.

"아가씨가 소개해줬잖아. 최신 인공사지를 연구하는 사람이 마을에 있으니까 연결해준다더라."

"어떻게 찾는 건지, 밖으로 나오자마자 뛰어나와서는 집요하게 따라다니는 통에 항복했다. 한쪽 팔만 있어도 제법 써먹을 수 있어 보이니 마을에 돌아갈 때까지 호위로써 부리기로 했지."

기뻐하는 샤이딘 옆에서 넬이 질색하듯 콧잔등에 주름을 만들었다.

병의 종식이 보이기 시작했을 때 샤이딘을 '숲의 백성'과 만나게 해준 건 확실히 미샤가 맞다.

만나게 해준 다음부터는 자기가 이야기한다고 했기에, 당시 눈이 핑핑 돌 정도로 바쁘기도 했던 미샤는 정말로 만나게만 해줬을 뿐 어떻게 되었는지 확인하지 않았다.

설마 몇 번이나 포기하지 않고 넬에게 직접 교섭했을 줄은 생각도 못 했다.

"하지만 외부인을 데리고 다닌다는 게 알려지면 그 외에도 따라오고 싶어 하는 녀석이 산더미처럼 나타날 테니까 여기에서 만나기로 약속한 거야."

샤이딘은 넬이 무슨 표정을 짓든 아랑곳하지 않으며 왜 여기에 있는지 간단히 설명해주었다.

"하긴. 코난 씨만 해도 앞장서서 요청할지도……."

미샤는 그동안 친하게 지낸 의사와 약사들을 떠올리며 수긍했다.

"그럴 수는 없지. 이 이상 시끄러운 녀석이 늘어나는 건 사양이다."

진심으로 질색하는 표정인 넬은 그가 성에 나타나기만 하면 코난을 비롯한 의사들이 재빨리 찾아내서 술래잡기를 펼쳐야 했다. 앞으로 의료가 나아갈 방향에 대한 진지한 이야기로부터 '숲의 백성'에 얽힌 소문의 진위까지, 다방면에 걸친 질문에 상당히 넌더리가 났으니 저런 표정을 지어도 어쩔 수 없다고 할 수 있었다.

"걷는 게 귀찮으니까 승차감이 좋고 크기는 작아서 민첩하게 움직일 수 있는 황마차를 준비해놓고 기다리라는 일방적인 지시가 와서 기다렸는데, 마음이 바뀌어서 다른 길로 가면 어떡하나 아주 조마조마했어."

"한 번 약속한 걸 어길 리가 있나. 오히려 조금 더 가까운 마을을 지정할 걸 그랬다고 후회했을 정도다. 늙은이를 배려하지 않고 냅다 걸어가다니……."

투덜투덜 불평을 늘어놓으면서도 넬이 알아서 마차에 탔다.

"그럼 미샤야. 조심해서 오너라. 어서 마차를 출발해라!"

그리고 손을 흔들어 인사하더니 휙 들어갔다.

"알겠습니다요. 나이를 먹으면 인내심이 짧아진다니까. 그럼 아가씨. 먼저 가서 기다릴게!"

서둘러 마부석에 탄 샤이딘이 한 손을 흔들어 인사한 다음 출발하자, 황마차가 점점 작아졌다. 그걸 배웅하며 미샤는 고개를 갸웃거렸다.

"헤어질 때 훌쩍 가는 것도 '숲의 백성'의 특징인가?"

미란다도 그렇고 마치 내일 만나기라도 하는 것처럼 다들 시원스럽게 가버린다.

"글쎄? 좋게도 나쁘게도 여행에 익숙한 녀석이 많아서 그런 거 아냐?"

의아해하는 미샤의 말에 라인은 웃으며 어깨를 으쓱했다.

"그런 관계로 우리는 육로를 따라 느긋하게 갈 거야."

"어? 빨리 안 돌아가도 돼?"

다른 사람은 그렇다 쳐도 자신들은 가장 빠른 길로 돌아갈 줄 알았던 미샤는 생각지도 못한 라인의 말에 고개를 갸우뚱 기울였다.

"마을에 들어가면 미샤는 일족의 규정에 따라 몇 년은 밖에 나오지 못하게 될 게 확정이니까, 조금쯤은 견문을 넓히고 가도 되잖아?"

그렇게 말하며 장난스럽게 웃는 라인에게 옳은 듯 미샤도 활짝 웃었다.

"응. 삼촌이랑 여행할 수 있어서 좋아."

그렇게 미샤와 라인의 느긋한 2인 여행이 시작되었다.

숲 변두리의
꼬마 마녀

Little witch
at the edge of the forest.

추가 번외편 ✳ 즐거운 다과회

"그러고 보면."

차를 마시던 미샤는 문득 떠올랐다는 듯 대각선 앞에 앉은 지올드를 바라보았다.

"처음 만났을 때 옛날에 '숲의 백성'이 목숨을 구해줬다고 했었는데, 그건 무슨 일이었던 거야?"

'홍안병' 약이 도착해서 병이 종식을 보이기 시작하자 이번에는 후유증 문제가 부상했다.

그 대책을 위해 동분서주하는 가운데 숨을 좀 돌릴 겸 미샤와 미란다, 그리고 지올드가 모여서 작은 다과회를 하던 도중이었다.

"뭐야 그게? 재미있겠는데?"

우아하게 다과를 입으로 가져가던 미란다가 흥미진진하다는 듯 대화에 끼어들었다.

"딱히 뭐 대단한 이야기는 아닌데? 용병 시절에 좀 일이 있어서 크게 다친 걸 구해준 거라. 아니, 이거 미샤에게 안 가르쳐 줬던가?"

과자를 한입에 호쾌하게 넣으며 지올드가 고개를 갸우뚱했다.

"응. 들은 적 없어. 크게 다쳤다니, 무슨 일이 있었는데?"

"어? 전신 여기저기를 다쳤고, 추가로 팔꿈치 아래가 토막 날 뻔했지."

소매를 팔꿈치 위까지 주섬주섬 걷어붙인 지올드가 앞으로 내밀어 보여주었다.

미샤는 후다닥 테이블을 돌아 그 팔을 잡았다.

"벌써 흉터도 거의 안 남았어."

선을 그어 놓은 듯 쭉 뻗은 상흔이 팔꿈치 아래 5센티미터 정도 높이를 빙글 감고 있다.

"벌써 10년 가까이 지났으니까."

미샤의 가느다란 손가락이 살며시 흉터를 쓰다듬자 지올드가 간지럽다는 듯 얼굴을 찡그렸다.

"보아하니 정말로 한 번은 절단된 모양이구나. 어디, 손가락을 움직여보거라."

그때 어디서 나타난 건지 넬이 옆에서 끼어들었다.

시키는 대로 손가락을 움직이는 지올드에게 흥미진진해하는 시선이 박혔다.

여태까지도 이런 건 여러 번 겪어본 지올드였지만, 익숙한 행위인데도 지금까지와는 다른 시선이 느껴져 조금 민망했다.

지금까지는 지올드의 이야기를 들어도 절단된 팔을 다시 붙일 수 없다면서 사기꾼을 보는 듯한 눈으로 쳐다보는 게 기본이었다.

하지만 미샤를 비롯한 '숲의 백성' 일족은 '어떻게 조치하면 이렇게 매끄럽게 기능을 되찾을 수 있는가'를 진지하게 생각하는 것처럼 보였다.

"약 10년 전이라……. 확실히 4년 전에 절단된 부위를 기능을 유지하면서 다시 연결하는 기술이 확립되었는데……. 그 연구의 첫 실험대였을지도 모르겠구나."

손목을 비틀기도 하고 손가락을 쥐었다 폈다 하는 등 지올드에게 한차례 움직임을 시켜본 넬이 무언가를 떠올리는 듯한 얼굴로 중얼거렸다.

"그런 기술이 있어요?"

눈이 휘둥그레진 미샤의 뇌리에 전장에서 부상을 입고 한 팔을 잃은 샤이딘이 떠올랐다.

"그 기술을 누구나 쓸 수 있었다면 샤이딘 씨의 팔은 아직 있었을까?"

"샤이딘이라. 호쾌하게 싹둑 잘린 모양이니까 직후였다면 이 녀석 정도로는 움직일 수 있게 되었을지도 모르지."

미샤의 중얼거림을 들은 넬이 지올드의 팔을 다양한 방향으로 움직이며 대답했다.

"그랬다면 지금쯤 나는 그 녀석이 따라다닐 일도 없이 쾌적했을 텐데. 빨리 시술자를 늘려놨다면……."

그리고 진심으로 넌더리를 내는 얼굴로 작게 중얼거렸다.

미샤에게 아버지의 기사단에 있던 사람이라고 소개받은 뒤로 넬이 마을에 나가기만 하면 어디선가 튀어나와서는 시중이라는 명목으로 달라붙는다.

확실히 성 아랫마을의 정세를 잘 알고, 미샤의 이야기가 사실이라면 그도 타국민인데 특이하게도 익숙해 보이며 아는 사람도 많다.

덕분에 사정 청취가 원활해지는 일도 많아서 매몰차게 쫓아내기도 어렵다는 부분까지 골치였다.

본인의 주장으로는 한쪽 팔을 보완하는 정교한 의수를 갖고 싶으며, 유능한 기술자가 있다면 소개해달라고 한다.

'마일즈 녀석이 체력 좋은 피실험자가 필요하다고 했으니까 데려가도 손해는 아니지만⋯⋯.'

정력적으로 거리를 활보하는 모습을 보면 '너 팔 한쪽 없어도 안 불편하지?'란 생각이 자꾸 드는 바람에 순순히 데려간다고 말하고 싶지 않은 넬이었다.

한편 실컷 팔을 만져지는 와중에도 지올드의 눈이 반짝였다.

"그런 기술이 완성되었다고요?"

지올드는 원래 용병으로, 지난 전쟁에서 우연히 라이언의 눈에 들어 등용되었다.

당연히 많은 전장을 경험했고, 라이언은 운 좋게도 팔을 잃지 않았으나 자신처럼 다쳐서 외팔이 된 아는 사람도 있었다.

"뭐냐, 관심이 있느냐?"

미샤가 흥미를 느끼는 건 당연하지만 생각지도 못한 곳에서 반응이 돌아오자 넬은 고개를 갸웃거렸다.

"알고 계실지도 모르지만, 전장에서 팔이나 다리를 잃은 병사는 많습니다. 붙여놓는 기술이 있다면 저처럼 팔을 잃지 않을 수 있었을지도 모르죠."

진지한 시선에 넬은 어깨를 으쓱했다.

"뭐, 그렇긴 하지. 아무튼 지금 의사의 기량을 끌어올리는 게 먼저다. 인체 구조를 잘 모르는 의사가 너무 많아. 이런 대국의 의사라고 해도 아직 손수 인체 해부를 해본 적이 없는 사람도 있다고 듣고 현기증이 날 정도였단 말이다."

한차례 확인하고 질린 듯한 넬이 지올드의 팔을 휙 던지고 자기도 의자에 앉았다.

"관심이 있다면 라인에게 물어보는 게 좋겠지."

대기하고 있던 메이드에게 자기 몫의 차를 요구하며 넬이 가볍게 말했다.

"삼촌?"

갑자기 나온 라인의 이름에 미샤가 의아한 표정을 지었다.

"그래. 그 기술을 확립시킨 게 그 녀석이니까."

"어어엇~~!!"

미샤가 자기도 모르게 소리치거나 말거나 이미 다과로 의식이 넘어간 넬은 거들떠보지도 않았다.

흥미가 사라진 듯한 넬의 태도를 보고 포기한 미샤는 그 자리에 있는 또 다른 '숲의 백성' 미란다에게 고개를 돌렸다.

"미란다 씨, 알고 있었어?"

흥미로 가득한 눈에 미란다가 쓴웃음을 지었다.

"그래. 이야기는 들었지만 아쉽게도 자세한 기술은 몰라. 그냥 옛날부터 라인은 인체 구조에 관심이 있었던 모양이라, 어릴 때부터 인체모형을 장난감으로 삼았다고 하고 준성인을 맞은 뒤로는 자기 마음대로 마을에서 뛰쳐나가기도 했어. 아마 그 무렵부터 후유증이 없는 봉합법을 찾고 있었던 거겠지."

레이어스와 미란다가 약초를 장난감으로 놀았던 것처럼 라인은 인체모형과 표본에 푹 빠져 살았다.

어릴 때부터 사냥하러 나가는 어른들을 따라가서 헌터로서 재능도 발휘했지만, 그건 동물 해체법을 배우는 김에 해부 경험도 쌓기 위해서라는 걸 조금 성장한 뒤에 알았다. 당시에는 사냥해온 고기를 나눠 받고 순수하게 기뻐하기만 했다.

'레이어스가 라인이 집에 저장해둔 고기로 바느질 연습을 해서 난감하다고 했던 게 아마 10살이 되기 전이었지?'

'삼촌 대단해!'하며 천진난만하게 기뻐하는 미샤에게 어디까지 밝혀도 되는 건지 고민하고 있었더니 불현듯 등 뒤에서 다가온 손이 테이블 위의 샌드위치를 훔쳐 갔다.

"뭐야. 우아한 한때냐? 나는 회의가 폭우처럼 쏟아져서 밥 먹을 새도 없는데."

불만이라는 듯 미란다 옆에 털썩 앉은 사람은 바로 그 라인이었다.

미샤와 레이어스를 만나러 갔던 걸 비밀로 했던 벌로서 교섭 대표 역할을 떠넘겼는데, 그 역할은 아직도 라인이 맡고 있으며 넬이 계속 도망치는 중이기도 해서 사실 '숲의 백성'의 창구로써 지금 가장 바쁜 사람이 라인이었다.

원래 무슨 일이든 잘하고 두뇌 회전도 빨라서 문제없이 대응하고 있긴 하나, 역시 익숙하지 않은 교섭은 스트레스가 쌓이는 건지 요즘은 좀 기분이 안 좋았다.

그러거나 말거나 교대하겠단 말 없이 슬쩍 고개를 돌려버린 미란다는 좋게도 나쁘게도 뻔뻔했다.

소꿉친구로서 지낸 시간이 있다는 것도 강점이다.

즉 라인이 좀 성질을 부려봤자 익숙하므로 전혀 무섭지 않았다.

입이 거친 건 원래 그렇고, 무슨 일이 있어도 부당하게 폭력을 저지르는 인간이 아니라는 것도 안다. 미란다에겐 무서워할 요소가 하나도 없었다.

"지금 라인 이야기하던 중이었어. 그의 팔을 고친 게, 어쩌면 네가 발표한 기술을 쓴 게 아닌가 하고."

그래도 피로가 묻어나는 눈가를 보자 조금은 죄책감이 치민 미란다는 조카에게서 힘을 얻을 수 있도록 화제를 유도했다.

"어어? 팔을 고쳤다고?"

라인은 껄렁하게 등받이에 몸을 기댄 자세로 뜨거운 걸 잘 못 먹는 그를 위해 바로 제공된 미지근한 차를 마시며 지올드에게 시선을 던졌다.

"10년 정도 전에 전장에서 팔이 잘려 나갈 뻔했는데 봉합해 줬대. 삼촌, 기억해?"

흥미진진해하는 미샤에게 힐끗 눈길을 준 라인이 어깨를 으쓱했다.

"글쎄. 다양한 곳을 돌아다니니까 어느 게 어느 건진……. 잠깐 이리 와서 보여줘 봐."

그래도 미샤의 시선에 져버린 듯 라인은 몸을 일으켜 지올드에게 손짓했다. 지올드도 싫어하는 기색 없이 바로 일어나 또다시 다른 사람에게 팔을 맡겼다.

거친 말투와는 반대로 팔을 잡는 라인의 손은 섬세하고 부드러웠다.

넬처럼 한차례 각 부위를 움직이고 만져보고 한 다음 마지막으로 희미하게 남아있는 봉합 흔적을 빤히 관찰했다.

"어, 이거 확실히 내가 맞네. 그나저나 상태가 아주 개판이잖아? 피부에 뒤틀림이 남아있어."

기가 막힌다는 듯 중얼거린 라인이 지올드의 얼굴을 응시했다.

"어~ 미안한데 얼굴은 전혀 기억 안 나. 뭐, 그 후로 지금까지 잘 살아남았으니까 잘된 거 아냐?"

아무렇지도 않게 웃는 라인을 보며 지올드가 무언가를 억누르듯 입술을 꾹 깨물었다.

그 후 라인에게서 팔을 되찾은 뒤 반대로 그 손을 잡고 그 자리에 무릎을 꿇었다.

그리고 라인의 손을 이마에 붙이며 소파에 앉은 라인에게 머리를 숙였다.

"당신이 구해준 목숨 덕분에. ……이 팔을 남겨주신 덕분에 수많은 소중한 것을 지킬 수 있었습니다. 감사합니다."

고개를 숙였기에 그 얼굴을 볼 수는 없다.

하지만 희미하게 떨리는 목소리가 그 심정을 여실히 전해주었다.

"……응."

다른 말은 하나도 없이 작게 고개를 끄덕인 라인은 그대로 잠시 가만히 있었고, 지올드도 감사를 전하듯 손에서 이마를 떼지 않았다.

미샤는 그 광경에 숨을 삼키고 정신없이 매료되었다.

시간을 넘어 전해진 감사가 무척이나 존귀하게 느껴졌다.

잠시 말 없는 시간이 흐른다.

이윽고 그 침묵을 깬 사람은 당사자인 라인이었다.

"그런데 그 팔, 다시 달아줄까?"

힘이 들어가지 않은 지올드의 손에서 조금 습하게 느껴지는 제 손을 스르륵 빼낸 라인이 씩 웃었다.

"……다시 단다고요?"

갑작스러운 말에 무슨 뜻인지 이해하지 못하겠다는 듯 지올드가 고개를 갸우뚱 기울였다.

"그래. 그 팔, 혹사하면 손끝이 저리거나 악력이 약해지거나 하지 않아?"

"그건……."

가끔 일어나는, 숨기고 있던 후유증을 맞히자 지올드의 눈이 휘둥그레졌다.

"역시. 10년 전이면 아직 모르는 부분이 많았거든. 필요한 신경을 덜 연결했을 거야. 지금이라면 그 후유증을 개선할 수 있어."

히죽 웃는 라인에게서 좋지 않은 것을 느낀 지올드는 무릎을 꿇은 채로 슬금슬금 뒤로 물러났다.

"다시 단다니, 한 번 팔을 떼어놓는 거야?"

"그래. 그게 가장 빨라. 다행히 여기에는 넬 영감님도 다른 일족도 있으니까 조수도 충분하고, 마취약과 진통제와 기타 등등도 다 갖춰져 있지. 그 후 재활 훈련까지는 봐주지 못하지만, 토마가 상주한다고 하니까 괜찮을걸."

천진하게 묻는 미샤의 질문에 라인이 별것 아니라는 양 대답했다.

그 대답에 지올드는 팔을 숨기며 살금살금 뒤로 도망쳤다.

"좋구나. 나는 아직 실제로 수술하는 걸 본 적이 없었으니."

그런 지올드의 어깨를 어느새 뒤에 서 있던 넬이 턱 눌렀다.

지올드의 몸이 움찔 튀어 올랐다.

"나도 견학해도 될까?"

'숲의 백성'의 비술이라면 쉽게 허락해주진 않을 수 있다고 생각하면서 미샤가 조심스레 손을 들었다.

"아니, 잠깐만. 왜 건강한 팔을 자른다는 이야기가 된 건데!"

지올드는 허둥지둥 이의를 제기했다.

여기서 가만히 있었다간 굉장히 난감해질 것 같은 예감이 물씬 났다.

"아니, 그야 후유증이 있다면 치료해놓는 게 낫잖아? 기억이 희미하다지만 옛날의 내가 했던 수술이기도 하고 제대로 책임은 질 테니까 안심해. 겸사겸사 뼈를 보강해서 잘 안 부러지게 해줄까?"

어리둥절한 라인의 얼굴에 악의는 눈곱만큼도 없어서 그 나름의 호의라는 건 생생히 전해졌으나, 지올드는 반박하고 싶었다.

하지만 일단 은인이라는 인식이 있으니 매몰차게 거부하기도 어려웠다.

그 결과.

"아, 라이언 님께서 오라고 하셨던 시간이네. 그럼 여러분 저는 이만!"

다소 어색한 어조로 그렇게 말한 뒤 넬의 손을 스윽 떼어내고 그 자리에서 쏜살같이 도망쳤다.

"앗! 지올드 씨!"

뭐라고 말하고 싶은 듯한 미샤의 목소리가 들렸지만, 지올드는 돌아보지 않았다.

호기심이 왕성한 미샤에게 잡혔다간 도망칠 자신이 없었다.

하지만 굳이 실험대가 될 마음도 없다.

'미안. 지금은 이대로도 충분해. 실제로 다친 사람을 만났을 때까지 그 호기심은 넣어둬!'

말없이 복도를 나아가는 그 속도는 분명 걷고 있는데도 몹시 신속했다.

"아~ 가 버렸어."

문 앞까지 쫓아갔던 미샤가 조금 아쉽다는 얼굴로 돌아왔다.

"라인도 참, 익숙하지 않은 감사 인사에 부끄럽다고 해서 놀리는 건 불쌍하잖아?"

기가 막힌다는 듯 타이르는 미란다의 말에 라인이 어깨를 으쓱하며 웃었다.

"뭐, 재수술을 권한 건 완전히 농담만은 아니야. 피로로 악력이 빠지는 건 기사에겐 문제가 되잖아? 장시간 전투하게 되었을 때 그것 때문에 죽을지도 몰라. 지금은 평화로우니까 석 달에서 반년 정도라면 호위에서 빠져도 괜찮지 않겠어?"

예상 이상으로 진지한 대답에 돌아오자 미란다는 눈을 동그랗게 떴다.

"영락없이 미샤에게 수술을 보여주고 싶다는 이유가 전부인 줄 알았어."

"아니, 그것도 있긴 해. 좋은 경험이잖아? 절단과 봉합."

"……삼촌."

순간 호기심이 이겼다고 해도 지올드에게 정말로 조를 마음은 없었던 미샤는 농담만이 아니었던 라인에게 뭐라 말할 수 없는 시선을 보냈다.

"아무튼, 치료를 받을지 아닐지도 환자의 판단에 맡기는 거지."

웃으며 그렇게 중얼거린 후 라인은 깨끗하게 비운 찻잔을 들어 올려 한 잔 더 달라고 요구했다.

숲 변두리의
꼬마 마녀

Little witch
at the edge of the forest.

후기

처음 뵙는 분도, 그렇지 않은 분도 이 책을 읽어주셔서 감사합니다.

마침내 3권 출판 계획이 잡히면서 감사한 마음을 금할 수가 없습니다. 3권은 이 이야기 안에서도 큰 전환점이었기 때문에 보여드릴 수 있어서 정말 기쁩니다.

"와, 듣긴 했지만 정말로 딱딱하네?"

꺄악! 2권의 악몽이 또다시?! 누구세요?!

"악몽이라니 너무하잖아. 모두가 경애하는 왕녀 라라이아입니다. 잘 부탁해."

와우, 예상치 못한 사람 등장. 영락없이 자칭 천사인 꼬마 악마가 재강림할 줄 알았는데.

"드디어 후계자로서 자각했다고 기뻐하는 전 재상에게 붙잡혀서 오지 못했던 모양이야."

와아. 꼴 좋다. 아주 철저하게 단련 받으라지.

"그래. 요즘 건방져졌던데 그 부분은 동감이야. 일단 앞으로도 자기 분량을 제대로 확보하라는 말을 전해달라더라. 전달했다?"

……아, 네. (아득) 그래서, 왕매라 바쁘신 라라리아 님께서 이런 곳까지 어쩐 볼일로 오셨습니까?

"나는 왕매잖아. 국민을 사랑하고 국민에게 사랑받는 왕녀. 따라서 방황하는 백성의 의문을 해결하기 위해 왔지. 시간도 없으니까 1문 1답으로 간다?"

질문 1. 미샤는 어디에 간 거야?

답 1. 어…… 갑작스럽네. 우선 라인과 육로로 느긋하게 일족의 마을을 향하는 중이야. 도중에 다양한 만남이 있을 거고, 조금 판타지색도 강화하려나? 물론 약사로서 성장도 하지.

질문 2. 애초에 '숲의 백성'은 약사의 영역을 너무 벗어난 거 아니야?

답 2. 뭐, 일족의 시작은 약사라서 지금도 약사라고 하고 다니지만, 실제로는 의료집단이지. 이것도 옛날엔 약사와 의사의 경계가 정말 애매모호해서 그래. 심지어 이발사가 외과 의사를 겸임하던 시대도 있었다고 하니까. 그런 느낌이라고 치고 넘어가 주십쇼.

질문 3. 다시 레드포드 왕국으로 돌아올 일은 있어?

답 3. ……이거 자세히 대답하면 스포일러니까 될 것 같으니까 한 마디만. 돌아옵니다.

질문 4. 제목인 '숲 변두리의 꼬마 마녀'는…….

잠깐만! 끝이 없잖아! 글자 수 이제 다 찼거든! 의문이 아직 더 있을 테지만 앞으로 스토리를 진행하면서 같이 풀어나갈 예정이니, 관심 있는 사람은 앞으로도 미샤의 여행을 응원해주시면 좋겠습니다.

마지막으로 이번에도 멋진 일러스트를 가득 그려주신 히하라 유우 님. 정말로 감사합니다. 지금 야나기에게는 빼놓을 수 없는 집필의 원동력입니다. 다음에도 잘 부탁드립니다.

다양한 단편 소재를 생각해주신 담당자님. 무모한 요구를 드려서 죄송합니다. 살았습니다.

매번 마감에 쫓기면서 기행을 벌이는 야나기를 따뜻하게 지켜봐 주는 가족에게도 감사합니다.

그리고 여기까지 읽어주신 귀중한 독자님.

앞으로도 미샤의 성장을 함께 지켜봐 주셨으면 좋겠습니다.

숲 변두리의
꼬마 마녀

Little witch
at the edge of the forest.

MORI NO HASHIKKO NO CHIBIMAJOSAN 3 by Yanagi

Copyright © 2024 Yanagi
Original Japanese edition published by TO Books, Inc.
Korean translation rights arranged with TO Books, Inc.
Korean translation rights © 2025 by Somy Media, Inc.

숲 변두리의 꼬마 마녀 3

2025년 3월 15일 1판 1쇄 발행

저   자 야나기
일 러 스 트 히하라 요우
옮   긴   이 현노을
발   행   인 유재옥
담 당 편 집 정영길

이   사 조병권
출판본부장 박광운
편 집 1 팀 박광운
편 집 2 팀 정영길 조찬희 박치우
편 집 3 팀 오준영 이소의 권진영 정지원
디자인랩팀 김보라 이민서
디지털사업팀 김경태 김지연 윤희진
콘텐츠기획팀 박상섭 강선화
라이츠사업팀 김정미 이윤서 임지윤
영업마케팅팀 최원석 이다은 윤아림
물   류   팀 허석용 백철기
경영지원팀 최정연
인쇄제작처 ㈜코리아피엔피
발   행   처 ㈜소미미디어
등   록 제2015-000008호
주   소 서울시 마포구 토정로222, 502호 (신수동, 한국출판콘텐츠센터)
판매 및 마케팅 (070) 8822-2301

ISBN 979-11-384-3684-7 04830
ISBN 979-11-384-2758-6 (세트)